Kadokawa
Fantastic
Novels
U0075216
9
歡迎來到實力至上主義的教室2年級篇
Welcome to the Classroom of the Second-year
衣笠彰梧×
トモセシュンサク

比約定的時間早一點抵達現場，
發現把傘拿在背後的一之瀨已經在那裡等待。

「早、早安，綾小路同學。」

「欸——我可以摸你的臉嗎？」
「摸了也不會掉獎品喔。」
我說了這樣的玩笑話，於是一之瀨露出柔和的笑容後點了點頭。
然後伸出右手觸摸我的臉頰。

下不停的雨・一之瀨帆波與龍園翔・

9

歡迎來到實力至上主義的教室2年級篇

Welcome to the Classroom of the Second-year

歡迎來到實力至上主義的教室 2年級篇
Welcome to the Classroom of the Second-year
9
衣笠彰梧
KINUGASA SYOUGO
トモセシュンサク
TOMOSESHUNSAKU
Kadokawa
Fantastic Novels

還是說，純粹只是因為不幸沒能碰上好對手，我其實就像個穿新衣的國王呢？

不由得思考起這種事。

這就是突兀感的真相。

所以為了消除這種突兀感，必須做個了結才行。

我必須打倒綾小路，成為真正有實力的人才行。

否則——

趨勢的預兆

第二學期也終於要邁向尾聲。
雖然教育旅行這個令人期待的活動彷彿虛幻的夢境一般已成過去，但二年級生很快就會迎接寒假。冬天是一年的尾聲，讓人預感到別離的季節。
一方面也因為今天的最低氣溫是一度，感覺冷颼颼的。
用小跑步穿過通學路的學生們也一邊閒聊著「天氣真冷呢」一邊吐出白色氣息。我每天都注視著這平凡的早晨日常風景，然後將這些記憶烙印在腦海中。
對於只活在當下的人來說，應該會覺得注視這種景色沒什麼意義吧。
不過，倘若知道這是限定在某段期間才能看到的東西，又會如何呢？
如果知道這是只剩下一年可以觀看的世界，又會如何呢？
這種日常看起來肯定就像是散發耀眼光芒的寶石般的世界吧。
正當我在等待的人到來前的這段期間，注視著這種日常景色時，收到一則訊息。
『今天放學後過來學生會室。』

南雲傳來一段無視我意願的強制性文字。

「學生會室嗎？」

儘管提不太起勁，但考慮到今後的事情，也不能輕易拒絕。

而且就算是因為利害一致，南雲也曾在文化祭時協助過我。

簡短地只回一句『知道了』，然後關閉手機螢幕。

再次重新眺望學生們和景色，這時一個人上學的櫛田映入視野。

我並沒有特別打招呼，目送她前進時，只見她面帶笑容朝我揮了揮手。因此我也像要回應似的舉手回她——但在即將擦身而過前，她露出彷彿在怒瞪我的表情。

「怎麼啦……？一早就這麼凶。」

因為她向我打招呼，我才回應而已，為何非得被她怒瞪不可呢？

她應該是確信不會被任何人看到才露出那種表情，但我不記得自己做了什麼。

就來龍去脈而言，如果要說純粹只是櫛田討厭我，所以這也無可奈何，倒也沒錯啦……

總覺得在心情上好像一早就突然碰到假車禍詐騙一樣。

「抱歉，清隆！讓你久等了！」

就在這個時候，氣喘吁吁的惠從宿舍的方向呼喚我，並跑到我身旁。

「說是遲到也才幾分鐘吧，妳不用那麼在意。」

「是沒錯啦……話說你在外面等，不冷嗎？」

因為我們原本約在宿舍的大廳碰面，所以惠露出一臉不可思議的表情。

「不要緊。先別提這個，妳的頭髮還有一點亂翹喔。」

惠應該相當匆忙地趕著出門吧，我發現並指出不像她平常會犯的失誤。

「騙人，不會吧！」

惠一臉難為情似的按住頭部，然後慌忙地用手試著把亂翹的頭髮梳理整齊。

然而不管她梳理幾次，頭髮都會稍微翹回來。

「唔哇，怎麼辦……！」

「這點程度應該不用放在心上吧？本堂和池可是頂著亂翹得比妳還厲害的頭髮來到教室。」

「不要把我跟那種男生相提並論啦～！嗚嗚，等到了學校，我要先去一下洗手間……」

惠一臉難為情似的用手遮住亂翹的部分，邁出步伐。

唉，她像這樣注意打扮和儀容並不是壞事。

1

我一個人先一步抵達教室後，直接到自己的座位就坐。

「早，清隆同學。」

「喔，早啊。」

被女生包圍的洋介看到我並向我打招呼。雖然很高興他願意打招呼，但女生們那種「把我的平田同學還來」的視線實在讓我尷尬不已。

「或許是多管閒事，但如果有我能幫上忙的地方，希望你可以跟我說。」

我才在想他要說什麼，結果他又提出這樣的提議。

「你最近好像每天都在說一樣的話耶？」

讓洋介掛心的是在遠方稍微注意著這邊的三人組。

正因為那是我以前隸屬的小團體，他才會對我脫離小組一事感到在意吧。

唯一可以確定的是這對洋介而言，是從教育旅行前後就一直憂心忡忡的事情。

就算當事者表示不在意，也還是有洋介這種類型的人會感到在意的問題。

「需要幫忙時我一定會說，謝謝你。若是可以，希望你可以靜靜地在旁邊守望就好。」

因此我先明確地再次告訴他我明白他是一番好意。

洋介今後大概也會定期來關心問候，直到我跟三人組的關係恢復為止吧。

「我真是糟糕啊。看到班上有不穩定的部分，就按捺不住自己……」

洋介似乎厭惡會忍不住把無法壓抑的心情化為言語的自己。

明明沒有做任何壞事，他的個性就是會自尋煩惱啊。

「總之，那些女生正在等你喔。我還比較擔憂那邊的情況。」

那些女生蘊含著嫉妒，主張「你要獨占洋介到什麼時候？」的視線也隨著時間越來越強烈。

過不了多久，就在惠過來教室時，洋介回到女生們那邊。接著鐘聲響起，茶柱老師來到教室，校園生活今天也揭開了全新一天的序幕。

「我想你們應該已經不會對毫無前兆一事感到驚訝了，在寒假開始前，要請你們挑戰第二學期最後一次的特別考試。」

雖然班上同學們至今對特別考試逐漸產生抗性，但大家原本以為之後應該會直接迎向寒假，所以動搖的狀況比平常稍微厲害一點。

「哎呀。看來你們這次好像有點驚訝啊。」

畢竟才接連經歷了文化祭與教育旅行這兩個大型活動嘛。

然而就這所學校的角度來看，他們大概認為那些活動跟特別考試是兩回事吧。
只不過就算說要實施特別考試，第二學期也只剩下兩星期又幾天而已。
我想應該不是需要長期準備或對策的考試，究竟是怎樣的內容呢？
「我也懂你們想先有個心理準備的心情，但用不著這麼慌張吧。這並不是你們最擔憂的那種會出現退學者的特別考試。」
這次的特別考試似乎不會出現牽扯到退學這個重大要素的內容。
「只不過當然無法避免班級點數因勝敗產生變動的狀況。對於接下來要更積極加速追上A班的你們而言，這應該是不容落敗的狀況吧。」
只是贏個一、兩次，無法追上也無法超越目前的A班。
既然如此就必須抱持今後要每戰必勝的氣概，才能有所進展。
「這次的特別考試不存在必須牢牢記住才行的複雜規則。要請你們跟其他班級進行一對一的學力比賽。」
學力比賽。身為學生，而且是身為這所學校的學生，這內容並不會讓人大吃一驚。
反倒是非常基本的考試。
畢竟我們就連一般的期中考和期末考都在互相競爭嘛。
不過既然號稱是特別考試，事到如今不用多說，也可以預料到必定存在著某些會大幅影響勝

負的特殊規則吧。

「勝者能夠從敗者那裡接收五十點班級點數。贏了可以獲得五十點，輸了會失去五十點。」

這絕對不能說是多大的數字，真要說的話，算是偏低的變動班級點數。

「如果這是各班之間的學力比賽，那要跟A班競爭不就只會居於劣勢嗎！」

「你可以放鞭炮慶祝嘍，池，你們B班要競爭的對手正好就是A班。」

我們的對戰對手似乎早就決定好了，茶柱老師說出這個殘酷的現實。

「校方依照前陣子舉行的期末考結果，讓班級平均分數的第一名與第二名、第三名與第四名的班級對戰，是很簡單易懂的安排。儘管有稍微特殊一點的規則，但要是讓基礎學力有嚴重隔閡的後段班與A班對戰，也會對勝負造成很大的影響嘛。」

在十二月初時的班級點數，坂柳A班是一千兩百五十，堀北B班則是九百八十五。

倘若在這場直接對決中獲勝，結算後這一百點會讓兩班的差距縮減到只剩一百六十五點。

而且會突破自入學以來的一千點班級點數大關。

另一方面，龍園C班是六百八十四，一之瀨D班是六百五十五。倘若一之瀨獲勝，就能東山再起，重返C班的位置；但要是落敗，與A班的差距就會擴大到足足兩倍。是相當痛苦的發展。

然而這不能說是一場輕鬆的戰鬥，學力比賽我們至今一次也沒贏過A班。第一名與第二名這樣的描述感覺好像只有分毫之差，但整體來說學力差距可不小啊。

「在期中、期末考舉行的常設考試科目都是出題範圍。從比較簡單的問題到極為艱深困難的問題都有，就跟平常的筆試一樣——不，應該會比平常更困難吧。」

雖然這個班級的學力水準展現出比其他班更加出類拔萃的成長率，但就算班上同學抱著拚命的決心勤奮地念書兩星期，能夠扳倒A班的可能性也很低。

「接著來談談你們也有十足可能獲勝的話題吧。」

號稱是特別考試的詳細內容明確地顯示在螢幕上。

第二學期末特別考試　協力型綜合筆試

概要

全班同學一起解答共一百題的考試。

規則

按照事先決定好的順序，每個學生輪流解答問題。一個學生最多可以解答五個問題，無論答案是否正確，最少必須解答兩個問題。

學生解答的問題無論答案是否正確，其他學生都不能訂正。

包括進入與離開房間的時間在內，每個學生的可用時間最長為十分鐘。
除了正在挑戰考試的學生以外，其他人應在別的房間等待。
只有下一個輪到的學生可以在入口前等待。
倘若超過限制時間，該學生將失去考試資格，無法獲得分數。
留下關於解答題目的提示或答案，或者以口頭傳達等行為皆屬犯規。
查明有犯規行為時，將強制中斷考試，以零分計算。
會依照剩餘時間加上特別獎勵分。
剩餘一小時以上……　十分
剩餘三十分鐘以上……五分
剩餘十分鐘以上……　兩分
與難易度無關，所有問題都將依照解答者的實力（參照後述）來給予分數。
（解答者的實力以十二月一日時的ＯＡＡ學力為準。）
學力Ａ……一分
學力Ｂ……兩分

學力Ｃ……三分
學力Ｄ……四分
學力Ｅ……五分

考試與難易度無關，能獲得的分數會按照解答問題學生的能力增減。

一般來說很難想像會有這種考試，這獨特的規則正適合稱為特別考試。雖然ＯＡＡ的學力還存在著＋－的差別，但分類似乎只有Ａ到Ｅ這五種，所以附帶＋的學生會略微占上風。

「這就是筆試的特殊規則。雖然Ａ班有許多學力高的學生，看起來比較有利，不過在ＯＡＡ學力是Ｂ以上的學生占了很大的比例。換言之，就算解答了問題，能獲得的綜合分數必然也會比較少。你們明白我這話是什麼意思吧？」

堀北班有不少學生在學力方面有顯著的提升，但在另一方面，也有一定數量像惠和佐藤、池和篠原這些在同年級中排名偏向後段的學生。

就現狀來說，他們解答問題的正確率很低，只要能在這次特別考試中推論出正確答案，一個題目就能獲得四到五分這種高獎勵的得分。

若是這樣，的確不能說是純粹的學力比賽，無法斷言面對Ａ班就一定居於劣勢吧。

反倒可以說是有一場猜不到發展和結果，超出想像範圍的勝負在等著我們。

雖然依照剩餘時間多寡有加分獎勵，但要說這種獎勵是否實際就有些微妙了。

因為進入和離開房間的時間也包括在內，在學生伸手打開教室大門那一刻就會開始計時。堀北班的人數共三十八人。除非每個人都能留下將近兩分鐘的時間從容通關，否則要剩餘一小時根本是不可能的任務。學力越低的學生也越容易犯下粗心大意的失誤，因為太在意時間而失分的風險反倒比較高。

這個剩餘時間的加分，真要說的話，應該是顧慮到學力在ＯＡＡ占優勢那方嗎？

不，就算這樣，把焦點放在如何縮減通關時間這件事上，仍然是相當冒險的行為。

「我們也有充分的勝算——是這樣的特別考試呢。」

堀北似乎也立刻從規則當中掌握到獲勝的可能性。

「妳說得沒錯。當然Ａ班的學生從前幾名到後面幾名，在學力方面都相當優秀。他們應該會穩紮穩打地累積分數吧。儘管這邊擁有許多學力Ｄ上下，隱藏著獲得高分潛力的學生，但如果無法答對題目，一樣是零分啊。」

即便如此，還是比直接正面對決要好太多了。

「還有，我先補充幾點關於規則上也有註明的作弊行為。在等待中的教室還有跟結束考試的學生交棒時，一律禁止交談。雖然學生經常在各自的教室裡等待，但勸你們別想些多餘的對話。一個大意的失誤就會白白浪費這次考試，不建議你們這麼做。」

學生們也早就算到這方面的監視會很嚴密吧。

「假如考試當天缺席……會怎麼樣啊？」

「倘若有一個人缺席，就會有兩題不能解答，倘若有兩個人缺席，就會有四題不能解答，以零分計算。和因為時間結束而失去資格是一樣的處置。此外不能解答的問題會在考試開始前隨機決定。還有雖然可能性很低，但如果與對戰對手同分，班級點數就不會有任何變動。」

故意讓某人請假這種戰略當然無法成立，只會變得不利而已。

像一之瀨和龍園班那樣在籍學生較多的班級，所給予的時間也會略微增加，因此較為有利，但對於解答問題能夠獲得的分數可說是毫無影響。

因為由會念書的主力，或是ＯＡＡ評價較低、能成為伏兵的學生來解答五個問題是最有效率且理想的得分方式，所以人數多寡造成的影響只有最低限度。不過，因為互相對戰的班級人數本來就碰巧相同，這種想法本身等於毫無意義就是了。

「你們要互相討論，仔細思考該怎麼做才有可能贏過A班。」

茶柱老師彷彿在守望孩子們的母親一般，送上了這番話。

「關於要進行特別考試的日期，校方決定在寒假開始前安排一段時間給你們準備。因為考試範圍相當龐大，校方判斷需要充分的準備時間。雖然很辛苦，但假如能獲勝，你們跟A班的距離又會拉得更近了吧。以上。」

關於考試範圍似乎是明天才會公布，目前說明就在這邊結束了。

日程
十二月二十二日……特別考試正式開始。
十二月二十三日……特別考試公布結果、第二學期休業式。

正好就排在第二學期即將結束前，馬上要放假的時候啊。
儘管如此，距離考試也只剩三星期的時間了。
學力高的學生們平常就很認真在念書，因此用來準備考試的時間只有最低限度也無所謂，但掌握勝利關鍵的是學力在平均值以下的學生們。
「我透過ＯＡＡ觀察兩班的學力，試著調查目前的狀況。我們Ｂ班學力相當於Ｄ和Ｅ的學生比較多，因此最大得分值也必然超過Ａ班。換言之，只要能進行一場與理想中一樣的戰鬥，就表示我們百分之百會贏。」
既然在ＯＡＡ學力偏低的學生較多的班級能獲得更多的分數，Ａ班的學生們不管怎麼努力，能獲得的分數都有極限。
只要算好對方能夠獲得的最大分數，就算只是多他們一分都能戰勝。

不過，這也只是紙上談兵。這是機率跟紙張一樣薄的假設。

既然有將近四十名學生會參加，要獲得滿分近乎不可能。把茶柱老師的說法和特別考試的規則也考慮進去，可以預料到高難度問題絕對占了不小的比例。

如果是學力E和D的學生能夠輕易解開的問題，反倒才是沒有考慮到平衡性。

那會變成學力越高的班級越不利，不講道理的特別考試。

雖然必然會有類似讀書會的聚會，但光是這樣能否能帶領班級獲勝，著實令人存疑。

「誰能夠解開哪種程度的問題，然後交棒給下一個人也是很重要的關鍵呢。」

洋介像是要確認一般，用冷靜的語調這麼詢問堀北。

「對。如果想得單純一點，比較好懂的做法是讓學力低的學生們率先上場，請他們儘量解答自己會的問題，不過……」

限制時間是十分鐘。看懂問題的能力也會根據學生們的實力產生很大的變化。

光是突然要從多達一百題的考題裡面找出簡單的問題，也得耗費一番工夫吧。

假如學力高的學生能夠先搞定高難度的問題，學力低的學生就不需要花太多時間去找出適合自己的問題，而且也能冷靜地集中在剩餘的問題上。

誰能夠解答怎樣的問題，解答不出什麼問題。

在掌握這點的前提下進行指揮的戰略，也是邁向勝利的一條路徑。

除此之外，也有好幾種辦法吧。結果關鍵還是在於儘早確定要採取哪種戰略，然後班上同學一起為達成目標採取行動。

「雖然茶柱老師說我們有可能獲勝……但居於劣勢這點還是不變呢。」

「要是他們穩紮穩打地累積分數，我們大概贏不了吧。畢竟對手是那個A班嘛。」

班上同學之間開始出現這樣的聲音。

到目前為止，在純粹只是筆試的綜合得分上，A班從來沒有低於其他班級過。即使加上特異的規則，他們是強敵這點也一樣不會變吧。

「即使這次要跟A班對決，但實際上是跟自己的戰鬥喲。不管對方打算採取什麼戰略都與我們無關。沒有必要因為對手是坂柳同學就倍感壓力。」

對於表情僵硬的班上同學們，堀北強調應該面對的並非外部，而是自身。

「我會盡可能思考作戰。這段期間就算是多一秒也好，想請你們儘量多念點書。」

到目前為止——不，更正確來說是到幾星期前為止，學生們一直為了期末考在用功念書。儘管念書是學生的本分，但在短期間內要再次用功念書，難免會感到厭煩。

即便如此，也沒看到任何一個學生發出像在抱怨的怨言。

「我們也會盡可能幫忙。」

洋介也像在呼應堀北似的回應，還有啟誠和小美這些在讀書會也是負責教導其他人的學生們率先動了起來。

「好耶。開始有幹勁啦！雖然就我個人來說，自己的ＯＡＡ評價上升這點心情有點複雜，但我也會好好地做出貢獻給大家看。」

學力曾經是Ｅ判定的須藤，現在已經上升到Ｃ＋判定。

即便能夠獲得的分數比以前少，他的實力也相對地有大幅成長嘛。

倘若他的學力至今依舊是Ｅ，搞不好就連要解答問題都有困難吧。

2

放學後，我從開始討論作戰的班上溜出來，幾乎是分秒不差地在預定時刻抵達目的地。本來想立刻敲門，但從室內傳來有些大聲，像是在爭吵的聲音。只不過因為隔著一扇厚重的門扉，我無法聽清楚具體而言在爭吵什麼。

倘若豎起耳朵仔細聆聽一陣子，或許能清晰地聽見內容，但因為已經逼近約定的時間，我立刻放棄偷聽這個選項。

「……你好。」

我按照對方指示的時間進入學生會室。

似乎已經有兩名男生坐鎮在學生會室裡，其中一人立刻站了起來。

「綾小路，突然叫你過來真不好意思啊。」

「這倒是無所謂，但看到學生會長與副會長嚴陣以待，讓人有點緊張呢。」

我試著不經意說出一般學生好像會說的話。

「不好意思，可是你看起來不像是感到緊張啊。」

一直坐著的南雲翹起二郎腿，如此說道的他彎了彎食指，暗示桐山拉近距離。

桐山站在南雲後方一點，移動到容易進入視野的位置。

這時，他注視了一下從口袋裡拿出來的手機螢幕。

但連一秒鐘的時間都不到，就關掉螢幕的燈光，將手機放回口袋裡。

然後接著開口的不是身為學生會長的南雲，而是副會長桐山。

「這之後我們也找了身為學生會成員的堀北與一之瀨過來。」

「堀北與一之瀨？」

如果這個組合不是碰巧，這兩人正好都是隸屬於學生會的二年級生。

「用不著這麼急著進入正題吧，桐山。綾小路應該也想稍微閒聊一下吧？」

「不好意思，他看起來不像是想閒聊。他臉上寫著拜託長話短說。」

我在內心感謝桐山副會長準確的判斷。

「而且以我的立場來說，也想先採取一些行動來應付接下來的特別考試。」

「特別考試？我們三年級生已經沒有第二學期中的特別考試了吧。而且這件事跟已經私下確定會獲勝晉級的你應該無關吧？」

南雲用一臉疑惑的樣子側目看向桐山，不懂他這麼說的理由。

「就算是這樣，我也想隨時先做好準備，以防萬一。虎視眈眈地想搶到晉級門票的三年級生比你想像中更多。要是出現會趁人不備暗算人的學生，該怎麼辦？」

「那種蠢蛋早就出局啦。現在沒有能稱為敵人的對手。」

「要是這樣就好了。」

三年級生們所剩的時間已經不多。

既然南雲掌握著所有權限，其他人只能持續奮戰，設法拿到兩千萬點的門票才行。

也難怪南雲會樂觀地認為沒有敵人。因為他掌握著所有必要的門票，當然沒人敢反抗。包括桐山在內，倘若不乖乖地服從南雲，晉級的門票可能會不由分說地遭到剝奪。

不過換個說法，就是這種束縛對沒有被給予門票的人們不管用。

說得誇張一點，其實也能讓南雲退學，然後再儲蓄個人點數……不，就算是這樣，要說這麼做是否有好處實在很難說。

一旦南雲確定退學，恐怕他擁有的莫大個人點數都會歸屬到學校的金庫。因為不設定成這種契約，就沒辦法保護自己。

換言之，南雲的存在也包括他們用來爬上A班的資金。扣除掉南雲的個人點數，光憑第三學期收集到的個人點數，頂多只能拯救一、兩個人吧。

「桐山，你心裡有什麼底嗎？今天從早上開始就特別愛找碴啊。」

「無論我心裡是否有底，都沒有關係吧？事到如今不管我說什麼，關於『這件事』你都已經不打算停下來了嘛。不對嗎？」

南雲笑了笑，點頭同意桐山這種蘊含著沉重壓力的確認。

「抱歉啊，桐山。這是我個人決定好必須趁在學期間先解決掉的事。」

「既然這樣，希望你也可以體諒一下我想儘快解決的心情。」

在我進來之前，學生會室就稍微傳出在爭吵的對話。

南雲說桐山從早上開始就在找碴，從這點也可以確定「這件事」對桐山而言不值得歡迎。不對，恐怕對我而言也是這樣吧。

「知道了，知道了。那我閒聊一下就好。這樣就行了吧？」

似乎沒有不閒聊的選項，南雲這麼向桐山確認。

「這之後還有另一件學生會案件要處理。請你務必只閒聊一下就好。」

「這麼說來，你好像有事要跟我說啊。知道了，我就長話短說吧。」

結果算是桐山讓步了，南雲開始他判斷有必要進行的閒聊。

「你們二年級生持續著往年幾乎不曾看過的混戰狀態啊。」

「好像是這樣呢。」

「畢竟我們這一代和堀北學長那一代，A班都在二年級中段時就一直是遙遙領先的狀態嘛。你們到了這個時期還能享受競爭的樂趣，都讓我有點羨慕了。」

畢竟到目前為止的各班之間的戰鬥，似乎大多在一年級尾聲到二年級中段時，班級點數就拉開很大的差距，勝負已定了。

從A班起跑的班級，就那樣順勢甩開B班以下的班級順利畢業。

雖然也有像南雲學生會長他們一樣，是B班逆轉成A班的罕見例子，但無論是哪種情況，都在二年級中段時就建立起了一個班級獨自遙遙領先的局面。

另一方面，儘管條件嚴苛，我們這個學年的點數差距，依然留著就連D班都還有機會逆轉的可能性。

「四個班級姑且都還有機會的樣子，但這也只到學年末考試為止吧。」

「我也這麼認為。之後就變成兩個班級……最多也是三個班級在競爭A班的位置。」

南雲與桐山兩人毫不迷惘地如此判斷。

「也就是說二年級生的學年末考試將會是一場激烈的戰爭呢。」

「沒錯。當然考試內容應該完全不一樣，但結果大半都很悲慘。去年我在學年末考試那時已經掌握了二年級全體，也處於能夠控制考試的狀態。雖然我把傷口控制在必要最低限度，還是有三個人退學呢。」

南雲表示即使他想防患未然，還是出現了無法避免的犧牲者。

「雖然也是有辦法讓退學者變成零人，但考慮到能獲得的班級點數和個人點數會減少，有人犧牲也無可奈何啊。」

他這番話應該是事實吧，是否有參考價值就另當別論。

很難想像我們要挑戰的學年末考試，與比我們高一個年級的南雲等人經歷過的學年末考試內容會一樣。不過規模應該大致上相同。只要在這所學校生活到現在，自然就能猜到這件事。

「廢話說到這邊就夠了吧。南雲，差不多該進入正題了。」

聽到桐山冷靜地這麼催促，南雲一臉無奈似的聳了聳肩，露出潔白的牙齒。

「我也差不多該卸下學生會長的職位了。在退位前，有必要決定下任學生會長。」

「關於任期方面，你已經比以往的會長都任職更久了吧？」

堀北學應該在更早一點的時期就把學生會長的職位交棒給南雲雅了。

我也記得南雲本身曾說過他會延長自己的任期。

「我本來是那麼打算的，但學校那邊試探了我好幾次。他們說任期延後太久會剝奪學弟妹們累積經驗的機會。唉，那麼說也有道理。」

「除了我跟南雲之外，所有三年級生都已經卸下學生會的職位，手續也都辦理完畢了。」

剩下就是決定下任學生會長，然後這兩人也可以功成身退。

不過，原來如此。所以南雲才會讓步，決定讓出學生會長的位置嗎？

「現在必須判斷適合當下任學生會長的人是鈴音或帆波。」

這樣也能解釋他們會找剛才提到名字的兩人過來的理由。

「南雲學生會長應該有指名的權限吧？」

「沒錯。我有那個權利。」

「那麼，你應該跟堀北和一之瀨討論這件事，而不是跟我說吧？」

我試著說出非常理所當然的事，但從他一點都不吃驚的反應來看，他似乎很清楚這一點。

「就那樣決定由誰當會長也很可惜吧？」

「考慮到我被叫來這裡這點……唉，是可以猜到你的用意啦。」

「就是要由我跟你來決定下任學生會長。」

「我不能只是單純地支持某人對吧？」

「我也思考了很多跟你一決勝負的方法，如果是這件事，姑且可以算是個比賽吧。堀北和一之瀨都跟你一樣是二年級。就情報這層意義來說，你應該也不輸給這邊，有充分的資訊吧。」

剩餘時間並不多的南雲，會希望儘早分出勝負也很正常吧。

南雲應該也不認為這種做法是理想的戰鬥。

儘管如此，他還是判斷這樣比無法實現對決要好吧。

「繼續延後也是一個辦法。以去年的例子來說，就算有像合宿那樣跟其他年級組隊或互相競爭的特別考試，也沒什麼好驚訝的。」

「唉，到時候就把這次事情當成前哨戰就行了。」

看來南雲似乎不打算延後，他試圖將我團團包圍，不讓我逃掉。

「雖然我同意跟你一決勝負，但可沒同意要比兩次以上喔。」

即使眼前的南雲讓我產生一定程度的興趣，也不能一直抽出時間耗在他身上。

畢竟為了今後，我也有一些想先處理好的事情嘛。

「你以為你有權利拒絕嗎？」

「如果你抱著玩樂的心態向我下挑戰書，我也只會感到為難而已。假如你希望跟我進行剛才說的那場決定學生會長的戰鬥，就得請你做好覺悟，拿出真本事來較量才行。」

「要我那麼做也行，但那樣會變成你有很大機率輸掉的戰鬥。你懂的吧？」

「既然會給在校生投票權，三年級生投的票全看南雲學生會長的意思。換言之，有三分之一

的票已經確定會怎麼投了——你想這麼說吧？」

「對。就算假設你能統整二年級全體，也才勉強跟我勢均力敵。但那也是不可能的吧。」

既然對立的是同年級的一之瀨，二年級生的票必然會分散開來。

「如果你願意聽我一個請求，我想應該可以有一場精采的比賽喔。」

「很有意思嘛。說來聽聽。」

「就是採用匿名投票——這樣就行了。我認為設定成只有校方才知道誰投票給哪一邊，雙方就不相上下了。」

「我不明白啊。你以為這麼做，三年級就不會投票給我支持的候選人嗎？」

「不過，至少可以想像那種可能性會上升吧？」

倘若可以確保是匿名投票，就沒有必要遵守南雲的規定。

就算讓他們約定用個人點數做擔保，除非南雲方獲得的票數近乎零票，否則也無法證明到底投給誰。

「就算是這樣，你以為會有一半的三年級都站在你那邊嗎？那是不可能的。」

「這點不試試看怎麼會知道呢。」

桐山默默地守望我跟南雲的爭論。

「那麼，可以當作是只要加上這個條件，你就會跟我一決勝負對吧？」

「是的。我沒意見。」

「你這傢伙還是一樣，會展現奇妙的自信啊。不過算啦。既然你有自信那樣就能進行一場勢均力敵的比賽，我也沒什麼不滿。只不過在這次的事情定案前姑且先說一下，既然要比賽，我也希望有某種程度的賭注。」

我想也是。如果沒有賭注，就算輸了也不痛不癢。

以南雲的角度來看，他應該無論如何都想避免我隨隨便便應戰。

既然如此，他必然會提出我除了獲勝別無他法的賭注。

「綾小路，你能夠賭上任何東西嗎？」

「我可以將這句話原封不動地奉還給你嗎？縱然是退學也無妨。」

「好喔——雖然很想這麼說，但這有點困難啊。」

「我想也是。南雲學生會長不光是自己，還掌握著全體三年級生的命運。沒有人會認同你在這種地方拿退學當賭注。我可以拿退學當賭注也無所謂，還請讓我要求同等價值的回報。」

「同等價值的回報？」

「如果我贏了，希望南雲學生會長給我個人點數。希望是足以購買轉班門票的金額。畢竟在特別考試的規則中，要防止退學處置也需要一大筆個人點數嘛。這應該不算太過奢求。」

「唉，畢竟拿退學當賭注，就代表有那樣的價值嘛。」

因為彼此的利害一致，這件事就朝一決勝負的方向做出結論。

不過在一旁聽我們說話的桐山在這時喊暫停。

「雖然我事先聽說過你要跟綾小路一決勝負的事，但無法同意那個賭注的內容。我不能讓你賭那麼一大筆錢在你的遊戲上。」

「等等啦，桐山。你認為我會因為這條規則輸掉嗎？即使綾小路說只要做成匿名投票就能勢均力敵地一決勝負，但他可是大錯特錯喔。」

「我不認為你會輸。就算這樣，機率也不是零。要推薦堀北或一之瀨也會造成機率的變動。最重要的是兩千萬點這個金額實在太過龐大。如果要付給綾小路，倒不如請你當成用來拯救一個三年級生的資金。」

桐山會大力阻止也是理所當然的，但南雲絲毫沒有要退讓的樣子。

「靠我的實權拿到的金錢，要怎麼使用都是我的自由。無論是以前或今後都一樣。」

「……你堅持要這麼做？」

「我堅持。我會贏得這場比賽，讓綾小路退學。」

「我不懂。二年級的事情丟著不管就行了。我無法贊成你那種做法。」

雖然桐山如此反駁，但南雲似乎不打算繼續聽下去。

「就答應你那個請求吧，綾小路。只要你能贏過我，就正式確定可以升上A班了。」

「十分感謝。」

「你真的沒問題吧？如果賭注不大，這是下跪就能解決的事情，但要是賭上兩千萬，就算你不願意，我也會請你遵守退學的約定喔？要降低賭注就趁現在吧。」

「你希望我這麼做嗎？」

「哈。我以為這麼威脅可以稍微嚇到你，但你完全沒有動搖啊。」

「我打從一開始就已經把拿到鉅款的風險也算進去了。」

「契約書就由我這邊來準備。退學或兩千萬，二選一。」

剩下只要決定彼此要支持哪一邊，這場比賽就會成立。

「我明白你們要一決勝負這件事了。但這是否會成立還難說——」

桐山想阻止這場會有鉅額點數變動的比賽，就在他展現最後的抵抗時，傳來了有人敲學生會室門的聲響。

「南雲學長，我是一之瀨。堀北同學也跟我在一起。」

清澈透明的聲音。看來兩位候選人似乎都抵達了。

「……南雲，希望你別跟她們兩人提比賽的事情。還有關於賭注的事當然也要保密。」

桐山的指謫合情合理，這件事不該告訴堀北她們吧。

倘若她們知道自己被當成別人比賽和賭博的對象，肯定不會覺得舒服。

「綾小路也對這個提議沒異議吧？」

「我沒問題。」

「不過……你真的能接受吧？要是把那兩人叫進來這裡，就等於比賽開始了。」

桐山看向我，表示要回頭只能趁現在，這麼阻止我。

「你沒有必要不惜拿退學來當賭注，奉陪南雲的遊戲。」

「但是要拿到A班的門票並不容易吧？既然這樣，背負相對的風險是理所當然的不是嗎？」

「看來你也越來越不掩飾自己的本性了啊。」

桐山是已經氣到傻眼了嗎？他拿出手機再次看向螢幕。

「我知道了。既然這樣，隨你們高興吧……妳們兩個都進來吧。」

桐山走近入口，在開門的同時這麼搭話，催促兩人。

因為南雲個人經常隨心所欲地行動，感覺站在副會長立場的桐山也有很多事情要操心啊。

就這層意義來說，提前選出新的學生會長這件事也並非壞事。

兩人一進來就注意到我的存在。畢竟我很明顯並非學生會成員，所以也用不著特別補充這點就是了。

「妳們就坐在綾小路旁邊吧。」

「失禮了。」

堀北坐到我的旁邊，然後一之瀨在堀北旁邊坐下。

有一瞬間，堀北的側眼述說著：「你又牽扯上奇怪的事情了？」

除了回到南雲背後的桐山外，所有人都坐到椅子上時，南雲重新開始話題。

「我決定請妳們兩人進行一場選舉，來決定下任學生會長。」

「選舉嗎？」

「國中時應該理所當然地有過這樣的選舉吧？候選人發表演說，讓學生們判斷誰比較適合當學生會長並投票。得票數比較多的人就是下任學生會長。」

「原來如此。但我記得去年並沒有這樣的選舉。」

「對。如果按照往年慣例，是由現任學生會長，也就是我來決定下一任學生會長。只要直接交棒的對象點頭答應，那人就確定是學生會長了。當然了，指名的都是有留下一定成果，讓周遭的人也能接受他當會長的對象。」

學生會長並非隨心所欲隨便決定，而是以明確的根據為基礎來決定。

南雲也不忘向兩人補充說明這點。

「不過，妳們這些二年級生的狀況跟以往有些不同。以往都會從同個年級中確保最少兩名，理想則是三名以上的學生作為學生會成員，但去年在學生會服務的只有帆波。升上二年級後才加入的鈴音在籍期間不到一年。」

「我可以理解沒有同時加入的學生這件事，理所當然地指名一之瀨同學當學生會長應該沒有問題吧。我不認為她有什麼稱得上缺點的缺點。」

雖然這番發言是要把學生會長的位置讓給與自己對立的一之瀨，但堀北沒有絲毫迷惘。

畢竟她本來就不是因為想當學生會長才進入學生會的嘛。

「妳提不起勁當學生會長嗎？」

「不，沒那回事。就追逐哥哥背影的意義來說，我現在也是抱持積極向上的心態。如果在校生們希望我當學生會長，要我報名當候選人也無所謂，只是同時也認為即使是一之瀨同學來當，完全沒有問題。」

「帆波的確沒有稱得上缺點的缺點。讓她當會長理所當然。不過除此之外還有不安要素。」

這番話讓一之瀨稍微搖晃了一下肩膀。

「就目前情況來說，帆波的班級能夠在A班畢業的可能性已經跌落到谷底。這是個大問題。歷代的學生會長一定都會在A班畢業。雖然這並非什麼表面上的傳統，但已經是眾人心照不宣的常識。當然我也會是其中之一。」

的確，如果只看能否在A班畢業這個部分，一之瀨的立場瞬間就會變得岌岌可危。另一方面堀北正以B班身分猛追A班，所以就機率來看，應該算是比較接近那條潛規則的存在吧。

「以實際功績來說無可挑剔的帆波，與成果雖然不夠多，但很接近A班的鈴音。經過種種考量後，我判斷就現況來說妳們兩人不相上下。這就是決定要舉行選舉的理由。」

既然南雲握有決定學生會長的權限，假如他都展示了明確的證據，縱然有程度上的差異，也只能信服。

剩下就看當事者們自己決定是否要接受了。

「我知道了。如果是這樣，我願意報名當候選人。」

「那就這麼決定啦。」

這麼一來，就可以實現堀北與一之瀨為了學生會長寶座單挑的局面。

之後只剩我跟南雲決定要推舉哪一邊。

「綾小路，我就讓你選擇要支持哪一邊吧。」

「可以嗎？」

「這點程度就讓你選吧。」

堀北或一之瀨嗎？老實說對我而言不管推舉哪邊，要做的事情都不變啦……既然南雲說要給我決定權，最好還是思考一下選哪邊以後比較划算。

不過在我指名之前，堀北先一步站了起來。

「請等一下，學生會長。綾小路同學會在這裡是——」

「因為我想跟他一決勝負，看妳跟帆波哪一邊能當上學生會長。」

這件事本來應該不打算在她們兩人面前說出來的。

桐山按住額頭，看來很頭痛的樣子，但南雲本來就不可能乖乖聽桐山的話吧。

「……你又……」

「不，這可不是我主動提出的事情喔？」

「就算是那樣，在變成那種情況的過程中，應該也有問題吧？」

她真是明察秋毫。這點沒辦法否認。

南雲姑且也存在著良心嗎？他並沒有提及賭博的事情。

「好啦，你選一邊喜歡的吧。」

「那麼——」

我內心已經整理出結論，正當打算說出名字時，又再次被喊暫停。

「等等。這是史無前例的嘗試。果然還是應該先補充幾件事吧。」

雖然桐山一直貫徹旁聽的立場，但他在這時插嘴了。

「怎樣啦。你對事情發展還有什麼不滿嗎？」

「畢竟這可是學生會選舉，在精神上也會對雙方造成很大的負擔啊。我想先確認清楚她們是否出自真心想報名成為候選人，還有是否具備適合當學生會長的資格。」

「這些已經充分確認過了吧。」

「不，還不夠呢。堀北姑且是給了回答，但還沒有聽到一之瀨怎麼說。」

「這種事用不著特地問吧。」

「這可不行。」

就在桐山的視線看向一之瀨時，學生會室的門毫無預警地用力打開了。

「南雲，打擾啦。」

簡直就像到朋友房間玩一樣，未經許可便擅自進來的是就讀於三年B班的鬼龍院。上次像這樣在近距離見到她是夏天時的事了，只見她並沒有露出平常那種游刃有餘的笑容，真要說的話，看起來心情很差的樣子。

「真是出乎意料的客人啊。妳不會想先敲一下門嗎？」

現在可是終於要討論學生會選舉的場面，站在南雲的立場，應該不歡迎這位客人吧。

「我們現在正忙。有什麼事之後再說吧。」

如此說道的南雲試圖趕走鬼龍院，但鬼龍院絲毫沒有要照辦的樣子。

「我有事先請桐山幫忙安排時間了。你竟然要把我的事往後延？」

「不好意思，我沒聽說關於妳的事情。」

南雲對突然出現的鬼龍院露出厭煩的樣子，同時將視線看向桐山，向他確認。

「抱歉，南雲，鬼龍院說的話大致上是對的。是我沒調整好時間。」

「以你來說，這還真是個粗心的失誤啊。」

「我無從辯解。今天想請你解決的另一個案件與她相關。」

雖然不清楚是指什麼事情，但南雲跟桐山進行了這樣的對話。

「就是這麼回事。南雲，可以請你聽我怎麼說吧？」

「理解狀況了，但我現在正在跟這些人談論關於學生會的重要事情。」

「即使看得出來你們正在忙，但我也不是那麼有空。已經約好在這個時間會面，要是你不先處理好我的問題，可就傷腦筋了。」

鬼龍園的確沒有理由讓步。該負責的是沒有調整好預約時間的桐山。

「現在要請妳讓我優先跟鈴音和帆波講完事情。如果妳堅持要我快點處理，就坐在那裡閉上嘴等著吧。」

目前似乎只有桐山知道鬼龍院出現在這裡的理由，南雲擺明想敷衍了事。然而鬼龍院的樣子果然有些反常，她毫不掩飾自己的焦躁。

「我拒絕。」

鬼龍院語氣略微強硬地這麼回答後，將腳踩在學生會室的空位上。

「妳這是什麼意思？」

「首先我現在要向你提出問題。根據你的回答，這張椅子可能會變成犧牲品。」

她會一腳踹開，或是破壞椅子呢？

可以確定的是這關係到被鬼龍院一腳踩住的椅子的命運。

看到鬼龍院絲毫沒有要打道回府的意思，桐山再次向南雲謝罪。

「對方是鬼龍院，隨便驅趕可能會造成反效果。這邊還是暫且讓二年級生稍等，先聽聽鬼龍院要說什麼比較保險吧。」

儘管堀北和一之瀨的事情比較優先，但如果南雲要她們等，兩人都會乖乖地等待吧。

另一方面，看來十分不悅的鬼龍院顯然沒那麼好擺平。

假如沒辦法趕她回去也沒辦法讓她在旁等待，先聽聽她要說什麼還比較省事。

「請不用在意我們，先處理鬼龍院學姊的事情吧。堀北同學，沒問題吧？」

「嗯，我也覺得那樣比較好。」

因為兩人不等南雲直接確認就做出這樣的結論，南雲似乎也無奈地決定先應付鬼龍院。

「真沒辦法……知道了，我就聽聽看吧。妳來這裡有什麼事？」

「桐山，你連這件事都還沒告訴南雲嗎？辦事實在太沒效率了。」

「我可以理解妳想責備我的心情，但這邊也有很多事要忙。而且我只是判斷妳那件荒謬無比的事情最好由妳直接告訴本人會比較好。」

桐山似乎是刻意沒有傳達鬼龍院造訪此地的理由。

鬼龍院用冷淡的眼神看著桐山，似乎也只能接受這個事實。

「那我就進入正題了。以我的立場來說，也還不想做出單方面斷定的行為。所以還是先這麼問吧。讓第三者對我進行惡質騷擾的人是誰？」

「騷擾？只有這樣我完全猜不到妳在說什麼。」

「既然這樣，就再稍微具體一點地說明吧。對我做出惡劣且卑鄙的行為——企圖把我栽贓成順手牽羊的犯人，利用同伴強制他們實行這個陰謀的人是你嗎？」

順手牽羊這個關鍵字實在太令人意外了。

比任何人都更快注意到這個詞的是一之瀨。

雖然她假裝平靜，但可以明顯看出她在內心肯定緊張了一下。

儘管是為了家人，她過去曾做出那樣的犯罪行為，會有這種反應也很正常吧。

「順手牽羊？我越來越搞不懂妳在說什麼了。」

「我來補充說明吧。鬼龍院前幾天似乎在放學後的櫸樹購物中心差點被當成小偷。她說她在化妝品店購物時，三年D班的山中從背後靠近她，試圖把一支還沒結帳的口紅偷放到她的包包裡面。察覺到這件事的鬼龍院逼問山中，結果山中說那是南雲的命令。」

桐山淺顯易懂地說明鬼龍院為何會出口責怪南雲。

「原來如此。所以她才會這麼激動地找上門來嗎？」

「我沒有直接告訴你她說的內容，是因為我知道你不可能下那種命令。沒錯吧？」

桐山暗示著他在這一點上信賴南雲。

無論是對於鬼龍院的問題或桐山的問題，南雲都表現出模稜兩可的態度。

「你能斷言你跟此事無關嗎？」

看來鬼龍院很明顯地在懷疑是南雲搞的鬼。

「天曉得。至少妳好像已經斷定是我的命令啊。」

「身為實行犯的山中做出了那樣的證詞。只有這樣還不夠充分嗎？」

「那說不定只是為了隨便找個藉口開脫，才利用了我喔？」

對於如此回應的南雲，鬼龍院輕輕搖了搖頭。

「要是把毫無關係的你扯進來，山中也無法輕易脫身吧。那還不如先把責任推卸給其他學生之後也不會有太多麻煩。不是嗎？」

鬼龍院的主張和想法確實合情合理。

三年級生全體幾乎都在南雲的掌控之中。與是否有門票無關。

我一時之間想不到在南雲的支配下，撒謊說是被他命令有什麼好處。倘若因為這件事遭南雲厭惡，對那個叫山中的學生而言，會變成沉重的枷鎖。

正因如此，既然會搬出南雲的名字，懷疑他就是真凶也很正常。

即使是我遭遇同樣的事情，果然也會第一個懷疑南雲。

「話說回來，不過就是順手牽羊而已，居然氣成這樣。真不像平常的妳。」

「這表示你根本不懂我這個人，才能說出真不像我這種話吧。不巧的是我非常厭惡順手牽羊這類的行為。只要沒被發現就不會鬧出太大的問題——由於這種心理，只為了自己而傷害他人的行為，是最令我厭惡作嘔的。」

從鬼龍院的說法來看，她應該不知道人在現場的一之瀨的過去吧。

在鬼龍院光明正大地說出自己的厭惡時，一之瀨的表情也逐漸黯淡下來。似乎因為有掌握到內情，南雲察覺到一之瀨這種態度變化，暫且打斷了鬼龍院的話。

「我知道了，可以理解妳想要說什麼了。」

南雲大概是因為在一之瀨面前，才刻意把順手牽羊的行為輕描淡寫地帶過，但這樣似乎造成了反效果。

「你承認是你企圖栽贓給我的嗎？」

「那又是另一回事了啊。」

看到南雲絲毫沒有要承認的樣子，鬼龍院像是察覺到什麼似的補充道：

「你大可放心。如果能在這裡聽到你向我謝罪，我可以跟你約定這次的事就不追究了。」

假如是南雲做出的指示，他等於是教唆犯。

在類似這次事件的情況下，他很明顯會受到比實行犯更嚴重的懲罰吧。

南雲再怎麼說也是三年級生的代表，可以看出鬼龍院也無意把南雲的醜聞鬧大。

「反過來說，如果我不謝罪會怎麼樣？妳破壞椅子就滿意了嗎？」

「我沒考慮到你不肯謝罪的情況呢。」

「是嗎，那麼——」

南雲將視線從鬼龍院身上移開，然後重新面向我們這邊。

「我跟妳已經沒什麼好說了。鬼龍院，請回吧。」

別說謝罪了，南雲甚至連承不承認都沒說，試圖敷衍地帶過並結束話題。

「這是我壓根兒沒想到的情況啊。」

南雲對目瞪口呆的鬼龍院冷淡地斷言：

「妳說讓山中吐出幕後黑手，但妳威脅山中引出來的那番發言，究竟有多高的可信度？就算跳過學生會直接向校方報告，妳以為校方會認真地當一回事嗎？」

「至少山中企圖栽贓我順手牽羊的行動，很有可能被店內的攝影機拍下來吧。這不是能夠無視的問題吧。」

「既然這樣，妳先把那段影像拿出來吧。不過那樣就結束了。只要沒找到可以直接把我跟山中連結起來的證據，討論這件事根本毫無意義。」

會受到懲罰的只有山中，絕對找不到南雲有插手的證據。
南雲露出這樣的自信。
倘若收到鬼龍院的訴求，校方應該也會盡最大努力去調查，但還是有極限吧。
那是山中企圖讓學生會長，也就是統率三年級生的南雲垮台所撒的謊言——
除非有找到決定性的證據，否則可以想見會變成這樣的結果吧。
「雖然有人插嘴，回到剛才的話題吧。關於選舉這件事，可以當作妳們都沒有異議吧？」
南雲是當真打算無視鬼龍院嗎？他開始進行最終確認。
「是的。我這邊沒有問題。」
堀北儘管對依舊一腳踩在椅子上的鬼龍院感到在意，還是開口表示同意。
本來以為鬼龍院好像快氣得踢開椅子了，但她彷彿試圖看穿南雲的心思，一直在觀察情況。
之後南雲立刻轉頭確認一之瀨的回應。
照理來說，感覺一之瀨也會欣然答應這件事，但……
是順手牽羊一詞還殘留在腦海中嗎？她的表情至今仍一臉憂鬱。
「帆波，可以當作妳也會參加選舉，沒問題吧？」
「……那個，關於這件事……南雲學長，可以聽我說一下嗎？」
「怎麼了？」

「我——不打算報名參加這次的學生會選舉。」

一之瀨在這時說出了出乎眾人意料的發言。

「妳是說妳無意當學生會長？」

「應該說還有其他更大的問題。到目前為止，我一直相信隸屬於學生會，立志當學生會長是為了自己、為了周遭的人。但我現在察覺到了那種想法只是一種傲慢。就像南雲學長也說過的，我的班級離A班越來越遠也證明了這一點。」

也就是說一之瀨考慮到自己班的立場太沒出息，打算辭退嗎？

「而且像我這樣的人是無法擔任學生會長的。因為我是個罪人……」

看來鬼龍院的無心之言果然給一之瀨蒙上一層很大的陰影。

「罪人？」

不知道內情的鬼龍院一臉不可思議地這麼低喃，但我們也不能在現場補充說明理由。

「那是另一回事了。跟現在的妳無關吧。」

「我認為那樣是行不通的。無論經過多久的時間，過去的罪行都不會消失。」

一之瀨如此回答後，似乎還有什麼想法，只見她在南雲面前繼續說道：

「在討論是否要報名成為候選人前，我——打算在今天辭掉學生會。」

「等一下，一之瀨同學。那樣的判斷不會太過輕率了嗎？妳根本沒必要……」

「不，今天的事情並沒有關係。這是我從教育旅行之前就一直在思考的事情。」

一之瀨露出苦笑，表明她並非剛剛才做出這樣的決定。

「我想妳應該也知道，替學生會服務對學生而言並非單純的重擔。雖然多少有些比較麻煩的雜務，但基本上在這所學校只有正面效益。即使能明顯看見的機會很少，妳也一直受到學生會的恩惠喔。」

就如同南雲所說，身為學生會的成員並非壞事。

在這所學校生活到現在就會明白，光是身為學生會的成員，即便只是一丁點，也能一直對班級點數有所貢獻與回饋。

對於陷入窘境的一之瀨班來說，這等於是捨棄掉一樣武器。

「十分抱歉，但我無意改變想法。」

不僅不打算成為學生會長候選人，還想辭掉學生會。

聽到這樣的發言，桐山似乎也大吃一驚。

「一之瀨，看來妳是認真的啊。」

「明明也承蒙了桐山副會長不少幫助……直到最後都沒能幫上忙，實在非常抱歉。」

「包括是否繼續當學生會成員這件事，當然都是個人的自由。我沒有權利阻止，但……」

鬼龍院似乎也從這樣的發展察覺到了某些事情，要人不把一之瀨與順手牽羊的事情連結在一起，才是不合理的要求吧。只能怨恨這個討厭的話題居然這麼剛好地碰巧在這時出現的不幸吧。

不，縱然沒有順手牽羊的事情，一之瀨辭職的意志也很堅定。

「無法符合各位期待有所活躍，實在是非常抱歉。」

一之瀨站起身，對南雲與桐山深深地一鞠躬。

「我想堀北同學一定可以成為出色的學生會長。我支持妳喔。」

「一之瀨同學……」

理應在選舉中成為勁敵的一之瀨如此說道，面帶笑容鼓勵堀北。

「我感覺有點不太舒服，先告辭了。如果有需要填寫的文件，麻煩改天再通知我。綾小路同學，再見嘍。」

一之瀨這麼說並輕輕揮了揮手，然後毫不猶豫地離開了學生會室。

順手牽羊的事情肯定擴大了她內心的傷口，但她辭職的決心直到最後都沒有要反悔的樣子，也感覺不到任何依依不捨。

她並非信口開河，而是真的一直在考慮這麼做吧。

似乎不是只有我和南雲覺得事情演變成出乎意料的發展。

表明要當學生會長候選人的堀北也一樣。

「一之瀨同學辭掉學生會了，我該怎麼做才好呢？」

南雲跟我一路進展到這邊的對決，也隨著一之瀨脫離學生會，陷入彷彿會自動泡湯的狀況。

既然事已至此，縱然是南雲也束手無策吧。

「現在也找不到可以代替帆波的人選嘛。」

雖然不知道其他學校的規定，至少在這所學校裡，沒有替學生會服務過一定期間的學生，就不具備擔任學生會長的資格也說不定。

「儘管很不爽事情的發展，鈴音，要請妳直接擔任學生會長嘍。」

最應該避免的狀況就是沒有學生會長這件事吧。

要從毫無經驗的二年級生裡面突然選出一個人來擔任，也是相當不切實際的行為。

「正因為原本以為要選舉，現在覺得有點洩氣……我明白了。」

就這樣十分順利地決定由不戰而勝的堀北就任學生會長。

「在那之前，我要給妳一項工作。」

「是什麼工作呢？」

「妳要儘快填補一之瀨離開的空缺。最少也要從二年級裡面找一名學生加入新學生會。」

的確，一之瀨離開後，二年級生就只剩下堀北了。

假如陷入什麼意外狀況，學生會有可能無法正常運作。

「有什麼錄取條件嗎？」

「條件只有一個。就是能否讓周遭的人認為他是有資格進入學生會的人。」

「原來如此，這是非常理所當然的事情呢。」

雖然拿他來舉例不太好意思，但像龍園這種惡名昭彰的壞蛋，是無法獲准加入學生會的吧。

看起來也沒有限制一定要從自己班或其他班找人，不過……

「那麼，只要能滿足那個條件，不管要找誰加入都無所謂是吧？」

「說得簡單好懂一點，就算妳要從自己班帶人進來也是妳的自由。上一任的堀北學長也是有跟他同班的人隸屬於學生會對吧？」

「說得也是呢，我明白了。」

「還有一件事順便說一下。妳也要從一年級裡面選出一個學生會成員。因為八神以出乎意料的形式退學，導致學生會又缺了一個人嘛。」

南雲下達了感覺十分辛苦的命令，堀北的表情為之僵硬。

「邀請一個人加入和邀請兩個人加入都是一樣的。我會竭盡所能努力看看。」

堀北當然不可能拒絕，她老實地這麼回答了。

「看來討論似乎有結論了啊。」

在旁守望的鬼龍院如此說道，再次向南雲搭話。

或許是認為有二年級生在場，就無法說出實話吧。

被給予新職務的堀北從現場的氣氛這麼推測，站了起來。

「那麼我也先告辭了。等確定好兩名新成員後，我會再來報告。」

「好。到時我會正式把學生會長的位置交給妳。」

堀北也對在旁守望情況的鬼龍院微微點頭致意，然後離開學生會室。

因為學生會選舉泡湯，我跟南雲的對決應該也自然跟著取消。

假如要離開，現在就是最好的時機吧。

「不好意思，我也差不多該告辭了。」

「等等啊，綾小路。我跟你的事情還沒有結束喔。」

南雲有些心急地挽留我，感覺像是不會輕易讓我回去一樣。

「別再挽留他了。你和綾小路的事情已經隨著一之瀨的辭退完成了任務。他可以離開了吧，趁早解決鬼龍院的事情比較好。」

桐山判斷那個問題不能置之不理，鬼龍院也贊成他的想法。

「雖然你有一堆糟糕的地方，但這番發言值得稱讚。南雲，麻煩你做出明智的判斷嘍。」

「嘖……」

南雲看似不滿地咂嘴，然而因為情況特殊，他無奈地承認。

只不過，他似乎很不爽就這樣讓我回去，在最後的最後這麼補充道：

「你是鈴音那班的學生，要幫她招募學生會成員。」

「你說我嗎？」

「二年級沒有其他學生會成員了。而且二年B班會無條件地誕生學生會長。我可不想只讓你占盡便宜。」

我覺得這些話也可以對除了我之外的同班同學說吧……

首先，那件事跟我是否該幫忙毫無關係。

雖然不管怎麼想都覺得南雲只是在遷怒，在這時反駁他也是白費工夫吧。

「唉，不曉得我能派上多少用場，但會以自己的方式努力看看。大概。」

南雲不肯對我留了一條退路的說法睜一隻眼閉一隻眼。

「之後我會記得告訴鈴音你會協助她這件事。你可別偷懶啊？」

我一臉若無其事地一併考慮到不跟堀北一起行動的做法，然而南雲搶先粉碎了那樣的計畫。

「知道了，我會幫忙的，這樣你滿意了嗎？」

這時南雲總算表示可以接受，不再抗拒讓我回去。

「對了。最後還有這個，姑且算是伴手禮。」

我拿出事先多買的北海道伴手禮，連袋子一起遞給南雲。

「你在奇怪的地方很講禮貌啊。」

「畢竟再怎麼說，也是要跟學生會長見面嘛。我想至少帶點伴手禮比較好。」

雖然我不知道應該在什麼時候送出伴手禮，結果拖到最後一刻，這點很失敗就是了。

「我沒有份嗎？」

「因為沒想到鬼龍院學姊會來這裡。如果想要，請南雲學生會長分一些給妳吧。」

南雲把伴手禮交給附近的桐山，像是想起什麼似的喃喃自語：

「說到教育旅行結束後……差不多要公布接下來的特別考試了吧？」

是提不起勁跟鬼龍院協商嗎？南雲還是繼續對我拋出話題。

「正好就在今天公布了。」

「畢竟在教育旅行結束後實施特別考試似乎是慣例嘛。既然這樣，你們的對戰對手應該就是A班的坂柳嗎？」

「你竟然能預測到這種地步呢。」

從南雲這種說法來看，這場特別考試應該是每年的慣例，而且對戰的組合都固定分成前面兩班與後面兩班嗎？

「去年是南雲學生會長與桐山副會長的班級進行了對戰嗎？」

「唉，是啊。」

「結果怎麼樣呢？」

「記得是你的班級獲勝了吧，桐山？」

「……對。」

桐山並沒有特別高興，而是平淡地回答。

同樣身為B班的鬼龍院似乎沒有什麼想法，安靜地忽略這個話題。

「照常理來想，與A班對戰要獲勝十分艱難，不過考試內容應該出乎意料地很有機會吧？」

「我覺得這也是因人而異，或許是那樣也說不定。」

「我認為在這個時期舉行的特別考試，應該是為了讓所有班級互相抗衡，設計成對落後那方比較有利的特別考試。而且是起跑點越落後的班級，越容易獲勝的結構。」

的確，掌握這次特別考試關鍵的是堀北班與龍園班。

無論哪邊都是原本排名後段的班級。

換言之，就是南雲也接受了桐山他們B班的下剋上。

「我還以為無論是什麼狀況，南雲學生會長都會獲勝呢。」

「別這麼說啦。不管哪邊獲勝，只要對結果不造成影響，我也沒辦法認真地投入啊。」

意思是當時南雲班已經遙遙領先，根本不會去計較瑣碎的勝利啊。

「堀北學長的時代也是按照最理想的做法，從起跑點就由A班一路領先到底。我雖然是B班，但早早升上A班後就一路領先。以結果來說，A班跟其他班級在這個時期已經有嚴重的差

距。而你們不一樣。A班的確是領先，但不像以往那樣處在絕對安全的位置嘛。」

的確，現在堀北班會這麼有幹勁，是因為能明顯看到A班的背影。假如在這個時期、這個時候，A班與B班的差距將近一千點又會怎麼樣呢？就算獲勝也碰不到對方的背影。

「你就儘管努力吧。」

「是的。我會再聯絡你。」

如此說道後，我終於能打道回府，因此離開了學生會室。

「呼……終於解脫了。」

雖然學生會選舉因為一之瀨辭退而泡湯，兩千萬點的事情也化為烏有，但這樣也不會對計畫造成影響，所以無妨吧。

不過我也只有這個瞬間能鬆一口氣，一直在稍遠的位置守望情況的人物隨即走近我這邊。

「你沒能馬上獲得解放呢。」

「妳一直在等我嗎？」

「畢竟剛才的討論有很多令人在意的事情嘛。他下了什麼命令給你嗎？」

「沒有，他說這下就沒我的事了。」

「我看你們好像聊了很久呢。」

「我們在做些無關的事情啦，像是把教育旅行的伴手禮交給他。」

現在先不提南雲要我幫忙的事情。

這是一種覺得等南雲實際傳令給堀北，直接拜託時再說就好的消極想法。

「對堀北而言，這是為了就任學生會長的艱鉅任務啊。」

「我根本沒想到一之瀨同學竟然會辭退——不，應該說她居然會離開學生會呢。」

「有同感。先不提賭上學生會長寶座的比賽輸贏，我原本也以為她直到最後都會隸屬於學生會啊。」

她憑著自己的意志放棄那個地位，是我意料之外的事。

在教育旅行中落淚的理由之一，說不定跟這次的事情也有關聯。

「結果鬼龍院學姊還是留下來跟南雲學生會長他們繼續討論事情嗎？」

「好像是那樣。妳也看得出來她相當火大吧。」

「嗯。雖然我對那個人不是很熟，但要是與她為敵感覺很棘手呢。畢竟連那個南雲學生會長都覺得她很難應付的樣子。」

從學生會成員的角度來看，平常應該只看過隨時居於優勢的南雲吧，也難怪會有那種印象。

「你覺得南雲學生會長對同樣三年級的學生發出指示，企圖栽贓鬼龍院學姊順手牽羊的事，有幾分真實性？」

「天曉得。只不過至少可以確定她差點被那個叫山中的學生栽贓這點是事實吧。」

至於是否有其他第三者與此事相關，目前依舊不明瞭。

「不管幕後黑手是不是南雲，我都猜不透那人陷害鬼龍院的理由和目的。」

「有沒有可能是因為跟她有糾紛，為了洩恨報仇才這麼做？」

「當然有那種可能。畢竟她那個人就算被不特定的某人討厭也不奇怪嘛。」

不過我們思考這件事也沒有意義。

「先不提那個，妳應該專注在學生會的事情上比較好吧？」

「也是呢。如果綾小路同學願意當學生會成員，事情就解決一半嘍？假如是你，肯定也符合南雲學生會長期望的條件吧。」

「這可難說吧。至少南雲不喜歡我這個人。」

「這不是喜不喜歡的問題喔。」

「也不能那麼說。站在南雲的角度來看，他應當會很不愉快，肯定是那樣沒錯。」

「那只是你不想加入學生會而已吧。」

「就是這麼回事。」

要是加入學生會，會少掉很多自由的時間。我想避免這一點。

「那麼，至少能請你幫忙搜尋人才吧。畢竟本來就有把我拉進學生會的責任，相信你應該不會拒絕吧。」

堀北像要堵住我的退路，彷彿機關槍似的這麼斷言。

「不，我不太擅長那種事啊。不好意思，我Pass。畢竟學生會的事情應該由與學生會相關的妳來解決嘛。」

似乎已經習慣我這麼不合作，堀北嘆了口氣暫且作罷。

「以我的立場來說，果然還是想從同班同學裡面找人。畢竟學生會長本身也說過，加入學生會對班級而言會帶來正面效益嘛。」

「這種時候如果是洋介，他應該很樂意協助大半的事情吧。」

「是呀。但也不能因此要他退出社團活動呢。」

學生不能同時兼任學生會與社團活動，而且洋介在足球社也有留下一定的成果。即使特地把他挖到學生會，能獲得的好處也比較少吧。

「我要回去嘍。」

我試圖逃離現場，但堀北在那之前先繞過我堵住去路。

「總之先不管學生會的事了。綾小路同學，關於特別考試——」

「不好意思，那邊也沒有我能率先幫忙的事。」

「學生會的事情由學生會自己解決——這是你的主張吧。但特別考試是全班的問題喔。既然是同班同學，你應該協助我才對吧？」

「也有其他可以依靠的同伴吧。妳可是有將近四十個同班同學。」

根本沒必要一定要依靠我。

「真是的。結果你根本不打算幫任何忙呢。」

「就算我幫忙，狀況也不會有劇烈的變化。」

「你會不會太謙虛了？如果你願意幫忙，會讓我放心不少。畢竟敵人是那個坂柳嘛。如果你能從擬定戰略的階段就幫忙出主意，像體育祭那樣搶先其他班級的機率也會跟著提高。」

假如落敗，與A班的差距會擴大一百，所以不能輸。

但就算輸了，也還在可以挽救的範圍內。

「我沒有什麼建議可以給妳。只不過我會以同班同學的身分服從妳的指示。倘若命令我要答對高難易度的問題，我會服從。」

我告訴她即便不會幫忙擬定事前階段的戰略，還是會協助考試。

「……意思是與科目和難易度無關，無論是什麼問題你都會幫忙解開？」

「沒錯。我十二月時在OAA上的學力是B等級。雖然沒辦法拿到高得分，只要妳希望，無論是通關至少需要解開的兩題或是上限的五題，我都會確實答對。」

這對堀北而言應該會是重要的得分吧。唯獨這個部分我可以先向她掛保證。

「也就是說你不介意我依靠你個人，不過你不會在事前階段幫忙是吧？」

「就是這麼回事。」

「你答錯的可能性呢？」

「無限接近零。」

除非出現與基本科目無關的雜學，否則不會發生任何問題。

「真敢說呢。聽說你特別擅長的只有數學而已耶？」

「我不記得啊。」

真是的——堀北如此低喃後，像是接受我的提議似的點頭回應。

「那就這麼說定了吧。即便是高難易度，學力B的學生也能確實答對五題——光是可以確保有這些得分，負擔肯定也能減輕不少。」

這將會成為堀北以領袖身分與其他班周旋的一個重要經驗。

希望她可以在這次的特別考試中學到比輸贏更重要的東西。

「我姑且對妳感到同情。在很艱辛的時候被託付了學生會長一職啊。」

如果可以，這應該是想在沒那麼忙碌的時期處理好的問題吧。

「這也沒辦法。既然決定要加入學生會，就難免會被這種事情纏身。」

畢竟若要追究原因，就像是我（雖然不是我）引導她進入學生會的嘛。

儘管多少也有些掛心的部分，但走在旁邊的堀北看來很積極的樣子。

「朝負面方向思考也沒用。我決定積極地朝正面方向去看待。倘若能當上學生會長，校方對我的評價應該會比現在更高，也能得到某種程度的權限。即使並非濫用職權，我打算做些接近濫用職權的灰色地帶的事情。」

為了升上A班，在某種程度上會不擇手段的決心。

這樣就行了。以堀北的情況來說，或許應該更貪心一點才算剛好呢。

「你也可以幫我物色新的學生會人選喔？」

「妳別一直重複這件事啦。」

「我想說你搞不好已經忘了。」

「我會一直婉拒。」

但願她能在得知南雲要我幫忙的事實前決定好人選。

3

儘管這也是自己播下的種，但我被捲進幾乎沒有關係的事情了。

原本想說不管是學生會選舉還是什麼都行，想趁這個機會清算與南雲的關係，然而沒有人能預料到一之瀨會辭退，這也是無可奈何啊。

我決定打電話跟在宿舍等待的女友報告。

『你還沒有要回來嗎！』

才剛接通，惠一開口就發出感覺很不滿的聲音。

「我才剛離開學生會室。大概再十五分鐘就回去。」

本來以為她會生氣，但可以確定回去時間的喜悅似乎更勝一籌。

『好～我有乖乖地等待，沒有催你，是不是很了不起？』

惠突然轉變成柔和的語調提出詢問。

「了不起，了不起。」

像惠這樣的女生可以熟練地操作手機。

所以每隔幾秒就狂傳訊息，也是她很拿手的事情吧。

雖然也不是什麼值得稱讚的事，她對我說的「了不起」表現出很開心的樣子。

『欸嘿嘿嘿。』

『那我等你喔。』

簡短地結束這樣的對話後，我將手機收到口袋裡。

戀愛階段逐步進展，縱然沒有漫長的對話交流，也能實際感受到雙方建立起了關係。

只有家人可以察覺到些微的不同，並不是因為家人特別聰明或敏銳。

而是家人能夠注意到只有長期共同生活才能明白的變化。

不是用頭腦思考去猜測對方的想法，而是透過肌膚相親互相感受到的情緒。

也能將一瞬間的險惡氛圍轉變成一瞬間的柔和。

硬幣的正反兩面。

除了剛才說的那些例子，這也可以套用在各式各樣的事情上吧。

課本剩餘的頁數正一分一秒地在減少。

不過，課本就是越到後面問題越難解開，會比開頭花上更多時間。

那麼——接下來的課題是——

新的學生會成員

在第二學期最後的特別考試即將到來前，堀北有個當下必須先解決的課題。就是為了繼承即將退休的南雲學生會長的職務，必須先完成的作業。任命為新任學生會長的隔天放學後，堀北似乎決定立刻採取行動。

我不出所料被叫出來，在教室外面的走廊上等待堀北到達。

叫我出來的當事者目前正在班上跟聚集起來的同學們討論一些事情。

雖然學生會也是必須解決的問題，但現在也不能怠慢針對新的特別考試的對策嘛。要是默默回家，得做好之後會遭到她加倍奉還的覺悟吧。我可不想自討苦吃。

想著這些事情，經過大約十分鐘後，堀北沒有特別道歉地現身了。

「那麼，我們立刻換個地方吧。」

「作戰會議那邊已經談好了嗎？」

「因為昨天就先跟平田同學他們仔細地討論過了。我今天只是來聽他們報告進度而已。所幸大部分的同班同學都充滿幹勁。儘管不喜歡念書，也以積極的態度在面對。成績曾經是吊車尾的

須藤同學崛起、因為佐倉同學退學感受到的精神壓力、和點數差距已經進入射程範圍的A班直接對決。這是所有事情都朝好的方向發揮作用的證據喔。」

在提到佐倉愛里名字的那一瞬間，堀北有一瞬間露出窺探這邊的態度。

「妳還是耿耿於懷嗎？」

「我……可沒有沒神經到不會耿耿於懷。即使那是事實也一樣。」

「那種心態不值得稱讚啊。妳只要大大方方地做自己就行了。」

只要再過一段時間，堀北的內心應該能更完整地消化這件事吧。

我邁出步伐前進，於是堀北有些慌張地追了上來。

「聽南雲學長說你會積極地協助我，老實說我覺得放心不少呢。」

「他好像只有告訴妳好的部分啊。希望妳至少可以先理解並知道，就我個人來說是完全提不起勁這一點。」

要是因為幹勁的問題產生誤會或各說各話的狀況，之後可就麻煩了。

「唉，但就算我不特地這麼主張，眼前這個學生也很清楚就是了。

「我想也是呢。畢竟你好像還隱瞞了南雲學長叫你幫忙的事情嘛。要是我沒有主動提起，你打算就這樣裝傻到底對吧？」

她似乎是心知肚明，才故意講些像在挑釁我的話。

「如果妳肯為我著想，大可以放我一馬喔。」

「才不要。」

堀北立刻回答，我試圖摸索退路的計畫落空了。堀北最近應對我的態度，在好的意義上——不，在壞的意義上也是越來越隨便了。

「但你放心吧。我不打算拖拖拉拉地花好幾天時間招募學生會的成員。我昨天已經挑出幾個候補人選，想在今天決定。雖然學生會也很重要，不過現在有個讓人更想專心準備的特別考試在等著嘛。」

看來堀北似乎有意速戰速決，這點讓我暫且放心了。

「要從二年級跟一年級裡面各找一個人對吧。」

「對。還有再次跟他見面時，他又提出了更具體一點的願望——最低條件是學力在OAA是B以上的學生。」

「學力限制嗎？唉，如果要加入學生會，有那樣的條件也不奇怪啊。」

看來好像不太重視社會貢獻性那方面，所以能選的人才範圍應該很廣泛吧。

「這麼說來，好像某人的學力也提升到B了呢。到底是誰呢？」

「我的肚子突然痛了起來。還是回家好了。」

「你聽不懂玩笑話嗎？」

「因為妳可能是講真的，我才傷腦筋啊。」

「接下來我打算先填補一之瀨同學離開後的二年級生空缺。會找除了你以外的人。」

「那是當然的。記得妳說已經決定好候補人選了啊。」

「對。要成為學生會成員的必須條件，只有沒有隸屬於任何社團活動這點。只要學力有B以上，剩下就可以由擔任學生會長的人靠自己的判斷斟酌決定。」

也就是說只要超過基準，堀北想徵求具備哪種能力的人都是她的自由。

「並不是只要學力有B以上就誰都可以。既然要營運學生會，有擅長各種能力的人才能更順利地經營學生會。」

要是隨便湊合一些沒有幹勁的成員，的確會讓人擔心學生會本身的活動是否能正常運作。

「別看我這樣，我可是打算頑強地去做。既然光是隸屬於學生會就能獲得不少加分，可不想從像A班那樣強大的勁敵班級裡拉人進來呢。」

無論是多麼渺小的優勢，她似乎都有想守住的底線。

「那麼——這表示妳的理想人選是自己班上的同學嗎？」

「就是如此。即使選用跟自己同班的人會讓別人看穿我別有用心，但也沒有違反規定。」

堀北從剛才開始就停下腳步在這裡等待，感覺可以從她這麼做的理由看出答案。

「堀北同學，妳找我是要說什麼呢？」

獨自從教室裡走出來的同班同學——櫛田這麼向堀北搭話了。

「如何？」堀北有一瞬間用眼神這麼向我打暗號。

的確，櫛田包括她的容貌在內，是對外評價非常高的學生。學力也的確在B以上，具備與學生會的成員相比也毫不遜色的能力。

但這些終究是從外部觀察時的評價。尤其堀北與櫛田可說是水火不容。

「其實我有一件事想拜託櫛田同學。」

這種危險行為就像是對著鍋子裡的油倒入大量的水。

「雖然還沒有公開，但一之瀨同學確定要離開學生會了。」

「咦？這樣呀。意思是出了什麼問題嗎？」

「單純是因為她個人的因素喔。」

儘管櫛田還沒掌握到狀況，油已經開始加熱。

不過還沒有到達高溫。

「只不過因為學生會成員減少，目前很缺人，如果可以，希望能請妳填補那個空缺。」

成為決定性關鍵的這一句話讓櫛田大概明白了吧。

溫度逐漸上升的油發出啪滋啪滋的聲響，炸開了水。

「南雲學生會長還會繼續當學生會長嗎？」

「不，二年級的學生會成員只剩下我。所以決定由我自動遞補。」

「也就是說……堀北同學會變成學生會長對吧？」

「只要之後沒發生什麼意外，預計是那樣沒錯。」

雖然突然冒出來的學生會長話題讓櫛田多少有點吃驚，但重點並不在那裡吧。原本就可以確定之後會由一之瀨或堀北當學生會長。

「所以我決定親自選定成員。即便姑且還是會要求學生會成員應具備的最基本能力，如果是妳，已經符合各項條件，沒有問題呢。」

鍋子周遭已開始噴濺大量的水與油，讓人擔心可能會燙傷了。

就這樣繼續待在旁邊，免不了被燙傷吧。

「那麼，假如加入學生會……我就會負責當堀北同學的書記之類的嗎？」

櫛田最在意的似乎是這點，她提出疑問。

「雖然還沒決定好職務，不過就像妳說的那樣呢。」

「啊哈哈，這玩笑真有趣呢。」

即使她的聲音和表情在笑，但是我們都很清楚。

因為可以強烈地感受到她散發出「誰要在妳的底下做事啊，笨蛋」這種氣息。

「根據妳積極的程度，也有可能立刻被任命為副會長喔。」

「呃～妳應該知道不是那個問題吧？」

彷彿想說「別提這種我不可能答應的事情，只是浪費時間而已」的壓迫感。

她可以一邊露出自然的笑容一邊散發這種壓迫感，實在是很不得了。

「我這種人應該無法勝任學生會的工作吧。」

因為是在學生們來來往往的走廊上，櫛田只強調是自己能力不足，當作拒絕的理由。

「沒那回事。妳在ＯＡＡ也有很高的評價，而且也受到許多同學和學弟妹仰慕。如果是妳，也能很快跟明年入學的一年級生打成一片。我是看上妳這種能力，才來挖角的。」

堀北強調她的心態很單純，並非是為了對櫛田頤指氣使。

然而站在櫛田的角度來看，那種事根本沒多大差別吧。

她不可能接受在堀北底下做事這種形式。

「我很高興妳有這份心，但果然還是有點困難呢。再說我也沒有參加學生會的經驗……」

雖然堀北一直堅持到現在，不過事情果然沒這麼簡單。

尤其是在堀北底下做事這種型態，對櫛田而言是難以接受的事實。

「即使只是一點，但光是妳願意加入學生會，我們班就能獲得優勢。要以升上Ａ班為目標，班上有學生在學生會任職的加分，應該會成為十分有利的武器。」

「嗯。我明白妳想說的話……但我果然還是辦不到。對不起喔。」

堀北刻意挑在要回家的時候找櫛田出來，是為了讓她裝乖吧。

假如這裡沒有任何人，例如像宿舍的房間，櫛田應該會一刀兩斷地拒絕。

「求求妳，櫛田同學。我需要妳的力量。」

堀北拉起櫛田的手如此訴說，用更強烈的語調懇求著。

擦身而過的學生也稍微看向這邊，好奇是發生什麼事。

「………」

櫛田一直裝出驚訝和困惑的樣子。

表櫛田最難受的部分，就是無法冷淡地拒絕希望她幫忙的堀北吧。

就在這時，我有一瞬間將視線望向前方。

「怎麼了嗎？」

「不，沒什麼。」

隔壁的堀北注意到我的反應，好像有些在意地這麼詢問，但我現在不想講些無關的事來打斷她們的話題。

雖然微妙地停頓了一下，堀北隨即繼續對沉默的櫛田說道：

「我並不是要妳為了我工作。只是希望妳可以幫忙我們班升上A班。」

「但是……找其他人幫忙也可以呀。我沒有自信耶。」

「倘若櫛田同學妳願意答應，能夠獲得的好處是最多的喔。」

櫛田不想在堀北營運的學生會做事。但如果答應這份工作，櫛田可以得到最多好處。

「嗯？這話是什麼意思呢？」

也難怪櫛田無法理解，並這麼反問吧。

「這還用說嗎？假如櫛田學姊加入學生會，就算有人超討厭學姊，也不能隨便出手嘛～～」

解答的並非櫛田本人或堀北，而是身為第三者的女學生天澤一夏。

她從剛才開始就一直偷偷地拉近距離，沒想到會突然插入話題。

「……為什麼天澤學妹會出現在二年級生的區域呢？」

櫛田被突然出現的天敵？逼入更難脫身的窘境。

「我過來學長姊們的區域也沒什麼關係吧～」

「我們現在正在忙呢。妳找誰有事嗎？」

「並沒有特定要找誰啦，硬要說的話，大概是櫛田學姊吧～」

「找我？這、這樣呀。究竟有什麼事呢？」

櫛田明顯地冒出青筋，可以看出她十分生氣。

「咦～？是什麼事呢～？學姊覺得我找妳有什麼事呢～？」

「我不知道有什麼事呢。因為根本不曉得天澤學妹在想什麼。」

不管怎麼看，櫛田都一臉厭惡的樣子，但這是因為我隔著一層濾鏡在看嗎？還是說在堀北看起來也一樣呢？

「我現在跟堀北同學他們在談很重要的事，能請妳晚點再來嗎？」

「我不要～如果只剩櫛田學姊跟我兩人獨處，妳一定很凶～」

天澤很明顯根本不管櫛田的意願，露骨地這麼主張。

看到這兩人的模樣，堀北應該也充分理解到天澤連櫛田的本性都很清楚吧。當然她也有可能早就知道了。

不過天澤居然特地來見櫛田？我像要用眼神牽制一般看向天澤。

「假的，我說假的啦，學長。其實我是來見綾小路學長的。結果就看到學長在跟堀北學姊與櫛田學姊講話嘛。所以就豎起耳朵偷聽你們在講什麼。」

天澤毫無愧疚之意，坦承她偷聽了我們的對話。

「妳從哪個部分開始偷聽的？」

「什麼哪個部分，我真的只有偷聽一下子啦。從堀北學姊說『我並不是要妳為了我工作～』那邊開始。我是說真的喔？」

雖然天澤老實地說了出來，不過是因為櫛田與堀北並不信任她嗎？她很明顯遭到懷疑。

「她是說真的。沒有誇張也沒有隱瞞。因為我看到天澤走近這邊的樣子。」

所以我決定先幫忙保證天澤說的是實話。

「原來如此。你剛才有一瞬間看向旁邊，是因為這樣呀。」

「就是這麼回事。妳看？我只會說實話對吧？」

「妳剛剛不是才撒謊說是來見櫛田同學的嗎？不，到頭來也不曉得妳是不是真的來見綾小路同學的呢。」

只要產生一點懷疑，就連其他部分都會覺得很可疑。

「哎呀哎呀，就別計較那種細節了嘛。先別提這些，學姊請繼續邀請吧。」

請便請便——天澤退後一步，表示她不會再繼續妨礙。

「……也是呢。暫且先不管天澤學妹的事，能請妳給我個回答嗎？」

為了讓糟糕的狀況好轉，堀北決定切換成留下天澤並繼續說服櫛田的方針。

「我從剛才開始就一直在回答我不能接受嘍。」

「沒得商量嗎？」

「對不起喔，沒辦法回應妳的期待。學生會對我這種人來說——」

「學姊別這麼說，答應她加入學生會不就好了嗎？」

明明剛剛才說不會妨礙，結果不到十秒就出爾反爾的天澤開口這麼說了。

豈止如此，因為天澤確信櫛田無法直接做出反擊，還在櫛田正後方得寸進尺起來。她對櫛田

上下其手，摸來摸去。

最後甚至還用食指戳著櫛田的臉頰玩了起來。

「畢竟櫛田學姊長得還算漂亮，身材也還算不錯。而且還算聰明不是嗎？」

天澤重複著小惡魔的低語，一直在說服……不對，是挑釁櫛田。

只不過不管哪句話都不是坦率地稱讚人的形容啊。

「我說呀。如果要繼續談下去，能不能……換個地方？」

以櫛田的立場來說，即使要一直拒絕，在大眾面前似乎也讓她感受到強烈的壓力。

會如此提議是因為覺得再這樣下去，就連要繼續對話也很困難吧。

其實她也可以結束對話然後開溜吧，但表櫛田不被允許這麼做。

「綾小路同學，你暫時陪天澤學妹聊聊如何？」

「咦～？竟然想排擠我，學姊會不會太冷淡了？」

「所以我不是正打算把綾小路同學借給妳嗎？」

堀北雙手抱胸，表示光是沒有趕天澤一個人離開，她就應該心懷感謝了。

「我現在不是只想找綾小路學長，也想跟櫛田學姊和堀北學姊待在一起呢。」

可以確定她這麼做的理由就只是純粹覺得好玩吧。

「而且我要是被硬趕回去，可能會說出很多不好的祕密喔。」

天澤這種摻雜著不曉得是實話還謊言的威脅，讓人無法指望可以強制驅離她。

「……真沒辦法呢。那就按照櫛田同學的希望，至少換個地方談吧。」

雖然堀北原本打算以大眾為武器來確保櫛田，但面對言行毫不留情的天澤，只會讓事態不斷惡化而已。

堀北似乎判斷照這樣下去無法獲得好的回答，決定換個地方談。

1

堀北帶著櫛田爬上樓梯，移動到這個時間應該沒有任何人的特別大樓。

「總之在這一帶應該就沒什麼人會看到了。」

如果是這裡就行了吧？——堀北徵詢櫛田的同意。

「唉，嗯。」

其實她甚至不想跟過來吧——櫛田深深地嘆了口沉重的氣。

「這地方算是安全了呢～如果有人靠近也能立刻察覺，嗯嗯。」

「天澤學妹，妳真的是打算跟到天涯海角呢。」

「因為接下來的發展讓人很好奇嘛。櫛田學姊究竟會不會加入學生會呢？」

在得知結局前，她不打算回去吧。

「啊～煩死了。雖然堀北也很煩人，但現在的妳比她煩人三倍。」

沒有其他人會看到，不需要繼續維持表面工夫的櫛田似乎再也忍耐不住，內側的本性毫無前兆地顯現出來。

「天澤學妹，妳也是被她打從心底厭惡呢。」

畢竟堀北有自覺櫛田最討厭的人就是她，不過天澤還被說比堀北煩人三倍嘛。

受到櫛田毫不客氣地用冰冷的眼眸注視，天澤露出今天最燦爛的笑容。

「啊哈，我最喜歡看那種表情了呢。」

天澤不僅沒有感到畏懼，反而像是期待已久的時光終於到來一般，開心地雙手合十。

「太好了呢。學姊能暴露出真實自我的對象增加了。有綾小路學長與堀北學姊站在妳那邊，我就已經沒什麼好怕了嗎？」

「雖然不知道妳是打算玩弄我的精神狀態還是怎樣，勸妳還是別白費工夫了吧？」

「我才不聽～不然再來做些什麼讓櫛田學姊傷腦筋好了。」

決定留在學校的天澤，是打算從揶揄櫛田這件事中感受喜悅與樂趣嗎？會來拜訪二年級生，果然其實也是為了找櫛田嗎？

「妳是那種深信自己絕對不會退學的人嗎？」

「咦咦？有人能夠讓我退學嗎？如果有還真想看看呢。」

「妳們差不多該停了。尤其是天澤學妹，妳揶揄得太過火了。」

今天的天澤的確特別愛強調令人不快的部分，向櫛田挑起戰火啊。

我也想避免耗費太多時間陪她們選定學生會成員。

「再繼續耗下去也會對堀北造成影響。妳別再鬧櫛田了。」

接在堀北後面順便警告了一下天澤，於是……

「——好～既然綾小路學長這麼說，我就當個乖孩子吧。」

天澤舉起雙手宣告她真的不會再繼續做揶揄櫛田的行為了。

「櫛田同學，就先把她的事擱在一旁……我想再次邀請妳加入學生會。」

「我不要。」

「沒得商量嗎？」

「對，沒得商量。我可以回去了嗎？」

看到櫛田打算離開現場，我決定稍微採取行動。

「堀北，妳應該給櫛田更淺顯易懂的提示比較好吧？」

「……淺顯易懂的提示？」

「加入學生會的確可以讓櫛田獲得好處吧。但在同時妳也會獲得同等的利益。站在受到邀請的那方來看，也難免會感到有些不滿。櫛田也是這麼想的吧？」

「唉，嗯……」

看向這邊的櫛田雖然瞪了我一下，卻又有些支支吾吾地移開視線。

「想要我免費幫忙，是不是想得太美啦？」

櫛田像是順著我的誘導一樣，對堀北拋出這番話。

「那麼視條件而定，妳願意考慮一下嗎？但我拒絕像之前那樣希望我退學的條件喔。」

儘管以櫛田的立場來說，要提出那種條件也行，不過那當然不能說是很實際的要求。

究竟要怎樣的條件，櫛田才會答應加入學生會呢？

「如果妳無論如何都想借用我的力量，就下跪求我看看呀。」

「……下跪？」

「沒錯。如果妳肯用態度表現出求我幫忙的誠意，我就考慮看看——不，我就加入學生會。」

櫛田並非用曖昧的回答在逃避，而是保證會加入學生會。

她會做出這種發言，當然是因為確信堀北不可能在這種地方下跪。

雖然不到櫛田那種程度，堀北的自尊心也很強烈。

儘管是為了班級，她也不會在這種狀況下跪吧。

「這樣啊。下跪就是妳的條件呢。我懂了。」

堀北如此喃喃自語後，像要跪坐在冰冷的走廊地板上似的坐下。

「啥？慢著，騙人的吧？」

「只要我下跪，妳就會加入學生會。妳剛才這麼跟我約定了對吧？綾小路同學和天澤學妹也都以證人身分聽到了這番話。妳要收回就只能趁現在嘍？」

簡直就像她真的不惜下跪也要拉櫛田進學生會。

堀北散發這樣的氣息，理應占上風的櫛田頓時說不出話來。

「……妳是在虛張聲勢吧？妳不可能對我下跪的。」

「我理解妳為何會這麼覺得，但我沒有妳想的那麼討厭妳喔。如果下跪一次可以對班級有所助益，那就具備充分的價值了。」

堀北從較低的位置用銳利的眼神看向櫛田，認真地回答。

宣言不會妨礙她們的天澤靜靜地觀察這種狀況，似乎樂在其中。

「不，妳沒辦法下跪。妳辦不到。」

兩人互相猜測著對方的下一步行動，雖然有些迷惘，但櫛田做出的結論是「她辦不到」。

「是嗎……那我只要下跪請妳加入學生會就好呢。」

堀北這麼說，然後開始緩緩地伸出雙手，準備貼在走廊上。

但在碰觸到地板前，她的動作停止了。

然後不管經過幾秒都沒有繼續下一步行動。

「欸，堀北同學，怎麼啦？不是要下跪嗎？」

以為堀北是無法忍受這種屈辱而停止動作的櫛田，很開心似的向她搭話。

「可以先問妳一件事嗎？用這麼無聊的方式讓我下跪，妳就滿足了嗎？」

「啥？」

「只要在這邊低頭懇求，妳就會在我底下做事。不管怎麼想都是我賺到，而不是妳呢。」

在這裡有一瞬間能夠將跪地求人的堀北烙印在眼底。

不過與此同時，櫛田也必須付出代價，就是要扶持會在自己上頭負責指揮，營運學生會的堀北。這不能說是很便宜的交易吧。

「我知道妳很討厭我。也能理解妳想讓我下跪的心情。既然這樣，比起這種強制讓我下跪的發展，製造出我會主動低頭的狀況才能夠獲得真正的愉悅與快樂吧？不是嗎？」

這是堀北發動的策略。

她肯定不想對櫛田下跪。

也就是說櫛田猜中了堀北的心思。不過堀北散發絕妙的氛圍，看起來也像是不排斥在這邊下跪的樣子。

「妳什麼都不懂呢。如果妳不在乎下跪，趕快跪一跪就好了吧。先不管什麼愉悅還是快樂，趕快低頭求我加入不就好了？」

另一方面，櫛田也不可能輕易接受。說到底，要是沒有交換條件她就不會加入學生會，所以理所當然會追究這一點。

「假如我會抗拒下跪這件事，那是因為可以確定櫛田同學妳會後悔喔。要是我在這邊低頭懇求，妳即使不情不願也得加入學生會。要是妳因為這麼薄弱的動機成為學生會成員，我也很傷腦筋喔。」

既然要加入學生會，堀北就想澈底活用櫛田桔梗的能力。

也就是說，如果櫛田不是主動想加入學生會就無法實現這一點啊。

「就憑會跟我保持距離的私生活，要誘使我下跪十分困難。但只要加入學生會，就算妳不願意，跟我接觸的時間也會變多，妳可以表現自己有多能幹的場面也會增加。到時應該就有我會想依靠妳的機會。那麼一來，我主動低頭求妳的情況或許就不只一、兩次了。」

不是由櫛田讓堀北低頭，而是要櫛田製造出堀北主動低頭的狀況。

這種也能說是挑釁的發言，看來出乎意料地刺激到了櫛田。

「我在妳底下做事這點還是不會變吧？」

「妳好像認為是學生會長與他的部下，但那是錯的喔。只是職位不同而已，決定真正立場的是人與人。妳只要建立起副會長比學生會長擁有更強的實權與發言力的關係就行了吧？」

堀北清除外圍的障礙，從較低的位置逐步把櫛田逼入絕境。

「新加入學生會就突然當上副會長，而且是把身為學生會長的我玩弄於股掌之上的強者。要滿足妳被其他人肯定的欲望，沒有比這更好的標籤了吧？」

因為堀北早已把櫛田解析完畢，所以很了解她在追求什麼，以及想要什麼。

從這種觀點也可以再次清楚地知道櫛田是很適合加入學生會的人。

「總覺得有點不爽。」

「現在覺得不爽也無妨吧。那只是些瑣碎的小事喔。」

櫛田依舊露出凶狠的表情，將視線從隨時都準備好要低頭的堀北身上移開，背對著她。

「只要加入學生會，我的立場就會變得更穩固。這並不是壞事。」

「對，妳說得沒錯。提出交換條件什麼的，一點意思都沒有嘛。」

「雖然要照妳說的做讓人很不爽，但就像妳利用我一樣，我也會利用妳。」

「是嗎——」

堀北「呵」了一聲露出淺淺微笑，準備收回原本要伸出去的手，但——

「可是呀，堀北同學。我果然還是也想在這裡看妳下跪的樣子呢。」

如此說道的櫛田轉過頭來，露出渾身的笑容這麼回答。

「……若是那樣，就無法讓我在真正的意義上下跪喔？」

「沒問題。我會再找其他機會完成那個願望。但妳今天還是要先下跪。」

到此為止堀北一直很漂亮地以她的步調在進行，但在最後一刻出現了誤算。

變得積極的櫛田更明顯地展露她惡劣的性格，朝強勢的方向好轉。

「怎麼樣？要作罷嗎？那我就不加入學生會了。」

一看到自己占上風，櫛田便一口氣展開猛攻。

想要讓原本與自己對立的櫛田免費加入學生會這點，對堀北而言是不利的狀況。

要是在這裡迴避下跪，櫛田說不定會捨棄好處。

或許在被迫這麼想的時候，就已經分出勝負了吧。

「……綾小路同學，還有天澤學妹。」

「什麼事～？」

「不好意思，能請你們離開一下嗎？」

心情明顯變差的堀北這麼說，命令我們從她的視野範圍消失。

也就是說她無法讓複數人看到自己下跪這種屈辱的場面。

我強硬地拉著想看熱鬧的天澤的手，離開現場。

堀北漂亮地達成了讓櫛田依照自己的意志加入學生會這個目的。

不過她也因此付出了代價呢。

2

「啊~我也好想看堀北學姊低頭懇求櫛田學姊的樣子喔。」

「請妳別實際講出聲音來。那是我致命的失敗啊。」

堀北抱著頭，回想起幾分鐘前發生的事情，因憤怒而顫抖著。

「儘管是妳自己先開口的，但妳被櫛田巧妙地利用了啊。」

「我太小看她想被人肯定的欲望了。」

我跟天澤見識到臨走前的櫛田露出一臉非常幸福的表情。

「是附帶下跪的強硬邀約啊。」

「……就算這樣，櫛田同學最終還是回答了ＹＥＳ，那是她做出的決定。而且若她真的不想做，也能堅定地開口拒絕。你也很清楚這點吧？」

「妳能看穿到這種地步是很了不起啦。」

雖然表面上無論對誰都一視同仁，總是笑臉迎人的櫛田並非如此，但她私底下的本性就像堀

北說的一樣，是個意志堅定，不會隨波逐流的人。

那種狀況對櫛田而言正是可以露出本性的狀況，是完全沒必要客氣的場面。櫛田也可以在看過堀北下跪後拒絕，不過她最終還是點頭答應了，就是因為加入學生會實際上的確有好處。

「即使知道她打從心底不想在我底下做事，但重點並不在那裡。加入學生會肯定可以提升她的向心力。雖然她一度在班上被逼到走投無路，這應該會成為復權的踏板。」

「妳打算把櫛田操到過勞啊。」

「那是當然的吧。選擇讓她留下來的是我。只能逐步累積可以讓班上所有同學都接受這件事的成果。而且我還被迫下跪了嘛。」

果然下跪這件事似乎留下深遠的影響，但這也是堀北自己聰明反被聰明誤的失策，所以無可奈何。

要是在那種場面主張果然還是不下跪了，櫛田就不會跟隨堀北加入學生會了吧。

「妳應該在下跪以外的部分奮戰啊。」

「別再提這件事了。下次我會活用這個教訓……」

雖然受到傷害，但首先踏出了第一步。學生會成員並非誰都能擔任。

而且櫛田就任可以讓其他人認為櫛田對班級而言是必要的人才，還能避免她被當成切割的對象。對櫛田而言，這應該也是原本就很清楚的事。

只不過她不爽是被堀北誘導這麼做的幼稚感情阻擾了她。

「這下就由妳的班級獨占學生會的二年級。這是很明確的優勢呢。」

「只要南雲學生會長願意認同啦。」

「他本人也說過了吧。要從自己班上帶誰過來都是妳的自由。」

「是那樣沒錯，但那番話肯定也包含了『妳如果有那個膽量就試試看』這種語意喔。」

「既然這樣，就只管讓他見識妳的膽量呢。」

「你說得倒簡單。」

雖然堀北露出複雜的表情，不過她說的話與做的事正好相反。

即使只是一小步，為了更接近A班，她不會有絲毫猶豫，而且甚至不惜下跪也要把櫛田拉攏成為夥伴。倘若這個不叫膽量，還能叫什麼呢？

「我覺得妳對櫛田也是用了幾乎算是最好的邀請方法。」

「我也這麼認為。真不愧是新任學生會長呢～」

天澤用誇張的反應表示關注，在後面點頭贊同。

「……妳還打算繼續跟過來嗎？已經沒什麼好看的嘍。」

「有什麼關係呢。畢竟我很好奇堀北學姊會邀請哪個一年級生加入～而且我跟堀北學姊都這麼熟了不是嗎～」

「至少我跟妳應該不是那種可以輕鬆閒聊的關係吧？」

「是嗎？雖然我們曾經稍微對立過，也只有在特別考試那段期間吧。既然考試都結束了，我們以學姊與學妹的身分融洽相處不是比較好嗎？」

堀北略微蹙起眉頭，不過因為她也無法強硬地趕走天澤，於是放棄反駁。

「乾脆讓天澤加入學生會怎麼樣？她ＯＡＡ的成績也無可挑剔。」

「即使在ＯＡＡ上沒有問題，天澤學妹也不適合進入學生會。」

「咦～？至少可以先邀請我看看吧？說不定我意外地會點頭喔。」

「免了。」

堀北要打造的學生會構想中，似乎沒有天澤的位置。

唉，雖然天澤感覺的確不太適合需要認真對應各種事的學生會啦。

「既然妳拒絕了她，應該有什麼想法吧？」

「我有挑出幾個候補人選……不知道那個學弟是否還待在學校裡呢？」

從堀北冒出了「學弟」這個發言來看，她要找的一年級似乎是男學生。

堀北到一年級的校舍繞了一圈，似乎沒能找到目標人物。

她從Ａ班眺望到Ｄ班後，嘆了口氣。

「或許他已經回家了吧。」

堀北發了一下牢騷，抱怨花太多時間在跟櫛田與天澤的對話上了。

但她似乎無法立刻死心，向我們說了一聲：

「我直接去問一下他的同班同學好了。你們在這裡等。」

如此說道的她踏進一年A班的教室裡。

我跟天澤互相對望，同時等待著那樣的堀北回來。

「然後呢？妳的目的是我嗎？」

「嗯？哦，我來二年級的理由嗎？學長很好奇～？」

「畢竟妳一直黏著我們，沒有要回去的意思，不可能不好奇吧。」

「老實說，我是來觀察櫛田學姊的情況。因為文化祭時曾經有點強硬地與她接觸過，想知道她後來怎麼樣了。而且拓也也給她添了麻煩。」

「說是這麼說，但妳看起來一直在揶揄櫛田啊。」

天澤稍微吐出舌頭，擺出笑容。

「該怎麼說呢，因為可以露骨地玩弄櫛田學姊的，感覺只有我不是嗎？也想先確認一下她在精神上變強到什麼程度。」

原來如此。我一直覺得天澤莫名地愛鬧櫛田，又做出十分強勢的發言，原來是計算過的嗎？

「我想White Room學生的干涉對櫛田而言應該產生很多誤算，但就結果來說幫她打破了自己的殼。也算是因禍得福吧。」

我這麼說，於是天澤有一點惹人憐愛地揚起嘴角露出笑容。

「我也得稍微幫上忙才行呢。」

「我可以接受這是妳來見櫛田的理由，但這樣沒有回答到妳為什麼現在也跟著我們呢。」

「只是單純的好奇心。因為綾小路學長很在意堀北學姊不是嗎？而且她要當上學生會長了，想說在她身邊觀摩一下她的魅力。雖然看來很正經，又有一點脫線，是個很有趣的存在呢。我是真的有一點覺得加入學生會也不錯呢。」

「既然這樣，妳只要再稍微認真一點去對應事情就行了。堀北也察覺到妳是個能幹的人，她明明有可能會任用妳的。」

「啊～不用了，不用了。再說現在才加入學生會也沒有意義。」

現在才加入也沒有意義？儘管第二學期已經邁入尾聲，但天澤才一年級。即使在八神離開後加入學生會接替他的位置，也有充分的任期。

這時我想起在教育旅行前與天澤見面時的對話。

「妳打算做什麼？不，妳還沒捨棄那種想法嗎？」

用別有含意的迂迴說法這麼說道，於是天澤的眼神銳利起來。

「不愧是綾小路學長。會從我措辭的小細節中注意到這些呢。」

「因為妳說不打算添麻煩，會給特別待遇的對象都限定是我啊。」

要把八神退學的來龍去脈與學生會連結起來，並不是多困難的事情。

「妳也不是希望我阻止才發出暗號的吧。妳不是那種個性。」

「正確答案。真要說的話，比較像是我想知道綾小路學長是肯定派或否定派？」

「要怎麼做都是妳的自由。更進一步地說，就算妳要收回之前說的話，想針對我報仇也是妳的自由。」

「與其說學長心胸寬大，不如說是因為非常綽綽有餘，才說得出這種發言呢。」

堀北跟一年級生深入聊了一陣子後，露出可以理解的表情結束對話。

「讓你們久等了呢。我們走吧。」

如此說道的堀北邁出步伐，她的腳步比平常稍微快了一點。

「妳原本是打算在這裡見到誰啊？」

「我想你應該不認識。是叫做石上學弟的學生喔。」

「石上？」

應該可以確定是我腦中浮現的那個石上沒錯吧。

一年級生裡面沒有其他學生跟他同一個姓氏。

「哦～竟然會看上石上同學，堀北學姊很有一套嘛。」

同為一年級，而且還是同班同學的天澤當然見過也認識石上，因此她立刻表現這樣的反應。

「他很優秀嗎？例如是班級領袖般的存在。」

我決定假裝什麼都不知道，向堀北與天澤詢問關於石上的事情。

「雖然跟領袖好像不太一樣，但他感覺大概就像A班的參謀吧。」

與一般學生不同，天澤不會在態度上讓我感受到突兀感。

石上知道我的真面目，不過從天澤至今的行動看不出來她是否事前就知道關於石上的事。

因為事到如今也不用隱瞞這些，所以天澤有可能什麼都不知道，但擅自斷定十分危險。

「跟堀北的交集是？」

從堀北口中聽到石上的名字也在我意料之外，因此反問她理由。

「我跟他因為一點小事有一面之緣。就ＯＡＡ來看，他的學力無可挑剔，而且他的同班同學似乎也很信賴他的樣子。我認為他是很適任的人選之一。他直到剛才好像都還在教室裡，現在說不定還能追上。」

所以堀北才走得這麼快啊。雖然有一瞬間我也想過就這樣跟著堀北去見石上是否妥當，然而太過在意也不是辦法。

彼此都有奇妙的交集，不過也有可能是其中一邊忽然嘗試與另一方接觸，或是在某次特別考試中碰巧被分配到同一組。

硬是要避開才是違反自然道理的行動。就在我們來到通往玄關的走廊時，發現一群聚在一起閒聊的男生。

堀北立刻注意到石上就在那群男生裡面，她拉近距離。

「石上學弟。」

被人呼喚名字而轉過頭來的石上，用平靜的視線看向堀北與我。

雖然壓根兒沒想到會以這種形式首次面對面，但石上看不出有任何動搖的神色。

豈止如此，甚至像是我的身影彷彿沒有映入他的眼簾。

畢竟學校就這麼小，只要理解到無法避免一定會在某處相遇這件事，或許也不值得大驚小怪吧。其他一年級生雖然認識天澤，但我跟堀北這兩個二年級生讓他們露出有些緊張的表情。

「有什麼事嗎？」

「我來這裡是有事拜託你。若是方便，能請你加入學生會嗎？」

「…………」

聽到這個請求後陷入沉默的石上，暫且重新面向朋友們。

「不好意思，你們先走吧，我等一下立刻追上去。」

他之後也打算跟朋友們一起行動，預計要去哪裡玩嗎？

「真不好意思呢。我不打算占用你太多時間。」

「無所謂。只不過，為什麼會找上我？」

石上對高年級生使用敬語。看來沒有要像跟我對立那時一樣用平輩用語。

「我跟一年級生們幾乎沒有交流。你是在那當中也曾跟我交談過的少數人之一喔。而且你在籍的班級是A班，OAA的學力也十分優秀。就算收到邀請也不奇怪吧？」

的確，就公開的能力方面來看，完全看不出有任何問題。就像堀北說的一樣，他肯定是個很容易受到學生會邀請的人才吧。

「你目前似乎也沒有隸屬於任何社團，怎麼樣呢？」

「十分抱歉，我對學生會不感興趣。」

石上毫不猶豫立刻拒絕。

「這表示想請你考慮一下也很困難嗎？」

「我不想加入社團，也不想加入學生會。請去找別人吧。」

如此說道的石上背對著我們邁出步伐。

堀北似乎有一瞬間在猶豫是否要叫住他，但他明顯對學生會興趣缺缺的樣子，堀北似乎也判斷沒辦法勉強他加入。

「完全沒得商量啊。」

「雖然我覺得他是個很棒的人才，看來只能死心了呢。」

「A班除了他之外還有很多優秀的學生，就算只是隨便找個人搭話，也有可能找到不錯的人選吧？」

「雖然很想相信是那樣……但這可難說呢。積極向上的學生應該會像去年的一之瀨同學或今年的八神學弟一樣，很早就志願加入學生會了吧？既然到了這個時期都沒有採取任何行動，就表示他們基本上不想跟學生會有關聯。」

的確。如果有興趣加入學生會，應該會在還是南雲政權時就提出申請了。

「既然這樣——妳之後有何打算？」

「剩下的目標在一年D班呢。」

「D班？這個選項還真是出人意料呢。」

以學生會的立場來說，從能幹且認真的學生比例較高的A班和B班裡挑選人才，是比較踏實的做法。堀北卻刻意找上D班嗎？

「他們跟C班的差距大約兩百點，還很有機會。站在D班的角度來看，班上出現學生會成員，應當會成為他們的助力。就算有學生這麼積極地看待此事也不奇怪。只要讓他們察覺到這些好處就行了。」

「學姊試著邀請寶泉同學加入如何？說不定會很有趣喔～」

天澤是想在學生會掀起一陣風波嗎？她推薦了很不得了的人物。

「我不覺得他會想加入學生會呢。而且就算他真的想加入，就憑他現在那種粗暴的態度，我們也不能接受。得請他先在今後的半年到一年內累積一些明確的成果才行。」

堀北判斷寶泉並未滿足最低條件，否決了那個像在開玩笑的提議。

回到D班的堀北環顧留在教室裡的學生。

於是有一名學生立刻注意到這邊，從椅子上站起來走近我們。

「辛苦了，堀北學姊、綾小路學長。還有天澤同學也是。」

是七瀨翼。一年D班有許多素行不良的學生，她在這裡顯得格格不入。

「哈囉～」

「居然連天澤同學也在，這樣的組合讓人有點意外呢。」

雖然不到警戒的程度，但七瀨這麼說，看了我一下又看了一下天澤。

「看來幾乎大部分學生都已經回家了呢。」

「今天人可能特別少也說不定。平常還會有多一點人留下來就是了。」

「是這樣嗎？」

「是的。班上同學今天生日，大家會到櫸樹購物中心幫壽星慶生。我之後也會過去會合……」

呃，你們怎麼會來一年級生這裡呢？」

她理所當然會提出這個疑問啊。

「因為八神拓也學弟退學，學生會有了空缺。我是為了招募補缺的人才。」
「招募學生會成員是嗎？」
「因為確定由我就任下任學生會長，這是我第一份工作喔。」
七瀨感到佩服似的點點頭，自己環顧了一下D班。
「即使是D班也能報名加入嗎？」
「當然可以。追根究柢來說，我就是D班出身的，那不會是拒絕的理由。」
「既然這樣——能不能讓我盡一份心力呢！」
「……七瀨同學嗎？」
「是的。倘若像我這樣的人也沒有問題……就是了。請務必讓我加入學生會盡一份心力。」
「雖然不知道即將退任的南雲學生會長會做出怎樣的判斷就是了。」
堀北回答她不會因為那個部分排擠七瀨。
因為堀北有可能對七瀨的OAA記得不是很清楚，所以我先幫忙補充說明。
「不是很好嗎？七瀨的OAA評價很優秀，個性也認真，我覺得她很適合加入學生會。」
「也是呢。作為一個人才而言，感覺她完全沒有問題呢。」
一方面也因為剛才被石上拒絕了，這同時也是個快速省事的解決方案。
「好吧，七瀨學妹，那可以拜託妳嗎？」

「當然可以！」

雖然對七瀨的存在有些意見，但這是兩回事。

如果她願意幫忙讓學生會維持正常營運，根本沒有理由拒絕吧。

「如果是小七瀨，感覺就沒有問題呢。」

「是呀。跟妳不同呢。」

「學姊是不是有一點瞧不起我呀？」

「我自認對妳的能力有很高的評價喔。只不過妳無論對誰都很直率的那種態度、想法和性格不適合加入學生會罷了。」

突然有再理想不過的人選主動報名加入，讓堀北看似滿足地點了點頭。

「呃，我從明天開始該怎麼做才好呢？」

「我想應該沒有問題，但明天還是先跟南雲學生會長說一聲吧。等我報告完畢，確定妳能順利進入學生會後，會再跟妳聯絡。」

堀北與七瀨交換聯絡方式。

過沒多久她們就完成這件事，七瀨看起來很開心似的露出微笑。

「無論是以怎樣的形式，聯絡人變多都很讓人開心呢。」

「那麼，明天見。」

「好的，靜候學姊聯絡！」

我們在七瀨的笑容目送下離開D班。

「總之是召集到成員了呢。剩下就只等南雲學生會長的回答了。」

「那我也回家好了～兩位再見嘍。」

我們倆一起目送宛如暴風雨般突然出現，又彷彿暴風雨般離開的天澤。

「她還是一樣，讓人好像知道，又猜不出到底在想什麼呢。」

「是啊。」

「你也辛苦了。」

「唉，雖然我跟妳同行，結果什麼都沒做嘛。這麼輕鬆真是幫了大忙。」

「沒那回事。至少在櫛田同學那邊，她看起來像是也有受到你說的話影響。我會幫你跟南雲學長報告你有好好地完成自己的任務。」

她是在說我從櫛田身上找出提示時的事情吧。

「南雲八成不會稱讚我吧，不過妳這麼說讓我高興得都要落淚了啊。」

「什麼跟什麼呀。啊，順帶一提，我待會要到櫸樹購物中心的咖啡廳開讀書會。你要來參觀嗎？你的女朋友也預定會參加喔。」

「讀書會嗎？說得也是，我就去露一下臉好了。」

「咦？」
明明是堀北開口邀我的，她卻露出驚訝的表情。
「怎樣？」
「不，還以為你一定會拒絕。果然輕井澤同學的存在很重要？」
雖然不是那麼回事，但在這種情況下，她會這麼解釋也是無可奈何的嗎？
「是啊。我有些擔心她能否好好地接受指導。」
如此回答的我決定和堀北一起前往咖啡廳。

3

我們兩人抵達放學後在咖啡廳集合的讀書會會場。
「各位，讓你們久等了呢。」
堀北這麼說，用自然的態度與同班同學們會合。
讓人不由得佩服她這方面的行動也在不知不覺間進步了不少啊。
「啊，清隆也來了！」

一直眉頭深鎖地面對著筆記本的惠，注意到我的存在後露出笑容。

「不好意思，我只是來觀摩一下而已。」

「咦～？」

雖然惠露骨地擺出一臉不滿的表情，但沒有再繼續抱怨下去。

我在前一天有明確地告訴她要積極參加讀書會，還有我不會在課業方面幫忙這點占了很大的因素吧。

「唔喔喔，抱歉，我遲到了！」

我們抵達後沒多久，須藤便一邊著急地大喊，一邊衝進咖啡廳裡現身了。

「須藤同學還要同時兼顧社團真是辛苦呢。」

「沒什麼大不了的啦。畢竟平常就是這樣。」

即使須藤有一瞬間被堀北奪走了視線，他立刻坐到附近的空位上。

然後把背包放到膝蓋上，拿出一套文具用品。

我才心想他還拿出了一個長方形的盒子，只見他從盒子裡拿出眼鏡。

「咦？須藤同學戴眼鏡嗎？」

「喔，最近開始戴的啦。我想說在念書時要戴。啊，不過這副眼鏡幾乎沒有度數就是啦。」

假如視力很好，一般不太會使用眼鏡之類的矯正器具。

不過，也並非因為視力很好就不能戴眼鏡，或是不戴眼鏡就好。念書跟打籃球那樣要環顧廣闊視野的行動不同，是一場近距離的戰鬥。

因為在看東西時的焦距調整會造成很大的負荷嘛。

應該是因為到目前為止很少出席這種有許多人聚在一起的讀書會吧，這種用功模式的須藤還是讓惠和許多學生都感到動搖。

「幹嘛一直盯著我看啊。」

「總覺得你光是戴上眼鏡，給人的印象就很不一樣呢。而且變得很用功念書呢。」

篠原感到佩服的同時戳了戳坐在旁邊的男友，也就是池的側腹。

「我、我現在也準備要努力啦！」

「這點我明白啦。但是，你被須藤同學遠遠拋在後頭呢。」

「那是因為，妳想想，唉，嗯……」

池本來打算反駁，不過女友刻骨銘心的一番話讓他沮喪地垂下頭。

「啊～抱歉、抱歉。我也沒資格說別人呢。可是呀，有沒有什麼能夠堅持下去的訣竅呢？畢竟我們以前是同一個水準，如果能當成參考，我想了解一下。你又要打籃球又要念書，要兼顧兩邊一定很辛苦吧？」

篠原這麼說，於是一部分學生也像贊同似的點了點頭。

的確，對學力較低的學生們而言，洋介、小美和堀北等學生，看起來就像是天生就很聰明，位於秀才和天才的領域內吧。

就算向那種高水準的學生們詢問念書的訣竅，感覺也沒辦法實踐吧。

會覺得他們原本就很聰明，所以不管怎樣的努力應該都辦得到。

就這一點來說，須藤一開始在班上的學力只有最後一名的程度。

理所當然會想知道那樣的須藤能夠成長的主要原因。

「訣竅……啊。」

須藤有些為難似的雙手交叉抱胸。

他原本開始用功念書的契機，堀北的存在占了很大的因素。

動機是想變聰明，變成一個配得上堀北的男人。

但要在此說出這些事情，就算是須藤也會有強烈的抗拒吧。

「啊～嗯……我想想。」

雖然須藤有好一陣子說不出話來，他似乎開始整理好思緒了。

感覺還是有些笨拙，不過他開口：

「很不可思議的是我開始覺得念書很有趣了。然後籃球也變得更有意思……怎麼說呢，唉，大概就這種感覺？」

須藤開始傳達他能夠兼顧課業與社團的理由，還有除此之外也有其他好處這件事。

「我一開始當然也很討厭念書啦。一下子就想睡，又很快就解不開問題。可是啊，學到越來越多事情後，就開始能實際感受到自己在學校可以派上用場。」

「可是啊，健。學這些東西將來也用不到吧？視職業而定，還有可能完全用不到耶。」

池對須藤提出無論是誰應該都想過一次的疑問。

「我以前也覺得我會成為職業籃球選手，念書只是給自己找麻煩而已。可是啊，假如沒當上職業選手呢？連書都念不好的我能做什麼工作？大概只能做些不管是誰都做得到的工作吧？」

儘管沒必要刻意列舉固有的職業，但選項會比一般人少很多吧。

「就算想成為職業選手的夢想沒能實現，只要有認真念書，選項也會變多吧？像是去上大學，學些更專業的技能之類的。唉，雖然還沒有個具體的想法啦。」

夢想並非只能有一個。

「念書是在投資將來的自己——我決定這麼想。」

須藤長年以來一直夢想成為職業籃球選手，即使這條道路被封閉——

只要能夠找到另一個巨大的夢想來背負，就不會對人生感到挫折。

這是透過念書，思考有了大幅成長的須藤的小故事。

若是以前，他可能會被人不屑地嘲笑，但現在周圍的人都很認真地聆聽，沒有人開他玩笑。

這證明他的話語產生了那樣的分量，而且也造就了事實。須藤有些害臊似的重新坐下，慌忙地翻開筆記本。

「已、已經夠了吧？快點開始念書吧。」

比任何人都更勤奮地參加社團活動，照理說應該很疲憊的須藤沒有露出絲毫疲倦的樣子，這麼說了。雖然他不是那種擅長演講的人，但正因如此，他無法撒謊，具備真實感的話語和態度才會打動人心。

這一定是像篠原和池這些地位越低的學生，越會被強烈打動內心的瞬間吧。

4

敲定新的學生會成員，也順利確認到針對特別考試的讀書會開始進行的隔天放學後。堀北立刻被南雲傳喚，接下來準備前往學生會室的樣子。原本以為應該已經沒事要找我了——

「他要你也一起過去喔。」

堀北點開南雲傳來的訊息，她將訊息畫面朝向我這邊，同時這麼告知。

「我跟昨天一樣肚子不太舒服，讓我Pass吧。」

「既然這樣，那也沒辦法呢。但如果你不能過去，好像會改天再找你喔？」

「趕快去見他，把事情處理完吧。」

畢竟要是隔了一段期間，很有可能又被塞一些麻煩事嘛。

我立刻起身，展現出決定前往學生會室的意志，但堀北喊了暫停。

「還要帶櫛田同學一起過去。稍等一下吧。」

南雲似乎是打算順便讓新成員碰面，把該處理的事情一次解決。

我環顧周圍想找同班的櫛田，但已經不見她的人影。

「她好像會先過去等我們喔。」

我跟無奈的堀北並肩離開教室。

「這表示她不想跟妳一起過去嗎？」

「等學生會的工作開始，就算她不願意，我們一起相處的時間也會增加就是了。」

所以她才想在無關的地方盡可能縮減共處的時間吧。

「被人擅自惱羞成怒地記恨，導致這段因緣擅自持續下去，也是很棘手的事情呢。」

「如果妳是個態度再溫和一點的人，不曉得會有怎樣的結果啊。」

「應該會朝不好的方向走偏吧？一直讓她掌握主導權很危險喔。」

需要在某種程度上握住韁繩控制——的確是這樣沒錯啊。

我們抵達學生會室後，可以遠遠地看到櫛田與七瀨並肩等著。

不管這兩人是否曾見過面，或許是因為她們具備能夠自然地交談的能力吧，她們看來聊得很熱絡。

「她們聊得很起勁啊。」

「聊得很起勁呢。」

我們沒來由地注視著兩人的模樣，只見她們沒有要停止對話的樣子。

她們彼此都散發溫和的氛圍，一直面帶笑容，倘若放著不管，感覺會聊到天荒地老。

「就算沒妳在，學生會也能順利運作吧？再說她們兩人應該也很受一般學生歡迎。」

「你很吵耶。快點過去吧。」

是為了阻止她們聊得更起勁嗎？堀北快步靠近。

「辛苦了，堀北學姊。」

七瀨禮貌地低頭打招呼，櫛田瞥了她一眼，也毫無保留地露出笑容。

「聽到七瀨學妹也是從今天開始第一次加入學生會，讓我稍微放心了。不然心臟一直怦怦跳個不停，冷靜不下來呢。」

櫛田說著這些她壓根兒沒想過的話，做出鬆了口氣的動作。

三名學生會成員先一步走進學生會室。

我在這邊也跟上去只顯得非常突兀，但既然被傳喚，這也是無可奈何。

「南雲學生會長。二年B班櫛田桔梗、一年D班七瀨翼——我邀請以上兩名擔任新的學生會成員。帶她們前來了。」

南雲與桐山兩人出面迎接代表其他人這麼說明的堀北。

「妳真的從自己班上挑人啦？鈴音，臉皮也挺厚的嘛。」

南雲笑著這麼說道，像是在說之前那句話有一半是開玩笑的。

「我自認是以公平的觀點進行挑選的。還是說學長對我的人選有什麼不滿嗎？」

雖然只是表面上的客套話，但堀北沒有回答是為了自己的班級，而是光明正大地撒謊。

在拉櫛田加入時就不可能有多公平了，不過南雲也在表面上表現出理解的樣子。

「妳的選擇沒有問題。我沒有怨言喔。」

我看向新的學生會總成員，這次南雲與桐山，還有一之瀨離開後，加上八神已經退學，形成了一個陌生的結構。

「學生會成員的男女比例好像是第一次逆轉吧？」

曾經是副會長的桐山看到成員一覽後，也說出他察覺到的事情。

「沒問題吧。現在可是男女平等的時代。這只是代表下個世代的優秀人才都集中在女性那邊而已。綾小路，沒錯吧？」

「我無話可說呢。」

女生勢力增強並非壞事。只不過倘若原本的理想比例是一比一，這次的結果可以說是反映出男生有多沒出息的結果。

「妳要從公平的觀點擔任學生會長。」

「我明白了。」

「那麼，這下我也可以卸下身為學生會長的職務啦。」

南雲有些不捨似的摸了一下學生會長的椅子，然後從那個座位站了起來。

「感覺似長又短，是一種難以言喻的心情啊。」

「學長有留下什麼遺憾嗎？」

看到南雲有些寂寞的表情，堀北這麼問道。

「打造一個具備實力的學生能夠跨越班級的圍牆在A班畢業的環境。結果我還是沒能達成自己理想的目標。」

南雲就任學生會長時曾經特別強調這一點啊。

以結果來說，目前的三年級生製造出很接近那種理想的狀態，然而那與其說是南雲以學生會長的身分完成的結果，更像是靠南雲個人制定的規則成立的狀態。

「雖然學生會的權限比一般高中大，但不管怎麼做都還是無法顛覆學校的決定。我原本以為自己能夠替其他學生做更多事的。」

「就算這樣，南雲學長肯定還是帶來很大的影響吧。以往的高育並不存在轉班券或保護點數這樣的規則。」

「還好啦。」

至於那是否會產生好的結果，就要靠接下來的世代去發現了。

堀北學遵守高度育成高級中學的傳統，出色地完成了學生會長的任務。

然後南雲雅創造了ＯＡＡ，帶來更加重視實力的變革，吹起一陣新風。

繼承他位置的堀北鈴音，會作為怎樣的學生會長來刻劃這一年呢？

最簡單易懂且難以理解的目標——

果然還是達成從Ｄ班出發，然後在Ａ班畢業這件事吧。

假如堀北能辦到這件事，她毫無疑問地會以學生會長的身分名留青史。

「接下來有一些書面上的手續要處理，除了綾小路以外的人都留下來。」

桐山這麼傳達，同時告知了我很礙事這件事。

「那麼，我先告辭了。」

「再見啦，綾小路。我跟你的勝負還沒有結束喔。」

看來他似乎是為了再次提醒我這件事，才特地叫我過來的。

「我知道。」

我稍微低頭致意，然後離開學生會室。

留下堀北她們離開學生會室的我拿出手機。

手機在口袋裡震動了幾次，看來好像是收到了訊息。

原本以為是身為我女友的惠傳來的訊息，但似乎並非那麼回事。

是個罕見的人物問我假日是否有空。

對方似乎希望我六日可以找一天有空的時間見面談談。

因為星期日已經安排要跟惠約會，所以我回覆如果是星期六就可以。

在抵達玄關時便收到回音，內容提示了具體的時間與地點，對方表示希望星期六下午兩點在櫸樹購物中心與我見面。

如果是那樣就不會發生任何問題，因此我先回了一封表示沒問題的訊息。

雖然完全沒有提到要談的內容，但就另一名同行者的名字來看，不難猜想話題的方向。

就在準備離開現場時，與一名女學生擦肩而過。

「你又被叫去學生會室了嗎？」

「鬼龍院學姊才是，看來妳今天也有事要去學生會室呢。是前幾天那件事嗎？」

「答對了。結果那之後我們的對話也沒有交集，至今依舊是尚未解決的狀態。」

「那還真是一場災難呢。」

就當時的樣子來看，南雲應該沒有肯定也沒有否定，就那樣結束了話題吧。

「今天我打算採用稍微強硬一點的手法。」

「要怎麼做是學姊的自由，但他們現在正忙喔。應該正在處理堀北就任學生會長的手續，還有學生會新成員的註冊手續。」

雖然鬼龍院也有可能主張她才不管那些，照樣強硬地闖進去，我姑且還是告訴她這件事。

不過這番話似乎意外地有效，鬼龍院停下腳步思索起來。

「那麼，我先告辭了。」

直覺告訴我總之趕緊離開比較好，但為時已晚。

「綾小路，接下來可以借用你一點時間嗎？」

「……該不會是關於那個尚未解決的事件吧。」

「就算等一下再次強勢地逼問南雲，他也不會輕易地吐出真相吧。」

「採取那個什麼強硬的手法不就好了嗎？」

「總不能給新任學生會長和新人留下心理陰影吧？」

我才管不了那麼多。而且鬼龍院若有意避免那種情況發生，只要等到堀北她們回去就好了。

「妳只是覺得比起單純強行突破，利用我還比較有可能解決問題吧。」

「唔嗯，不愧是綾小路。你的腦筋真的轉很快。」
雖然她彈響手指這麼稱讚我，但這種事情不管誰都想得到。
「反正你接下來也只是要回家而已吧？就奉陪一下吧。」
「我可是預定要跟女友在家裡約會。」
「讓她等你就行了。恭謹地等候一家之主歸來，也是女友的職責。」
鬼龍院感覺就是不會恭謹等候的人，就算她這麼說也毫無說服力。
「可以邊走邊講嗎？」
「唔嗯。唉，那樣也行吧。」
折返回來的鬼龍院配合我的步伐前進。
「妳有找機會跟山中學姊再次好好談談嗎？」
「被南雲跟桐山大力阻止了。他們說在她已經招認主嫌是南雲時，就別指望可以獲得更進一步的成果。」
「這番話還真是奇怪呢。居然被有犯人嫌疑的人禁止與他人接觸。」
不管下令的人是不是南雲，他們似乎判斷既然山中已經指名是南雲下令的，就算威脅她，也不太可能出現比南雲更令人震驚的名字吧。
「的確就跟你說的一樣，我也持相同意見。就算口頭威脅山中，也無法期待會出現第三者的名字。畢竟在我一開始逼問時，就已經用除了暴力和拷問之外最嚇人的方式威脅她了嘛。」

換言之，那似乎是已經讓她把能說的話都吐出來的結果了。

「如果照常理來想，應該可以確定是南雲學生會長了吧？」

「我當然在懷疑他。所以才會像這樣想上門興師問罪。但假如沒有證據，也沒辦法更進一步把他逼入絕境吧？」

然後鬼龍院思考的結果，就是計劃要認真地去威脅南雲嗎？

「姑且還是殘留著南雲並非犯人的可能性。你知道那是什麼嗎？」

「就是妳在不知不覺間被山中學姊怨恨的可能性呢。如果是那樣，也能理解她企圖把妳栽贓成小偷的報復心理吧。雖然不清楚三年級生的詳細內情，但感覺應該有人很討厭妳吧。」

「你這番話還真刺耳啊。」

鬼龍院沒有生氣，反倒是笑著點頭肯定。

「是南雲，還是山中呢？或者背後還潛藏著完全不同的第三者呢？」

「先放置不管如何？如果這次事件讓犯人學到教訓了，他應該會趁真面目還沒穿幫前偷偷收手，當作沒這回事吧。」

「那可不行啊。我的自尊不允許我對犯人企圖栽贓我一事睜一隻眼閉一隻眼。」

照這樣子來看，直到捉住犯人為止，感覺她是永遠不會停止追究的啊。

「我實在太容易引人注目。所以想拜託你代為刺探情況。」

「我不覺得自己有義務要幫忙呢。而且我本身跟三年級生幾乎沒有交流。頂多就是鬼龍院學姊和像南雲學長那樣的學生會成員吧。」

我實在不能說是適合模仿偵探那樣去收集情報的人。

「所以才會找你。你能夠用最公正的視線去觀察對吧？」

「如果學姊是拜託在某種程度上很擅長溝通的人，倒還算合情合理啦……」

「就那個部分來說，的確不能對你有所期待啊。不過你除此之外的能力都無可挑剔。尤其在格鬥天分上可以說無人能及吧。除了你之外，沒有其他讓我沒直接對立過，就確信自己會澈底敗北的人。」

或許她是在稱讚我，但我一點都不覺得高興。

「三年級生裡面也有脾氣比較火爆的人。本領高強是最好不過。」

「在論輸贏之前，我根本不想與三年級生起糾紛。」

「別這麼說，幫幫我吧。我沒有半個能稱為朋友的人。實在無法像偵探那樣巧妙周旋啊。」

她這麼說實在自私到了極點。雖然很同情鬼龍院學姊被陷害，還是拒絕她比較好吧。

「以我的立場來說，對於在無人島發生的那件事，我認為是賣了你一個人情。當然就算我沒出現，你應該也會高明地應付過去吧，不過為了查明是非，說不定得在學生會討論這個議題。綾小路清隆與前代理理事長的戰鬥——你應該不樂見那場戰鬥被一五一十地報告上去吧？」

她用強硬的做法堵住我的退路，不容我拒絕。

「既然要威脅我，不如打從一開始就這麼做還比較省事吧。」

「我不希望你產生誤會。因為我始終想跟你建立友好的關係，才不想用這個手段。」

鬼龍院毫無愧疚之意地雙手抱胸，看向這邊。

「……明白了。總之我會試探看看，這樣就行了嗎？」

「就知道你一定會這麼說。」

鬼龍院學姊看起來很高興的點了點頭，露出一臉滿足的表情。

大概也不能隨便敷衍了事吧。

畢竟鬼龍院十分敏銳，如果她不滿意這邊的成果，感覺會糾纏不休啊。

與一之瀨班同學的相處方式

十二月上旬。迎向週末的星期六下午兩點前。

兩天前接到神崎聯絡的我，按照約定前往櫸樹購物中心。雖然沒有決定具體的碰面地點，但一進入購物中心，很快就發現了神崎等人。

一直看著購物中心入口的神崎也立刻注意到我，因此我稍微舉起手打招呼，走近他那邊。

「在假日找你出來，真是抱歉啊。」

「我假日大多是悠哉地度過。很歡迎邀約。」

我委婉地告訴神崎沒必要感到抱歉。

在找我出來的神崎身旁，可以看到姬野與渡邊，還有網倉的身影。

「只有聽說姬野會一起來，原來還有其他人啊。」

「抱歉，這是有一點原因的。」

神崎試圖報告為何狀況會跟事前聯絡不同的詳情，但渡邊他們先有所行動。

「嗨，綾小路，今天也很冷呢。」

「你好，綾小路同學。」

渡邊與網倉用跟教育旅行時一樣的態度，面帶笑容地向我打招呼。

我像要回應他們似的點頭附和。

神崎事先跟我說明當天會與他同行的人，只有姬野而已。

因此還以為一定是要談那方面的事，但這四個人的組合該說讓我有點意外嗎？無法明確地看出目的和意圖。

還是說這兩人對神崎與姬野而言，是會成為第一個關鍵的存在呢？

不過在教育旅行時碰巧一組的這些成員，會出現這樣的巧合嗎？

「也難怪你會感到困惑。就連我一開始也沒想到這兩人會在這裡。」

姬野看來也有些坐立難安的樣子，雖然動作不明顯，她還是點頭表示同意。

「也就是說？」

我越來越感到疑問，不過神崎看起來很在意他人眼光的樣子。

原本以為這裡暫時不會有什麼人，但接連有學生前來購物。

「畢竟聖誕節特賣也開始了嘛～」

網倉看著逐漸熱鬧的購物中心，指著商店如此說道。

的確到處都有著說是清一色聖誕氛圍也不為過的裝飾，在各式各樣的商品架上可以看到聖誕

特賣的文字。

「若是可以，我想先移動到不引人注目的地方。希望極力避免被無關的人……尤其是坂柳和龍園班的人察覺到我們這個小組的存在。」

縱然不詢問詳情，也能推測到這方面的內情，因此我也沒有理由拒絕。

倘若只有這四個人，大概沒什麼問題吧，但我在這邊跟他們會合，感覺就無法避免在別人看來是個很不可思議的小團體一事。

而且以我的立場來說，比起人來人往的道路，可以在安穩平靜的地方討論事情會更感激。

「既然這樣，總之先到常去的那間ＫＴＶ就行了吧？」

那是校地裡面少數幾個可以算是密室的地方。

網倉提議了在開讀書會和作戰會議時也經常會利用的ＫＴＶ。

以樓層來說，從這裡徒步大約三分鐘就能抵達。

「是很安全的地點。我們立刻移動吧。」

神崎率先在前頭帶路，我也在稍後跟了上去。

「好像是要討論很正經的事情？對不起喔，我沒想到是這樣。」

立刻並肩到我身旁的網倉小聲地向我道歉。

從她的說法來推測，他們應該是突然會合的嗎？

並肩在網倉身旁的渡邊幫忙補充事情的來龍去脈。

「應該說我跟網倉是順便的嗎，剛才偶然聽到神崎跟姬野的對話。因為感覺他們好像要跟你見面，才會拜託他們能不能讓我們也加入。」

「沒錯沒錯。我本來今天是打算應渡邊同學的要求，陪他買東西的。」

網倉如此回答，於是渡邊露出有點害羞又有點高興，但又有些悲傷的表情移開視線。

「東西不用買了嗎？」

他們兩人都是空手，看不出買了什麼東西的樣子。

「該說那個不是很重要嗎？畢竟只要之後再去買就行了。」

因為走在前面的神崎也聽見了這些對話，他轉過頭來重新向我說明：

「原本認為有必要就我跟姬野兩人單獨去見你。不過聽他們兩人說教育旅行時你對他們很好，於是決定改變想法。」

我對他們很好？那是我要說的台詞。

教育旅行時渡邊與網倉在各種方面幫了許多忙。

我才應該感謝他們，我根本沒做什麼該被感謝的事。

「也就是說你判斷應該再往前踏出一步吧。」

我詢問神崎，於是他露出嚴肅的表情，同時點了點頭。

「什麼意思呀？什麼應該往前踏出一步？」
「我之後再說明詳情。」
從神崎踏出的每一步速度之快，也能稍微窺見他急躁的心情。

1

我在KTV和到櫃檯登記完畢的四人一起進入店家指定的包廂。
以客人身分受到邀請的我被帶到包廂內部，跟渡邊與神崎這些男生坐在一起。
因為也不能什麼都不點，所有人都先隨便點了杯飲料。
「那就立刻來唱首歌……但這不是我們的目的吧？」
渡邊拿起放在桌上的麥克風，像在開玩笑似的這麼說道後，彷彿在採訪一般把麥克風前端朝向神崎那邊。
和我一樣不擅長配合這種輕鬆玩笑的神崎，露出像是感到困惑，又像在生氣般的表情後，用手輕輕揮開麥克風。
「不好意思，那個等之後再說。」

「……我想也是。」

渡邊過意不去地收回麥克風，縮起身體。

「有件事我先說清楚。今天要商量的內容已經向姬野說明，但你們兩人會是第一次聽說。在綾小路到來前我也說過，你們能保證不會向任何人透露在這裡討論的事情吧？」

看來在允許他們同行時，神崎已事先告訴他們要商量的事情是祕密。

「無論是什麼事情，我們都會守口如瓶，對吧？」

「嗯，沒問題。」

包括網倉在內，他們似乎對自己口風很緊這點很有自信。

不過神崎看起來還沒有澈底相信他們兩人的樣子。

「不好意思，但我還在懷疑你們。」

彷彿要證明這點一般，神崎毫不掩飾地說出自己的想法。

「喂喂……那我們該怎麼做才行啊？」

神崎先要他們保證會守口如瓶，卻還是懷疑他們的狀況，似乎讓渡邊也有些意見。

不過要是推測接下來要談論的內容，神崎的行動是正確的。

假如只想過安全的橋，神崎也能拒絕出於好奇心而打算跟過來的渡邊和網倉，請他們改天有機會再約。

但他沒那麼做，而是像這樣仔細地再三確認，也是一種賭注吧。

正因為想相信、依靠他們兩人，才會這樣懷疑。

「不然在合約上簽名保證我們不會告訴任何人就行了嗎？」

「原來如此，合約嗎？這想法也不錯。即使是在這裡，也能用手機錄影嘛。」

讓他們在鏡頭前宣誓會守口如瓶，倘若毀約會給予懲罰。

只要這樣按部就班，就能成為讓兩人守口如瓶的手段之一吧。

神崎毫不猶豫地拿出手機，像要賣弄似的將手機放到桌上。

「你是說真的嗎？總覺得這樣讓人有點不舒服耶。」

網倉難以想像同班同學會如此提議，稍微顯露厭惡感。

「我應該說過了。我們今天要跟綾小路商量很重要的事。萬一在這邊討論的事洩漏出去，我認為對之後造成的影響難以估量。」

「太誇張了……好像也不能這麼說嗎？」

看著渡邊的人不只是神崎而已。姬野也同樣用強烈的視線看向他。

「最後再問一次。你們能夠保證不會洩漏給任何人知道吧？」

神崎做好自己會被討厭的覺悟，把手放在手機上面，再次向兩人進行確認。

假如不想背負責任，應該現在立刻打道回府。

兩人都能深刻感受到了神崎這樣的覺悟與氣魄吧。

「我保證，絕對不會告訴任何人。」

「……我也一樣。畢竟在這邊說可能辦不到而回去實在太遜了。如果有必要，也可以用手機錄下來喔。」

倘若不顧忠告把事情洩漏出去，至少可以確定神崎與姬野會對自己感到失望。

雖然他們的關係看起來不是特別親密，但渡邊他們還是具備身為一個人該遵守的界線。

接受了兩人保證的神崎收起手機後，將視線從兩人身上移開，看向了我。

「就是這麼回事。我正式請渡邊與網倉同席。」

「我本來就沒有異議。畢竟這始終是一之瀨班背負的問題嘛。」

倘若混入了異物，那是判斷失誤的神崎要負責。

「對了，在進入正題前有一件事想先問清楚。包括渡邊他們在內，大部分的班級都聽到一些風聲，就是一之瀨會離開學生會的傳聞。」

這個消息是真的嗎？——他是繃緊神經在詢問，而非只是確認一下。

因為還沒有正式公布接替的成員，所以無法從一之瀨那邊探聽出「已經辭職了」的發言吧。

但傳聞似乎在堀北邀請新成員加入的過程中蔓延開來，也傳入神崎他們的耳裡。

「你為什麼覺得我會知道？」

「因為在風聲中也有出現你的名字啊。」

他稍微別有含意的說法讓我覺得不太對勁，隨後渡邊的發言立刻解開了這個謎題。

「還有傳聞說綾小路會加入學生會喔。」

所謂的傳聞還真有意思啊。是有人看到我跟準備就任學生會長的堀北一起行動，產生了那種想法嗎？與事實截然不同的傳聞在校內蔓延開來。

「我想大家最近就會知道，一之瀨辭掉學生會這件事是真的。」

「……果然是這樣嗎？」

倘若直接問一之瀨，她應該不會否認吧，但神崎他們沒有那個膽量去確認。

要是輕率地詢問她辭職的事情，說不定會開始追究為什麼以及原因。

而且也擔心這樣會給班上帶來混亂吧。

「一之瀨大概也想儘早告訴你們，但南雲學生會長下令在確定找到其他人才接替前要保密。所以她即使想說，也處於無法說出來的狀態。」

我先明確地告訴他們這點，以免他們誤會。

「要不要繼續參加學生會是一之瀨的自由。我知道我和班上同學都沒資格多說什麼。但實在無法消除那種惡劣的印象。」

「這表示一之瀨同學果然要放棄升上A班嗎？」

與包裹一層糖衣的神崎不同，姬野這麼發言。

在依舊追逐著A班，正在切磋琢磨的階段離開學生會。只要換個說法，反倒能讓這件事帶有正面意義。只要告訴同伴們這是為了把分給學生會的心力用來與其他班級競爭，他們也能感受到一之瀨是認真的吧。

然而，如果在即將從班級競爭中被淘汰的現在離開學生會，看起來就不是那麼回事了。

因為會讓人覺得像是放下可以追趕上A班的武器，直接投降認輸。

實際上，可以認為神崎與姬野是那麼想的吧。

另一方面——

「姬野，妳那樣有點扯太遠了吧。」

「嗯，就是說呀。我不覺得小帆波會輕易放棄升上A班。」

相反地沒有一絲懷疑，一直相信著一之瀨的網倉這麼反駁了。

「那她為什麼要辭掉學生會呢？」

「像是為了升上A班，想專注在這方面上，所以才會辭掉學生會減輕負擔之類的？」

如此發言的網倉並不覺得一之瀨是內心受挫了。

渡邊的想法也偏向網倉的思考吧，他像在呼應似的連連點頭表示同意。

「那她為什麼不肯告訴我們？假如她願意說出來，我們也能感到安心呀。」

「因為學生會長要她先保密吧？若是那樣，小帆波也不能輕率毀約呀。」

網倉不認輸似的用正論回擊姬野的反駁。就一之瀨的性格來看，如果有人命令她要保密，她理所當然會保持沉默直到保密期間結束為止。

「一之瀨並沒有放棄升上A班。這就是班上目前的想法，同時也是現狀。」

「那麼神崎是想說一之瀨放棄升上A班，才會辭掉學生會嗎？」

「我不是那個意思。假如沒有直接聽她本人怎麼說，真相依舊是不明瞭的狀態吧。只不過我想說的是你們過於盲目地相信她了。為什麼沒有任何人考慮到她可能是因為放棄升上A班，才會決定離開學生會？」

在這裡的網倉等人是代言人。他們的想法跟一之瀨班其他大多數人的想法一致。

「那還用說嗎？因為小帆波不是那種人呀。」

「我也贊同她的意見。而且神崎，你才是單方面在斷定一之瀨已經放棄升上A班吧？否則不會用這種說法吧。」

聽到網倉與渡邊正好就像是把盲目信任具現化的發言，神崎毫不猶豫地開口說道：

「我的確是強烈支持那種可能性。不過就算那樣，頂多也是七比三的比例。」

懷疑大概占了七成。這比例絕不算低，反倒算是高的吧。

「你總是疑神疑鬼啊。」

渡邊對神崎的發言本身並沒有很吃驚，反倒是非常傻眼的樣子。

「雖然不到神崎同學那種程度，至少我也是半信半疑。」

「姬野同學，妳這話是認真的嗎？」

「當然是認真的。話說你們應該稍微懷疑一下比較好吧？」

「太奇怪啦。根本不需要懷疑小帆波。」

姬野與神崎交錯著視線。他們應該很想相信在自己以外的同班同學裡，也存在著一樣抱持懷疑的學生吧。

實際上卻是像網倉和渡邊這樣的學生占了大多數。

絲毫沒有考慮到一之瀨有可能內心受挫的現實。

「她只是辭掉學生會而已，我覺得講成那樣太過分了……小帆波很可憐耶。」

「但她辭掉學生會這個行為，肯定會減少給班級帶來的福利。」

「根本不是學生會成員的我們，有資格抱怨這些嗎？」

渡邊的反駁很正確。沒有人能夠責備一之瀨的行動。不，是沒有權利責備。

倘若有人嚴厲指責一之瀨，那人會立刻受到斥責吧。

如果想要再接受學生會的福利，就自己去報名學生會，想辦法解決吧。

完全相反的意見互相衝撞的結果，讓ＫＴＶ的包廂變得鴉雀無聲。

雖然還沒有進入正題，但能具體看見一之瀨班的內情了。

話題的結構、發展與邏輯性。神崎絕非無能，然而會做出不少讓人有機可乘的發言，因此才會輕易遭到反駁。

恐怕原因在於神崎將思考言語化的過程中，會出現與意識的不一致。

他本身不習慣說話、不習慣發言的弱點會顯露出來。

「……將話題稍微推進一點吧。綾小路真的不知道一之瀨辭職的理由吧？」

痛苦的神崎像是要結束這個話題一般，再次向我進行確認。

這邊還是先稍微幫他一把比較好吧。

為何一之瀨會辭職？想要確認她的用意是所有人的共識。

「看你們這麼期待我實在很不好意思，坦白說我並不知道現在的一之瀨在想什麼。根本沒想像過她會辭掉學生會。」

我這麼告訴他們後，決定在有人做出反應前繼續說下去。

倘若就這樣把主導權交給神崎，話題可能會一直在原地打轉。

雖然我的立場是個局外人，但這邊還是應該先做好風險管理。

而且說不定之後也可以當成一個測試案例來利用。

「說到底，每天在同一間教室相處的同班同學，應該會比我更清楚各種大小事不是嗎？」

「唔，的確是這樣……綾小路戳到痛處了啊。」

渡邊和網倉要信任一之瀨是無所謂，但他們沒能看清本質。

這點神崎和姬野也是一樣，他們平等地同罪。

在班級裡面出現複數懷疑的觀點固然值得欣喜，然而那只是站立的位置改變了，目前並沒有達成將班級改變成理想形狀的職責。

「的確，身為同班同學的我們像這樣什麼都不知道，可能是個問題……」

網倉似乎也有些想法，她在這一點找到該反省之處。

就在等待四人的答案時，店員將我們剛才點的飲料送過來了。

今天似乎從早上就一直客滿，準備餐點比平常更花時間的樣子。店員請我們如果要點餐儘量提早點，接著便離開包廂。

「神崎，在斥責渡邊他們的思考前，我認為至少學生會那件事你應該先營造出能夠自己去確認的狀況才行，不對嗎？」

「不過，就算我現在公開採取行動——」

「公開行動？確認一之瀨真正的用意不用分什麼公開或私下。不管是清早、半夜，或者透過電話還是聊天室都行，你應該有很多方法可以跟一之瀨聯絡。」

而且不只是神崎，這些話也可以套用在一臉若無其事的姬野身上。

「不自己主動出擊，只是稍微找到了跟自己同調的夥伴就心滿意足了嗎？」

「不是那樣的……因為我跟一之瀨同學並沒有特別親近，就算我開口問，也不覺得她會告訴我實話。」

一之瀨班背負的問題，不僅止於因為崇拜而單方面的盲目信任。

「那麼妳可以比任何人都更接近她，跟她變得親近。倘若姬野能與一之瀨打成一片，感情好到彼此之間沒有祕密，就不會產生這次的疑問和疑心了。」

只要探聽出情報的姬野儘早與神崎共有那些情報就行了。

姬野的表情變得僵硬，似乎也不知道該怎麼反駁才好的樣子。

「等、等等啦。我可以理解綾小路想說的話，但你說得有點太過火啦……」

到目前為止一直受到神崎和姬野責怪的渡邊開口袒護他們。

「那是因為……要讓一之瀨說出真心話並不容易吧。不管是怎樣的手段，如果能輕鬆地得知別人的心情，就沒有人會這麼辛苦了吧。」

似乎感受到現場的氣氛逐漸變得沉重，他這麼回答。

這種積極地袒護同伴的想法並非壞事。

即使是在有許多壞消息的狀況中，透過像這樣的議論，也能看見某些東西。

「我並不清楚平常擔任班級領袖的一之瀨會對同伴投以怎樣的視線和話語。所以才會浮現幾個疑問。」

「比、比方說？」

「如果不能直接詢問，也可以選擇仔細觀察，自然就會理解。不管是誰，倘若發現有學生很明顯地身體不舒服，應該都會關心地問一句『你還好嗎？』如果一之瀨並非隨時都擺著一張撲克臉，仔細看清她的變化也是很有用的方法。」

要解讀一個人的感情，少不了要觀察對方的表情。

一之瀨在辭掉學生會的前後，是否有在每天的生活中展現變化？

即使並不清楚詳情，也想知道是否有突兀感。

他們四人應該正在拚命回想最近跟一之瀨度過的時間吧。

在教育旅行的前後，她是否有讓人會察覺到什麼的動作或表情，或是發生過什麼事呢？

是否曾發出類似ＳＯＳ的訊號呢？

不過——

「該怎麼說呢，好像跟平常沒兩樣……對吧？」

在沉默了一陣子後出現的話語，是告知沒有異常變化的發言。

渡邊像是在尋求同意似的，將視線投向自己的同班同學們。

聽到渡邊這番發言，網倉也說出自己的感受。

「說得也是呢。如果辭掉學生會這件事是真的，她在辭職前後可能沒什麼像是變化的變化。今天也是很普通地跟大家一起討論關於下次特別考試的事。」

「……我也持相同意見。」

應該比別人更仔細觀察一之瀨的神崎也沒有否定。神崎他們這些同班同學幾乎都是在內心思考後自己下定論，並不會共享情報。

不過如果四人能夠聚集起來互相討論，就能從此逐步開啟原本被封閉的大門。

「只不過……那個，雖然不是最近，該怎麼說呢，她從無人島考試結束時，就一直沒什麼精神呢。至於理由……我想應該跟A班什麼的沒太大關係。」

委婉地這麼說道的網倉，若無其事地將視線看向我這邊。

「咦？是這樣嗎？我完全沒發現耶……咦，真的？」

不只是渡邊，神崎似乎也同樣沒有注意到這點。

「的確，聽妳這麼一說，她好像真的不太對勁。」

姬野對網倉的發言表示有一定程度的理解。儘管到目前為止沒注意到，但仔細回想可能真的是那樣——是這樣的心理狀態嗎？

看來兩名男生毫無頭緒，兩名女生則是心裡有數的樣子。

「該說小帆波會變得不對勁也是難怪嗎……」

「網倉好像知道原因啊。告訴我吧。」

「啊～呃，她沒什麼精神，該說那是完全無關的事嗎？跟她辭掉學生會這件事應該沒有直接關聯吧……？」

「妳為何能這麼斷定？假設真的是那樣好了，如果她沒有精神，我想趁早先知道原因。這也是會關係到指揮系統的問題。」

「我明白你想說什麼，可是——啊，綾小路同學，我該怎麼辦才好？」

網倉覺得自己好像說了多餘的話，慌張地向我求助。

與身為一之瀨的摯友而察覺到許多事情的網倉不同，其他成員好像都不明所以啊。不過，這奇妙的停頓還有看到網倉向我求助的狀況，讓姬野靈光一閃。

「啊，所謂的原因該不會是那麼回事？」

「沒錯沒錯，就是那麼回事！」

該說不愧是女生嗎？在毫不知情的三人裡面，姬野率先察覺原因。

「雖然不清楚詳情……嗯，但感覺很合情合理。」

「姬野，告訴我吧。可以說是讓一之瀨變得無精打彩的主要原因究竟是什麼？」

跟不上狀況的神崎像在逼問似的詢問。

「在本人面前這麼說好像也怪怪的，但一之瀨同學沒有精神，跟綾小路同學有關對吧？」

網倉雖然有些迷惘，還是點頭同意姬野這番深入核心的發言。

「妳說什麼……？」

以神崎的角度來看，猶如晴天霹靂。聽到一之瀨狀況不佳的主要原因在於我，他大吃一驚。

再繼續閃爍其辭，也只會讓神崎與渡邊混亂不已吧。

「儘管這也關係到一之瀨的隱私，在這種狀況下不公開情報也不妥，我就直說了——一之瀨在無人島考試時向我告白了。」

我告訴他們一直保密至今的事情，於是比任何人都先受到衝擊的是渡邊。

「告白？啥？什麼，啥？她說喜歡你嗎？」

「可以那麼說呢。」

「真真、真的假的？你說那個一之瀨！向綾小路你？大、大消息啊……！」

「不會吧……！我也不曉得有那回事……」

網倉用雙手摀住嘴巴，說不出話來。

「咦咦！那網倉剛才是在說什麼事啊？」

因為各自擁有的情報不同，ＫＴＶ的包廂裡陷入一陣恐慌。

「咦，呃，雖然我知道小帆波喜歡綾小路同學，但原本以為她只是因為得知輕井澤同學成為綾小路同學的女友，因而大受打擊……」

看來就連身為一之瀨摯友的網倉，也不曉得一之瀨向我傳達了心意這件事。

「畢竟她也幾乎是在同時得知了惠的事情嘛。沒什麼太大的差別。」

渡邊抱頭苦惱著怎麼會有這種事。

「如果柴田那傢伙知道這件事，肯定會哭吧……不，不只是柴田而已吧……」

「與戀愛相關的事嗎……原來如此。」

神崎像是覺得頭痛般按住額頭，同時搖了幾次頭。

「不，就算她無精打彩，這樣感覺的確是沒什麼關係的樣子啊……」

三人試圖把這件事跟學生會的事情分開來思考，但——

「可是還不曉得吧？雖然不知道一之瀨同學是什麼時候開始喜歡上綾小路同學的，但失戀好像很沉重嘛。說不定是這件事造成的影響，讓她無精打彩。」

姬野平靜地分析。她的意思是一之瀨辭掉學生會這件事也跟我有關嗎？

我本想否認，但就憑現有的資訊，無法證明那種假設百分之百是錯的啊。

「如果綾小路現在立刻跟輕井澤分手，與一之瀨交往，就有可能改善……？」

想要設法讓班級振作起來的神崎，一個人喃喃自語著這樣的話。

「那樣講未免太誇張了啦……對吧？」

即便嘴上這麼說，網倉這番話裡也隱含著「你意下如何？」這樣的含意。

「不好意思，我不能從無關的人那邊接受那樣的提議。」

「……你說得一點也沒錯。」

即使戀愛與班級的戰爭會產生間接的影響，也必須切割開來才行。

「雖然我向你們分享了這個情報，但現在應該從其他方向切入吧。」

「綾小路，為什麼你這麼冷靜啊。應該說被一之瀨喜歡可是非常幸運的事情喔！你要對這件事有自覺啊！」

就算他激動地這麼述說，我也很為難。

總之現在應該先改變這四人浮躁起來的思考。

為了摸索一之瀨辭掉學生會的理由，將範圍再縮小一點。

「對於要跟龍園班對戰這件事，她有出現變得比較消極的徵兆嗎？」

似乎還無法立刻轉換思考，沒有人立刻做出回答。

網倉喝著飲料，同時停頓了一會兒後，稍微舉起了手。

「她目前真的跟平常沒兩樣呢。感覺還滿積極地想要獲勝？」

「我也同意。感覺就與以往一樣，想和大家一起努力呢。」

「嗯，也聽她說了幾個具體的戰鬥方式呢。」

唯一沒發言的只有神崎，是因為他的意見跟這三人一致嗎？

原本這麼心想，但神崎似乎是在思考更之後的事情。

「正因為這樣，也能當作是她在勉強自己的反作用。明明被逼到要辭掉學生會，卻為了避免給我們這些同班同學造成負擔，而在虛張聲勢……這樣。」

一旦思考起來，只要不斷斷連鎖，就會無止境地陷入思考的泥沼吧。

但神崎他們必須仔細思考才行。

必須再稍微深入一點，然後朝左右兩邊擴大範圍去摸索才行。

給予每一個人思考的能力，能夠讓班級產生活性化。

「我明白你們很想知道一之瀨辭掉學生會這件事。也能理解神崎你們忍不住會朝好的方向和壞的方向去煩惱這點。不過你們這麼做的本意是什麼？不希望一之瀨勉強自己，還是覺得既然她辭掉了學生會，希望她為了班級更努力工作？希望你們讓我仔細聽聽這方面的想法。」

我告訴四人我想知道的事情，喝了一口烏龍茶。

所有人就這樣停下動作，只用視線進行交流，似乎在煩惱該怎麼回答的樣子。

光是看到這個狀況就明白了。

預測不在現場的一之瀨班同學在想什麼。

總之應該有許多人對一之瀨的精神狀態感到不安這件事。

在談論領袖是否會倒下前，更單純地只是在擔心一之瀨這件事。

只不過，就神崎與姬野的角度來說，這並非全部。

「先從我開始說起吧。我當然很期待一之瀨作為一個領袖的能力。學生會那件事原本無關緊要，若學生會讓一之瀨感到負擔，我認為她應該立刻請辭，不用客氣。重點在於她是否具備讓現在的班級重新振作起來，以升上A班為目標的決心。假如她喪失了那種決心，問題可就大了。」

「我覺得她打從一開始就沒變，還是具備那種決心喔。不過啊，假設一之瀨放棄升上A班，局外人也不能說三道四吧？說得極端一點，要不要以A班為目標算是個人的自由吧。」

渡邊露出為同伴著想的一面，也難怪他無法強迫別人。

「嗯……沒辦法強制別人的想法呢？」

這點網倉也是一樣，她認為真是那樣也無可奈何，吐露出放棄的意思。

在某人死心的時候，硬要拖著他以升上A班為目標，的確是很殘忍的事情。

「不過身為一個領袖，是不被容許有那種行為的。她應該儘早向班上提出。」

至少希望不會拖累其他人。就這點來說，可以不用擔心應該很排斥給同伴添麻煩的一之瀨。

因為能輕易想像到她為了同伴，最起碼會盡自己所能對班級做出貢獻吧。

「假如要放棄，希望她能儘早明確地說出來。畢竟就算她在無意升上A班的狀態下勉強自己一直坐在領袖的位置上，也無法獲得理想的結果啊。」

「那方面應該沒問題啦。實際上一之瀨什麼也沒說吧？」

「我害怕的就是一之瀨身為好人的人性。剛才也說過類似的話，假如她是虛張聲勢，隱藏自己已經放棄的事實，一直在逞強呢？對班級而言，沒有比這更殘酷的事情。」

正因為替同伴著想，為了同伴而不會在表面上說出自己已放棄。

假如一之瀨真的內心早已受挫，也無法否定這樣的可能性啊。

「隱約能明白你想說什麼……意思是為了防止那種狀況，需要跟姬野同學攜手合作嗎？」

「不只是那樣。召集能夠向一之瀨提出意見的存在，可以讓班級多一個首腦。我們要準備不會凡事都只交給領袖包辦的第二個選項。」

「總覺得那樣有點接近背叛行為呢。」

一之瀨率領的班級必須團結一致，堅如磐石。不，應當是那樣才對。站在抱持這種想法的網倉的角度來看，即使神崎他們的行動看起來就跟叛變無異，也是無可奈何。

「我認為若現在不採取行動，就回天乏術了。所以我們才會事先做準備。」

「就是這麼回事。雖然就像綾小路指謫的一樣，還有很多需要改進的部分……」

當初並沒有想太多的渡邊與網倉，應該也明白事情的來龍去脈了吧。

然而實在很難說這次的討論有明確地整理出一個結論。

神崎似乎也沉痛地感受到這點，尷尬的氣氛揮之不去。

總之對一之瀨辭掉學生會的理由，他們的追究暫且就在此告一段落吧。

就算再繼續堅持下去，僅憑目前的資訊量，恐怕也無法接近真相。

一直花時間在沒有答案的討論上，根本毫無意義嘛。

「神崎。差不多可以聽聽你想告訴我的事了吧。」

「嗯？喔，好。」

神崎像是突然想起來似的看了一下手機，確認時間。

「今天找綾小路出來的正題，是要介紹新的夥伴。他早上好像有非辦不可的其他事情，所以會晚點抵達，差不多快到了。」

之後大約二十分鐘的時間，我們先不提沉重的話題，開始閒聊起來。

一邊閒聊在教育旅行時發生的事情，一邊等待那個時刻到來。

「打擾啦。」

「濱口，你來了啊。」

濱口？我看向那邊，只見一之瀨班的濱口哲也露面了。

「居然是濱口同學……？不會吧，真意外……」

網倉與渡邊互相對望，她的表情寫著來了個意料之外的人物。

「嗨，綾小路同學。上次像這樣跟你面對面，好像是無人島考試時了吧。」

「可能吧。那時承蒙你不少照顧了。」

在需要節約糧食的狀況中，他誠懇地歡迎我這個外人一事，依然記憶猶新。

「我沒做什麼大不了的事啦。先別提這些，我該坐在哪裡才好呢？」

「總之……就麻煩你坐在這邊。」

神崎當場起身並稍微往裡面擠，引導濱口坐到他旁邊。

「原來預定之後過來會合的人是濱口嗎？」

「是啊。也可以說目前只有濱口就是了。」

換言之，扣掉以出乎預料的形式突然參加的渡邊與網倉，只有三個人。

「我們已經跟濱口談好，請他幫忙協助那件事了。」

「也就是說，他是正式的第三個夥伴啊。」

他是神崎與姬野想到的能夠改變一之瀨的存在。

渡邊他們當然還無法理解目前是什麼狀況吧。

不過儘管是巧合，這兩人會待在這裡，也是有了神崎的認同。

倘若神崎覺得他們礙事，也能開口拒絕，要他們改天再約。

「我們已經來到為了向前邁進，必須採取行動的階段。」

姬野也靜靜地點頭同意神崎提升了一個檔位的熱情。

「等一下啦，濱口同學。雖然我剛才聽神崎同學說了，但你知道要做什麼嗎？」

「一之瀨同學的精神狀態十分危險，就這樣放任不管並非上策喔。這是我從升上二年級後就一直抱有的想法，並不是因為被神崎同學指出來才這樣。」

看來濱口似乎早就看穿了一之瀨的不安。

「真的假的。你到目前為止一次也沒有表現出那種態度過吧。」

「那是當然的啊。因為我們班厭惡那種氣氛嘛。就算我一個人試圖採取行動，也不會有任何人跟隨。畢竟神崎同學至今因為這樣一直痛苦不已的狀況，是大家有目共睹的嘛。」

別班的我並不清楚詳情，但現場這些一之瀨班同學們的動作和表情，述說著真相與重要性。

「我並不是想把一之瀨同學拉下領袖的位置。不過經常在想，希望我可以成為她傷腦筋時能在旁扶持的夥伴。這次神崎同學的邀請來得正是時候。」

「我在全場一致特別考試中孤立無援的時候，濱口也一直在大家沒看到的地方關心我。從他的態度和說法也能判斷他可以理解我的想法。」

只要觀察周圍的樣子，就可以清楚地知道。

濱口這人十分可靠，同時也是被當成依靠的存在。

以堀北班來說，他扮演的角色和潛力或許很接近洋介吧。

「……把這種祕密也告訴我和網倉真的好嗎？」

「這是個賭注呢。慢慢地在水面下進行也很重要，但因為還有一之瀨離開學生會那件事，我判斷現在沒辦法耗費太多時間。要是無法把渡邊你們拉攏到這邊，今後也會立刻走投無路吧。」

看來神崎從偶然的接觸中找到了一絲光明，選擇著手行動。

雖然網倉的發言明顯偏向一之瀨，她也明確擁有自己的想法。

「你願意信任我們，我是有點開心啦……」

「唉，畢竟也約好了不能洩漏出去嘛。」

即便兩人似乎都難掩困惑，但也看不出會背叛神崎他們的樣子。

「我不打算要你們立刻站到我這邊。只不過希望你們可以稍微改變到目前為止，凡事都交給一之瀨判斷的想法。即使是今後慢慢改變也無妨。」

「如果你是在打壞主意就另當別論，但我深刻地感受到你是為了班級著想在行動。我不能說會立刻改變，不過會試著思考看看。」

渡邊表現出一定程度的理解，稍微露出笑容這麼回答。

「我……可能還沒辦法說什麼。不過就像渡邊同學說的一樣，我不會把這次的事情告訴小帆波。目前只能這麼說就是了……」

「那樣就夠了。」

就算此時強硬地要求更多，他們八成也無法回應神崎的期待吧。

「順便問一下，具體來說神崎你們今後打算怎麼做啊？」

「具體來說嗎？首先關於拯救我們班的第一步——」

神崎本想繼續這麼發言，但他忽然看向的大門氣勢猛烈地打開了。

「喔喔！打擾啦～！」

未經許可就踏入ＫＴＶ包廂裡的是石崎還有小宮兩人。

是現場的某人找這兩人過來的嗎？我原本這麼心想，然而看來並非如此。

情況很明顯地跟現場直到剛才的氣氛不同。

「你們假日聚在一起做什麼啊？也讓我參一腳嘛。」

石崎當然不知道我也在場，這時他的視線首次看向我這邊。

「咦，奇怪……為什麼綾小路會在這一群人裡面啊？」

「我才想問石崎你們為什麼會在這裡？」

「你說為什麼，那當然是因為有種種原因啦。對吧？」

石崎感覺有些尷尬似的將視線轉移到小宮那邊。

「對、對啊。我們兩人一起來ＫＴＶ，結果就看到你們的身影。我們想說與其兩個男人寂寞地唱歌，不如跟大家一起唱會比較開心吧。」

如此回答的小宮叩叩地敲著ＫＴＶ包廂門的玻璃部分。

「我們感情一點都不好吧？」

網倉一針見血地吐槽石崎他們。

「這、這個嘛。妳想想，該說就是因為感情不好嗎？我們打算透過一起唱歌來增進感情。」

他們很明顯在扯一些十分牽強的藉口。

神崎不打算讓他們繼續演鬧劇，直接講明兩人的目的。

「從特別考試公布那天開始，龍園班就連續好幾天在進行無法無天的接觸。」

「感覺就像是『又來了～』嗎？」

雖然沒有在生氣的樣子，傻眼的網倉雙手抱胸。

「什麼無法無天啊，講得太誇張啦。」

「你們可是未經許可就闖入其他團體的包廂座位，我有說錯嗎？」

「我們只是來關心同學的情況而已啦。像是好奇你們在唱怎樣的歌，或是如果你們玩得很開心，我們也想參一腳，就只是這樣啦。」

石崎像是在配合小宮似的扯一些牽強的藉口，不過沒有人相信他的說詞。

「很遺憾，今天這場聚會並不是讀書會。」

「……看來是那樣啊。」

石崎發現桌上沒有任何念書用的東西，搔了搔頭。

龍園班將會與一之瀨班對決。以學力來說，石崎等人在同年級中非常不利，這表示對他們而

言，比起認真用功念書，他們更重視如何妨礙對手嗎？從網倉那句「又來了」的發言，也可以推測他們似乎自從確定對決之後，就一直在重複這種行為。

「事情就是這樣，可以請你們回去嗎？」

如果是在念書還不好說，但目前這種狀況看起來就只是單純在享受ＫＴＶ的團體，所以石崎他們繼續逗留在這裡也沒有好處。

「嘖。去找下一個目標吧，下一個。」

石崎他們最後露骨地承認自己的行為，在咂嘴的同時離開了包廂。

「真是群無聊的傢伙。不，這一切都應該歸咎於發出這種指示的龍園吧。」

「就是說呀。明明認真念書就好了，他們只會去想怎樣扯對方後腿呢。」

「這種發展就好像去年的學年末考試啊。」

儘管是為了獲勝，龍園那時也做了相當危險的行動和行為。我想龍園這次應該不至於做得太過火，然而不知道他會採用怎樣的手段。

「他們沒有逼你們簽署強人所難的契約嗎？」

「沒問題的。我們也已經做好萬全的對策。當然了，既然不能斷言今後也絕不會發生糾紛，我並不打算放鬆戒備。」

神崎起身確認石崎他們真的離開後，又回到了座位。

「雖然有多餘的人來礙事，但回到正題吧。拯救我們班的第一步，首先就是有必要迅速確認一之瀨處於怎樣的精神狀態。如果不先讓她恢復成平常心，就不用提什麼要前進還後退了。」

目前的確沒有人知道一之瀨真正的狀態。

「要是有什麼方法可以完美地掌握現況就好了……」

「果然還是只能由我們去貼近小帆波的心吧？」

「那樣跟以往有什麼不同？」

「咦？就、就算你問有什麼不同，我也很為難耶……」

「就是因為我們一直像那樣靜觀其變，才會陷入目前的狀況。」

「喂，我說神崎啊～你別像要吵架似的責怪她啦。這是可以自由發言的場合吧？」

渡邊用有些生氣的語調打斷神崎的說教，接著說道：

「虧她鼓起勇氣提出方案，卻彷彿被壓制一般遭到否定，下一個人也很難提出意見吧？」

「……不過……」

「不，我也贊成渡邊同學的意見。雖然到目前為止我一直避免發言，但背負著重大問題的不只是一之瀨同學而已。我認為神崎同學強勢的語氣也是原因之一。」

濱口像是要擁護渡邊，用冷靜沉著的對應勸告神崎。

「我很感謝神崎同學為了班級行動。但如果那些行動都是白忙一場，就毫無意義不是嗎？」

儘管聚集起來的人還不多，各個成員似乎都比想像中還要有主見。

這表示在盲目信任一之瀨的群眾裡面，也摻雜了幾個感到疑問的學生。

只不過濱口和渡邊都不是能在沉重的場合上站出來的人。

所以有神崎率先上前表態，他們才能暢所欲言。

「我認為去接近對方的方針並不壞。就算強硬地去探聽，也不覺得一之瀨同學會輕易回答，而且重點在於自然地觀察並看清事實不是嗎？」

「你的意思是要花時間那麼做？在這種已經沒有退路的狀況下嗎？還真是悠哉啊。」

「不，我覺得那要看接近的方式而定。畢竟我們基本上只知道身為領袖的一之瀨同學嘛。但網倉同學不同。應該有很多機會可以在假日跟她一起玩吧？照理說會有更多機會找出答案。」

網倉用力點頭表示肯定。

「機會變多是個優點喔。只不過……同時也存在缺點吧。正因為網倉同學他們平常就跟一之瀨同學待在一起，所以也容易受到提防，我想也有無法推心置腹的部分。」

正所謂親不越禮，近有分寸。網倉也並非可以毫不客氣地探聽任何事情。

「啊，有。我想到一個針對這點的理想方案。」

原本以為應該是最不會開口發言的姬野，比任何人都更快輕輕舉起了手。

「說來聽聽吧。」

「請綾小路同學幫忙觀察一之瀨同學放假時的狀況如何？然後請他順勢打聽各種事情不就好了嗎？即使一般來說不會信任其他班級的學生，如果對象是喜歡的人，應該也會放鬆戒心吧？」

「那方法可能不錯呢。假如被喜歡的人邀約，一之瀨同學應該也會有點開心吧，就像姬野同學說的一樣，戒心也會──」

「不過，就像剛才說到的一樣，綾小路是別班的人。這是最令人擔憂的事情吧。」

看來濱口也理所當然地知道一之瀨暗戀我這件事。

「但你很信任他吧？畢竟還找他來參加這種重要的討論。」

姬野犀利的吐槽讓正要開口說話的神崎停了下來。

「就請他幫忙摸索我們這些同班同學看不見的部分嘛。」

「不，先等一下啦。我明白姬野想說的話了，但綾小路有女友吧。就是輕井澤啊，輕井澤，那樣做不會產生很多問題嗎？」

「畢竟小帆波很引人注目嘛。她跟男生兩人單獨見面，可能會有人閒言閒語。最起碼也得有輕井澤同學的許可才行。證明他們不是在約會……啊，可是有小帆波喜歡綾小路同學這個事實，這應該不是有沒有獲得許可的問題嗎……」

這些學生擅自搬出我的名字，熱絡地討論了起來。

「說到底，在沒有小帆波的狀況下進行這種事真的好嗎？雖然知道這是為了班級著想，總覺

得……好像在利用她的心情一樣，有點討厭呢。」

網倉跟一之瀨的關係應該滿親密的，也難怪她會發出這樣的不滿。

到目前為止，無論是順風時或逆風時，一之瀨班都是以一之瀨為中心在行動。

「我們並非擅自在進行針對特別考試的對策。這是針對一之瀨的行動之一。告訴一之瀨本人我們因為她的想法在煩惱，是很滑稽的事吧。」

雖然神崎試著這麼說服網倉，但她似乎無法欣然接受。

「我明白神崎同學在全場一致特別考試時想要改變我們班這件事。我不打算說那種想法是壞事。但認為你私下偷偷找綾小路同學商量，還有拉攏姬野同學這些行為並不值得稱讚。」

身為應該很重視透明性的一之瀨班的一員，會有這種想法也很自然。

「要是光明正大地採取行動，很明顯會有人反對。所以不能只靠我一個人，因為有姬野和濱口從旁協助，反駁才會產生力量。」

即使在現場也是，有一半以上的人站在神崎那邊這點是事實。

假如神崎是獨自一人，他就只能在一對四的狀況下孤軍奮戰，但現在實際上是三對二。

因為有站在自己這邊的同伴，也能期待援軍的幫忙。

「就決定讓她跟綾小路同學約會了吧。」

雖然姬野試圖這麼做出結論，但網倉的表情果然還是很僵硬，立場也依然不變。

「姬野同學好像完全不會迷惘，妳對小帆波的做法有這麼不滿嗎？」

「我……」

「我可以理解神崎同學的立場喔？畢竟他一直在小帆波身旁給意見，有時也會強烈地主張自己的意見。可是我從來沒聽姬野同學說過類似的話。」

「姬野她是——」

儘管神崎想代替姬野本人反駁，濱口伸手制止了他。

「這種重要的事情如果不讓她親口說出來，就沒有意義了吧？」

濱口能夠環顧整體，客觀地判斷正確事物，他的加入果然影響很大啊。

「該說不滿嗎……我不喜歡那種大家手牽手當好朋友的立場。並不是最近才這樣，而是從進入這所學校前就一直這樣了。我也不怎麼喜歡跟朋友社交，真要說的話，我覺得一個人獨處比較輕鬆。」

網倉至今應該完全不曉得姬野居然是這麼想的吧。

「但我不是擅長發言的人，也覺得默默地隨波逐流比較輕鬆。所以假如有人約我一起玩，會默默地跟過去，倘若所有人都服從一之瀨同學，我覺得默默地服從比較輕鬆，就一直聽命行事。只是這樣罷了。」

姬野不表達自己的意見，一直認為跟著周圍行動就好。

「但我內心一直在想，光靠一之瀨同學的做法，應該無法升上A班吧。這也沒辦法。既然大家都選擇默默地服從，自己也只能跟著聽命行事。」

姬野現在也不擅長與別人對上視線吧，她注視著不停播放影像的螢幕那邊繼續說道：

「不過我得知了神崎同學是認真想改變我們班。知道他不想放棄在A班畢業這個目標。所以──決定試著賭賭看。」

「也就是說妳在要輕鬆地隨波逐流，在B班以下畢業，或是不惜勉強自己也要在A班畢業的這兩個選項中做出了選擇啊。」

聽到姬野至今不曾說出來的想法，渡邊這麼喃喃自語。

「……這樣呀。我明白姬野同學的心情了。原來我什麼都不知道呢。」

「這也難怪啦。畢竟我從未說過真心話嘛。」

但是換個說法，這番話也能套用在一之瀨身上。倘若本人沒有親口說明，也無法看透對方究竟有多少話是出自真心。

雖然網倉對神崎的做法好像有些不滿，她似乎也讓步了，表現出一定程度的理解。

「我代表我們班拜託你。我們想知道一之瀨辭掉學生會的心境，還有對今後的方針有什麼想法。以及她現在也覺得還有勝算嗎？希望你可以幫忙探聽出一之瀨的真心話。」

歸納出結論後，如此說道的神崎低頭拜託我。

「人都上船了，我是沒什麼理由拒絕啦……」

我這麼說，於是平常不太笑的神崎看來很高興似的低頭道謝。

「可是啊，輕井澤的問題要怎麼處理？」

「也不能怎麼樣，只能向她說明內情，請她諒解了。」

「說是內情，也是其他班級的事情耶？輕井澤同學會坦率地認同你這樣幫忙我們嗎？應該說她不會懷疑你嗎？」

「這方面不用擔心。」

雖然是突然被人拜託的事情，但這是個好機會，可以嘗試想試試看的事情。

2

在網倉的提議下，我們決定享受一下ＫＴＶ，在那之前我先去了一趟廁所。雖然是朝意料之外的方向前進，但神崎他們在討論當中展現成長的徵兆，這是個很大的收穫。

剩下的就只等我改天約一之瀨出來，巧妙地確認她辭掉學生會的原因。

本來這也是希望神崎他們可以靠自己設法解決的事情，然而現在的神崎等人隨便行動可能只

會導致班級陷入混亂，所以沒辦法推薦他們這麼做。

畢竟希望他們可以好好保持著終歸是跟隨一之瀨的夥伴這一面嘛。

雖然不後悔答應幫他們，但問題在於「只要巧妙地向一之瀨確認就好」這點是相當困難的部分。特別考試加上離開學生會。對一之瀨而言，接連發生了兩個重大事件，倘若在這種狀況下約她出來，無法避免會遭到各種猜忌。

乾脆光明正大地當面開口詢問，直接向她確認真相也是一種方法嗎？

不，應該先確認一之瀨的精神狀態，再決定怎麼做比較好吧。

要是輕率地刺探對她造成負面的影響就毫無意義了嘛。

「欸、欸，綾小路。」

渡邊一副慌張的樣子追到男生廁所。

本來以為他是趕著想上廁所，看來似乎並非那麼回事。

「那個啊……你改天不是要跟一之瀨碰面嗎？我有其他事情想拜託你一下……」

「拜託我？希望是簡單的事情。」

上完廁所後洗了手，回到走廊上。

「我想應該算簡單啦，不，算簡單嗎？還是偏難啊……？嗯——」

渡邊給人說話還滿直截了當的印象，這時的他卻吞吞吐吐。

不過大概是覺得離席太久也不好便開口說道：

「那個，怎麼說呢。呃……是關於網倉的事。」

「網倉？有什麼讓人擔心的事情嗎？」

畢竟在剛才的討論中，內心動搖得最厲害的應該就是網倉吧。

她看起來不像是需要事後照顧的狀態，說不定渡邊感受到了什麼。

「我不是那個意思。唉，要說是令人擔心的事也沒錯啦，但也不是那樣。」

雖然以話語來說內容支離破碎，總之我先聽聽就好。

「我想若是一之瀨，那個……應該很清楚網倉現在是否有喜歡的男生，這類的事情？……如果方便，可以幫我探聽一下嗎？」

「原來如此。」

我也慢慢開始理解關於戀愛的事、感情還有行動。

也能明白渡邊像這樣支支吾吾地告訴我的話有什麼含意。

「渡邊喜歡的女生是網倉啊。」

「唔喔喂喂！你、你別在這種地方講得那麼露骨啦！」

「沒問題的。現在沒有其他人在。」

流洩到走廊上的只有在店內播放的ＢＧＭ，以及從包廂裡傳出來的歌聲。

反倒是渡邊這樣驚慌失措地大聲嚷嚷比較有問題吧。

「就、就算是這樣也不行啦！」

不過，我還真是不懂啊。之前都沒發現渡邊喜歡網倉。

「即使喜歡的異性在同一個小組，你也很冷靜呢。尤其是在教育旅行時。」

「我又不是小學生，不會那麼露骨地表現在態度上啦。」

這麼說來，之前好像有提到渡邊與網倉今天是一起來買東西的啊。

釐清這件事實後就會看見他們的關聯，實在很有意思。

「該不會你今天是找她出來約會吧？」

倘若是這樣，就表示渡邊這個人其實也挺有一套的。

「咦？啊……唉，雖然我的目的是很接近那個啦。幹勁十足地一早就起床準備，然後跟她約在宿舍的大廳碰面。當時內心真的是小鹿亂撞啊。」

渡邊像是在回顧出門時的狀況般露出苦澀的表情說道：

「但真的兩人一起外出時，根本沒辦法熱絡地聊天。明明平常跟很多人在一起時彼此都能侃侃而談，卻突然不知道要講什麼。到抵達櫸樹購物中心的這段期間，感覺有點像在地獄啊。」

也就是說到約出來見面為止都很好，但在那之後進行得不太順利啊。

「你討厭兩人獨處嗎？」

「我是不討厭啦。不過會對無法好好說話的自己感到煩躁，一直胡思亂想，像是覺得網倉陪著這樣的我一定也不開心吧。就在那時看到神崎與姬野走在路上，聽到他們在說接下來要跟你見面之類的。」

對於陷入苦境的渡邊而言，那或許就像救命稻草。

「想說我們教育旅行時也是同一組，就問網倉要不要去露一下臉。」

因為他判斷這麼做雖然是在逃避，但也並非完全是後退嗎？

「原來如此，是這麼一回事啊。」

儘管不再是兩人獨處應該很可惜，沒有比冷場的約會更讓人難受的事情吧。不，站在網倉的角度來看，她可能甚至沒有意識到是約會。

「沒想到居然會開始談很重要的事情，稍微嚇到了……以結果來說，我認為能知道實在太好了。因為可以明白神崎和姬野的想法。」

就我到目前為止的觀察，以渡邊的性格來說，倘若神崎他們在更早的階段就採取行動，應該能像濱口那樣把渡邊也拉攏成夥伴吧。

恐怕還有不少這樣的學生在一之瀨班裡沉睡著。

「所以說……關於那個網倉的事，可以……幫我探聽一下嗎？」

「我去探聽嗎？」

「你改天會跟一之瀨見面對吧？希望你可以若無其事地幫忙探聽。」

「我也不曉得能不能問到，說到底根本沒人能保證她一定知道網倉的戀愛情況吧。」

「不，她知道。假如網倉喜歡某人或是跟某人在交往，一之瀨絕對知道。」

不曉得是從哪裡湧現的信心，渡邊相當有自信地這麼回答。

「是所謂的女生情報網嗎？」

「就是那麼回事。我不認為網倉是那種不會找任何人商量戀愛煩惱，就跟男生交往的人。既然這樣，她絕對會跟很要好的一之瀨說一聲才對。假如一之瀨完全沒有察覺到任何狀況，就表示我也還有機會呢。」

「原來如此，因為那樣可以證明在網倉內心還沒有明確喜歡的男生嗎？」

渡邊咧嘴一笑，點了點頭。

「唉……其實啊，怎麼說呢。最理想的狀況是她有提到我的名字啦。但目前完全沒有那種跡象，所以這方面也不能強求吧。如果現在沒有情敵，那我只管往前衝就是了。」

渡邊在內心沒有掌握到任何感覺，因此分析自己不可能領先其他人。

好吧，關於戀愛這回事，也不曉得那種自我分析到底有多可靠，但我在教育旅行時受了他不少關照。

再說這方面的事情大概也很難拜託同班同學嘛。

最重要的是，渡邊積極樂觀的態度讓人很有好感。

「假如感覺能若無其事地探聽出來，我會問問看。但麻煩你不要過度期待。畢竟隨便深入而遭到提防，也會對你造成不便吧。」

「好，那樣就行了。」

渡邊感覺有些難為情，但也同時露出很高興的表情，開心地這麼回答。

3

下午四點過後。在ＫＴＶ暫時擔任聽眾的我結束了在旁默默幫忙炒熱氣氛的任務，眾人解散後，我獨自坐在櫸樹購物中心二樓的長椅上。

因為無論解散時間早晚，今天都決定要留下來。

沒什麼特別的目標，本來想先用手機上網搜尋，但不知何時收到惠傳來的訊息與照片。

她比著Ｖ字手勢跟佐藤貼在一起，一眼就能看出玩得很開心的樣子。

她們今天似乎打算在女生的房間集合，在宿舍開心地聊天聊到傍晚。

除了惠之外，好像還聚集了佐藤、森、石倉和前園這些成員。

縱然沒有跟我一起度過兩人時光，能夠像這樣與好友們輕鬆地聚在一起也是惠的長處。
她問我什麼時候回去，我稍微煩惱了一下後，先回覆大概晚上八點過後。
因為要是跟她說我會早點回去，惠也有可能不管朋友提早結束聚會。
至少在兩人分開度過的日子讓她好好樂在其中，不要受到雜念困住比較好。
「那麼……」
目前周遭沒有看到其他人，似乎不用擔心講電話會被聽到啊。
我觀察有時在遠方可見的學生們，同時拿出手機打電話給一之瀨。
一直延後也沒好事，若是可以，希望明天就能約她見面。
鈴聲在我耳邊持續響了一陣子，但一之瀨沒有接電話。
她正和別人待在一起而沒注意到，還是在睡午覺呢？
或者也可能是她有發現，卻刻意不接電話也說不定。
教育旅行即將結束的前一晚，與一之瀨的接觸是否就結果來說產生了負面影響呢？我一邊思索各種想法，一邊眺望著來電紀錄時接到一之瀨的回電。
『喂、喂喂？抱歉，剛才沒辦法接電話。』
對方開口第一句話聽起來似乎很緊張。
就聽到的聲音來判斷，感覺不出她感到厭惡的樣子。

「妳正在忙嗎？」

『沒、沒有。我正好在準備晚餐……你、你竟然會打電話給我，還真稀奇呢。』

聽她這麼一說我才發現，的確是那樣也說不定。

印象中幾乎沒有在這種私人時間打電話給一之瀨過啊。

電話那頭隱約傳來像是說話聲的聲音。原本以為她跟某人在一起，仔細一聽便可以知道那是電視的聲音。

「雖然是有點突然的邀約，假如妳明天有空，能不能見個面？」

我像是要從正面光明正大地登門拜訪一般，開門見山地說出目的。

『咦……咦，跟我嗎？』

「聽起來像是在約妳以外的人嗎？」

『沒沒沒、沒那回事啦……可是……嗯，呃，就我們兩人……嗎？』

「若是可以，就我們兩人。」

因為現在也不是應該採用迂迴說法的場面，於是直接這麼告訴她。

於是一之瀨沒有回應，略微沉重的沉默持續了幾秒鐘。

『我是有空啦……不過是什麼事情呢？』

什麼事情嗎？根據事情的內容，一之瀨的確也可能很樂於跟我見面吧。

說得簡單好懂一點，就是有事要商量或是碰到了某些問題。

倘若是這些事情，一之瀨應該也比較方便跟我見面吧。

但也不能現在就告訴她神崎等人拜託我的事。

他們姑且是懇求我在探聽情報時儘量避免被一之瀨察覺到。

「如果沒什麼事情，妳就不願意跟我兩人單獨見面嗎？」

『我不是那個意思……可、可是，兩人獨處實在有點……』

「我想見妳。」

『唔……！』

「只不過如果妳在精神上會很難受，或許還是別碰面比較好吧。」

我知道這麼說有風險，但還是試著稍微以退為進。

這是為了透過一之瀨的反應來試探她的感情在什麼位置。

『……等、等一下。不會……沒關係的。』

雖然她有戒心，但看來並沒有把想避開我的感情擺在前面啊。

「真的可以嗎？我不想勉強妳。」

『我沒有在勉強自己……我也想見綾小路同學……』

「這樣啊。那麼明天十點可以在櫸樹購物中心前集合嗎？」

因為不曉得需要多少時間，所以希望能夠以最大限度綁住她。

『我、我知道了。十點對吧。』

「那麼明天見。假如妳臨時不方便赴約，隨時都可以跟我聯絡。」

即便想要長談也是辦得到，但我避免跟她聊太久。

『嗯……明天、見。』

如此說道的一之瀨結束這段有些僵硬的對話，結束通話。

這麼一來暫且成功與一之瀨約好要見面了。

剩下就只等明天詳細地試探一之瀨的精神狀態。

倘若能同時得知她目前在想什麼就更理想了。

等一下繞去書店逛逛好了。

今天還剩下很多一個人獨處的時間。

這是跟沒有朋友時一個人獨處的時間不同，刻意選擇一個人獨處的時間。

這也是站到不同的視角後，才會注意到的無比幸福的時間。

4

我盡情地享受自己的時間直到晚上，然後繞到超市購買有些晚的晚餐，告訴惠我接下來要回去後，離開櫸樹購物中心。氣溫也降低不少，因為至今一直長時間待在開著暖氣的環境裡，溫度差讓人有些難受啊。

口袋裡的手機震動了一下。剛才的訊息立刻顯示已讀，惠似乎和朋友一起玩到吃完晚餐，才剛解散。看來妳今天玩得很盡興，真是太好了——我回了這樣的訊息後，一個人沿著沒什麼人煙的道路走向宿舍。

在回宿舍的途中發現了一個停下腳步的女學生背影。

只見她的視線望向天空，並沒有在前進的樣子。

因為天色很暗看不清楚是誰，總覺得有些眼熟，走近一看立刻弄清她的真面目。周遭沒看到其他學生，只有她一人。

「嚇了一跳呢。還以為妳已經回家了。」

聽到我這番發言而轉過頭來的是姬野。

「咦？我才想問綾小路同學不是回家了嗎？」

「記得我姑且說過會先買些東西才回去。」

「這樣呀，你好像是那麼說過……但就算是那樣，不會太晚了嗎？」

看來她似乎只有把我的話聽進去一半。

話雖如此，解散後已經過了將近四小時，她會感到不可思議也很正常。

「所以你現在才回家？」

看到超市塑膠袋的姬野這麼詢問，因此我點頭表示肯定。

「妳是做什麼才到這麼晚啊？」

「嗯……我一直在發呆。像是到雜貨店，或是毫無意義地走到電影院前面？」

感覺似乎跟我差不多。或許她是在盡情享受一個人獨處的時光呢。

「反正順路，要不要一起走回宿舍？」

這不像姬野作風的提議讓我有些驚訝，但想不到否定的理由。

「唔～晚上果然會冷呢。」

簡直就像想說之前沒注意到一樣，她在這時顫抖了一下身體。

「其實在解散後，神崎同學他們有問我要不要再陪他們聊一下。」

「原來是這樣嗎？」

「他們說只有同班同學一起談話的機會應該也很重要吧。但我拒絕了。」

「為什麼？」

「老實說，我有點討厭那種環境，很想避開呢。啊，並不是想退出這個團體喔。只是討厭好

幾個人一起行動而已。」

雖然姬野多少也逐漸學會跟其他人打成一片，與大人數的相處方式可能還是讓她傷透腦筋。

「就在我心想果然還是一個人獨處比較靜得下心時，不知不覺就晚上了。」

「原來是這樣嗎？」

「因為多了這些一個人獨處的時間，也會忍不住去想很多事情呢。尤其是綾小路同學對我說的那些話，該說滿一針見血的嗎？我覺得戳中了我的痛處。」

看來她似乎很在意在ＫＴＶ讓我得知的苦惱。

「我發現自己原來沒有想像中那麼能幹。與沒有注意到一之瀨同學很危險的周遭不同，我以為有察覺到的自己有點厲害。還有像是跟神崎同學聯手，讓我產生一種毫無根據的自信，覺得自己在做特別的事情。像是被挫了那種銳氣。」

「這該怎麼說呢，真是不好意思啊。」

「用不著道歉啦。你說的話反倒很正確喔。」

姬野吐出白色氣息，同時面向這邊露出苦笑。

「原本以為自己可以更簡單地辦到很厲害的事情……但要付諸實行很辛苦呢。」

「任何人都是這樣。一之瀨也是，我也一樣。要付諸實行很辛苦吧。」

雖然不是要安慰她，但她煩惱得太過頭我也會很傷腦筋，因此委婉地這麼告訴她。

「即使還在摸索應該前進的道路，照現在這樣跟神崎同學和濱口同學一起採取行動，是否真的能有所改善，我開始沒自信了呢。」

「迷惘並不是壞事。只不過就算停下腳步也解決不了問題。」

「是那樣沒錯啦。照理說明明是為了拯救班級才動起來的，卻有看不見的齒輪慢慢地在走偏——忍不住會有這種感覺。」

看不見的齒輪正在走偏……嗎？

倘若想做些前所未有的事，難免會浮現不安。

「我懂妳的心情。就算這樣，有人問妳『齒輪至今轉動得很順利嗎』時，妳應該無法老實地回答『ＹＥＳ』吧？」

「唉……那麼說也沒錯呢。」

雖然他們一直進行著健全的班級營運，卻沒有得到相對的成果。

換言之，這表示齒輪並沒有正常發揮作用。

「現在變革正準備造訪姬野你們的班級，這是個明確的事實。」

這究竟是幸運或不幸？我也還不曉得最後的答案。

不只是神崎他們的存在，辭掉學生會的一之瀨也一樣。

即使我自認控制著各種事情，未來的發展對我而言也是不確定且不透明。

不過結局只有兩種。生或死。換言之就是一之瀨班是否能獲得救贖這兩個選項。

然而這個過程的道路——開始蔓延任何人都無法看透的濃霧。

三月，即將造訪的二年級生的尾聲。

到時姬野應該也能看見結果了吧。

「綾小路同學，如果我們班有所改變，你覺得我們還有可能升上A班嗎？」

「妳想聽客觀的意見嗎？」

「嗯。若是可能。」

「如果能回答那個提問……我會回答附帶條件的ＹＥＳ。」

「哦……還以為你會說不可能。不過，附帶條件？」

「二年級生的戰爭沒有輕鬆到光靠你們這樣改革意識就能升上A班。實際上一之瀨班與A班的差距也逐漸在拉大嘛。要彌補這些差距，必須全班同學都能背負相對的痛楚與覺悟，否則無法達成目標吧。」

「痛楚與覺悟……？具體來說是怎樣的內容？」

「不好意思，我現在無法回答這個問題。」

「無法回答嗎？沒想到會聽見這種答案呢。因為我以為你會說完全沒想過那些，或者你是隨便說說的。」

「一般會那麼想吧。」

「因為這該說是別班的煩惱嗎？是我們班在傷腦筋的事情嘛。應該說我們越是痛苦，綾小路同學的班級就相對地越能占到便宜，沒錯吧？」

「是啊。」

「明明如此，你卻設身處地協助我們。這是為什麼？」

「因為比起分敵我，想觀察一之瀨班的將來這種心情更加強烈。」

「我們班的將來……？這種說法好像你能看見之後的未來一樣呢。」

雖然沒有人能看透未來，還是能夠事先預測並進行準備。

「所以我暫時打算在你們傷腦筋時助一臂之力。如果不介意是我啦。」

「我想神崎同學一定會很高興。畢竟我也覺得非常安心嘛。」

認為我這番話是出自善意的姬野，雙手微微握拳擺出叫好的姿勢。

「如果妳能大方地展現那種模樣就好了呢。」

「咦？啊，總覺得突然難為情起來了……」

如此說道的姬野將雙手藏到口袋裡，也讓視線一起溜走了。

5

就在我跟姬野一起走回宿舍時，發現坐在長椅上滑著手機的惠。

「那麼，再見嘍。」

察覺到現場氣氛的姬野立刻離開我身旁，快步邁出步伐。

她向坐在長椅上的惠稍微點頭致意後，就直接回宿舍了。

「妳在這種地方做什麼啊？不是回房間了嗎？」

「你問我在做什麼？我看起來像在做什麼？」

「像在等人。」

「答對了。那麼我在等的那個人是誰呢？1、池同學。2、南同學。3、清隆。」

如此說道的惠一根根豎起手指，出了謎題給我。

「這是個極為困難的問題啊。雖然覺得答案很有可能是1……」

「如果答錯要接受懲罰遊戲～」

「在回答之前，可以先問一下懲罰遊戲的內容嗎？」

「這個嘛，就用麥克筆在你額頭上寫我愛小惠好了。要頂著那些字去上學喔。」

「好，我選3。」

「好快！你就這麼不想接受懲罰遊戲？」

惠雖然有點生氣，還是從長椅上起身，走到我身旁。

「然後呢？剛才那個女生是姬野同學對吧？為什麼她會跟清隆一起走？」

即便她面帶笑容，卻朝這邊散發「給我說明理由」的強烈壓力。

「應該有告訴妳我會跟神崎見面吧。姬野也是在那邊的人之一。」

「是哦？但沒看到神崎同學他們呢。」

「我們先解散了一次。然後在要回來時偶然遇見姬野，我們只是稍微閒聊一下而已。」

「是哦？是哦？唉，畢竟我是女友，姑且還是會相信男友的發言啦～？」

她嘴上這麼說，看來還是感到懷疑的樣子。

「你們看起來好像感情很好呢。」

「妳吹牛。在這種黑暗中，不可能看得那麼細吧。」

「唔……是、是沒錯啦。但我就是隱約有那種感覺嘛！雖然沒差了啦！」

惠彷彿想說我的身旁是她的位置一般，勾住我的手臂。

「來聊些快樂的話題嘛。」

「我贊成。」

「那我們明天一起去逛櫸樹購物中心吧。再說聖誕節也快到了。」

惠這麼邀我，並揚起嘴角笑了笑。這種表情是在說：「你應該知道我想說什麼吧？」

「因為須藤的告白以失敗告終嘛。妳要的是聖誕節禮物對吧？」

「正確答案。驚喜禮物也不錯啦，但跟男友一起去買想要的東西也不壞呢。」

那樣肯定比我獨自思考煩惱更能讓她高興，對我來說也是幫了大忙。

「雖然很想回應妳的期待，但明天我有點事。麻煩改約下禮拜吧。」

「咦～？你該不會又安排了其他計畫？」

今天會跟神崎他們見面的事情，事前就先通知惠了。因為惠跟神崎他們沒有關聯，不是很清楚他們跟我的關係，所以即使感到不可思議，並沒有特別放在心上，不過……

「就是這麼回事。」

「就連一點時間都擠不出來嗎？明天是有什麼事？」

我要跟一之瀨度過——想敷衍過去，不告訴她這件事很簡單。然而就跟說出神崎他們的事情時一樣，瞞著她的壞處非常大。

一之瀨的存在本來就很引人注目，倘若看到我在她身旁，一定會有負面的閒言閒語吧。

而且惠有很多朋友，那些學生們會變成她的耳目。

「我要去見一之瀨。」

「……見一之瀨同學？」

惠的反應明顯跟我說要去見神崎時不同，她停下腳步。

「除了她還有誰在？神崎同學還是姬野同學嗎？」

「目前沒有其他人，只有一之瀨而已。」

「那什麼意思呀。我有點不是很明白耶。你要跟女生兩人單獨在假日見面嗎？」

雖然知道惠的心情很明顯地變差了，這也難怪吧。

即使這是相反的狀況，如果是一般男生應該也會表現出類似的反應。

「是那樣沒錯。」

我用視線窺探惠的樣子，只見她像要蓋過我似的與我四目交接，瞪著我看。

「然後呢？」

「然後呢是指？」

「一般會好好解釋一下理由吧。像是雖然是兩人單獨見面，請妳不要誤會，其實是有這種原因之類的。讓女友感到不安是絕對不行的吧。」

「的確是那樣沒錯啊。我去見一之瀨有幾個理由，其中一個是受神崎他們所託。」

「……受神崎同學他們所託？什麼？」

惠聽到神崎的名字稍微鬆了口氣。

「儘管還沒公布，不過一之瀨辭掉學生會了。目前正因為這件事引發一陣混亂。」

「先、先等一下。是這樣嗎？雖然不是很懂，但為什麼？」

「很不可思議對吧？神崎他們想知道真相。畢竟隸屬於學生會對班級而言也會發揮不少正面作用嘛。一之瀨在他們跌落D班的現在，想要盡可能多賺點分數的狀況中離開學生會，也難怪同班同學會感到動搖。」

即使只有這樣的說明，惠應該也能隱約明白神崎他們感受到的不安吧。

「但神崎他們害怕直接向一之瀨質問理由。因為要是從領袖口中被迫聽到她已經放棄以A班為目標這種話，實在無法承受。」

「所以——才要你代替他們去問出理由嗎？」

「就是那麼回事。」

「我明白原因了……但你為什麼會跟一之瀨同學的班級扯上關係？別管他們就好了嘛。要是隨便幫忙，說不定又會變成勁敵。」

她會產生這樣的疑問也非常合情合理。這些話實在不能讓堀北等人聽見。

「我做這種幫敵人雪中送炭的行為是有理由的，可是這個理由也還不能告訴妳。」

「不能告訴我……？你覺得我會跟別人說嗎？」

「不是那樣。我很清楚妳的口風很緊。只是在目前這個階段，還不想告訴任何人我打算做的事情而已。」

我刻意比較嚴厲地用這種冷淡的說法，惠的表情稍微僵硬了起來。

不過惠無法坦率地接受這個事實，也是理所當然的吧。

她有一瞬間像是試圖在忍耐，但還是立刻把心情發洩出來。

「我知道清隆考慮到很多事情。自認也明白你一定在我不知道的地方幫助我們班，會答應神崎同學他們的請求，試圖向一之瀨同學探聽出原因一定也有什麼意義。可是，可是呀……我就是討厭呀，你居然要跟女生兩人單獨在假日見面……這樣總覺得很討厭嘛。應該還有其他方法不是嗎？像是至少約在學校，或是只在午休見面就好呀。」

惠像是在鬧彆扭似的噘起嘴唇，面向其他方向。

倘若在這時說是我不好，最重要的人只有惠，事情就很簡單了吧。

我已經學到向對方說一聲別擔心，在戀愛中是很重要的事。

那麼，如果反過來會怎麼樣呢？即使能夠設想到答案，倘若沒有試著實際引導出來，實在不能說是已經理解了吧。

「那妳要妨礙我嗎？只要趁我假日跟一之瀨見面時闖進來就好了。」

「那、那樣太……」

「妳不會那麼做對吧？那麼做也沒有好處。既然如此，這個話題就到此結束。聖誕節禮物就等下禮拜再一起去買，這樣應該就沒問題了。」

只是沒有使用溫柔的話語，現場的氣氛就能在一瞬間變得如此沉重。

惠在寒冷的天空下等待我時那種看來很快樂的模樣，已經消失無蹤。

「夠了，畢竟清隆有清隆的想法嘛。我也沒資格說三道四。」

不只是表情，就連感情都放跑到遠方了。

「我去一下便利商店再回家。你先回去吧。」

如此說道的惠就那樣看也不看我地朝便利商店那邊飛奔而出。

但她離開的步伐看似快速，其實相當緩慢，從背影也能看出她在期待我追上去。

只要立刻追上去告訴她是我不好，會再思考一下跟一之瀨見面的方法就好了。

那樣她的心情就會像之前一樣好起來吧。

然而我將視線從她的背影上移開，決定就這樣回去宿舍。

這麼做會讓我們之間的鴻溝加深。

惠會做出怎樣的反應，表現出怎樣的態度呢？

然後我會有什麼感覺，會怎麼行動呢？

這將是體驗這些事情的好機會吧。

度過假日的方式

在與神崎他們進行討論，還有經歷了與惠稍微起衝突的隔天星期天。

前一天跟一之瀨約好要見面的時間到來了。

我稍微提早下樓到大廳，但周遭沒看到一之瀨的身影。

原本以為也有可能突然巧遇，看來並沒有變成那種發展啊。

轉頭看向電梯也沒有動靜。

「惠應該不至於尾隨我吧。」

如果是很擔憂我跟一之瀨見面的惠，也有可能採取那樣的行動。

不，要斷定她什麼都不會做還太早了嗎？她有可能會錯開時間前往，或是早就先一步在那裡等著了。

或者打算大膽地在我跟一之瀨見面時來會合，這也不無可能吧。倘若解析她到目前為止的行動模式，實在無法說她那麼做的機率是零。

萬一事情變成那樣，也只管見機行事就是了……

但就她昨天的樣子來看，應該不會做什麼太亂來的行動吧。

要接連目睹不想看的事物，需要相當的勇氣。

我離開宿舍來到外面。天氣目前十分晴朗，不巧的是預報說下午會轉變成雨天，因此姑且也帶了傘。

一之瀨是以怎樣的心情迎接今天的早晨呢？

她盼望的事物和想要的事物，很明顯不只一個。身為卓越領袖的能力、在戀愛中獲勝、獲得強大的精神力。倘若要把願望算進去，光靠一隻手——不，光靠兩隻手都不夠算吧。

她跟我的關係並非光靠教育旅行那一晚就有了具體的變化。

還非常不穩定的一之瀨究竟在想什麼，只能直接跟她見面親自確認。

我思考著將來的事情，比約定的時間提早一點抵達現場，發現把傘拿在背後的一之瀨已經在那邊等待。

她在我打招呼前就注意到我，緩緩地舉起了手。

「早、早安，綾小路同學。」

並沒有感受到沉重的氣氛。真要說的話，像是有一種新鮮又青澀的緊張感。

與出其不意的那晚不同，一之瀨也好好準備了表面工夫用的感情嗎？

她一開始跟我對上視線，但看到我為了試探她的本意而緊盯著不放，便立刻移開了視線。可

以看出她為了讓我難以察覺，將視線落到我的嘴邊、鼻子和脖子上。

「我硬是要妳抽出時間，真是抱歉啊。」

「沒什麼大不了的喔，因為我本來就沒安排什麼計畫。真的，嗯。」

即使只是場面話，她能這麼說，身為提出邀約的一方實在是很感激。因為櫸樹購物中心還要過幾分鐘才會開門，我們沒辦法進入裡面，於是兩人一起在入口排隊。

雖然站在隔壁，但距離不會太近也不會太遠。如果是毫不知情的第三者看到，應該很難判斷我們到底是各自在等開店，還是一起在等吧。

「我很少有機會在開店前過來，原來這時間還沒有任何人在啊。」

「因為今天特別冷嘛。大家應該都還待在房間裡悠閒地休息吧。」

的確。除非是特價日，不然沒必要一早就來排隊等購物中心開門。

真的很冷呢——一之瀨小聲地重複這句話。

一方面也因為我打算等進入建築物後再談事情，所以對話就中斷了。

與身為戀人的惠度過的時間逐漸增加的日常。那樣的日常並非總是洋溢著對話。

我們有時也會共有相同的時光，但有十幾二十分鐘的時間都保持沉默的狀況也不少見。雖然一開始就跟現在一樣覺得有點尷尬。那種尷尬不知不覺間就消失無蹤，有時甚至覺得這段沉默的時間十分舒適。

這與其說是習不習慣的問題，不如說跟果然還是有距離感，或是稱不上親近的對象相處時，片刻的沉默時間也會令人感到莫名沉悶吧。

雖然能夠忍受持續的沉默，既然是我約對方出來的，應該拋出一些話題比較好嗎？

說不定一之瀨也在想一樣的事情。

但彼此都無法好好提出話語，沒辦法踏出第一步。

共通的話題。只要起了一次頭就能接上兩、三次對話的話題。

在我思考這點時，腦海中浮現一個男生。

「這麼說來前陣子的教育旅行，我跟渡邊是同一組。」

「好像是那樣呢。」

「因為至今沒有交集，以前都不知道原來渡邊是個直爽又好聊的好人啊。」

我老實地說出內心的想法，於是一之瀨彷彿自己被誇讚一般露出很高興的表情。

「嗯，我覺得班上同學都很喜歡他，不分男女。」

不像池那樣過於得意忘形，雖然不到洋介那種程度，但也很懂得看場合。

我看到的渡邊只是一小部分，不過他在班上應該也是用一樣的待人處事之道吧。

「明明將近兩年都在同一個地方上學，只是班級不同而已，卻有一堆不知道的事情啊。」

「這點我也是一樣喔。對於其他班級的事情總是好像知道，卻又不太清楚。應該說跟國小和

國中完全不同嗎……如果認真地在互相競爭，就會變成這種情況呢。」

倘若只是普通的朋友關係，就可以透露彼此的弱點，互相幫助。

然而在這所學校，那種普通的概念是不管用的。

這就是包括一之瀨在內，一般學生會抱持感想的共通點吧。

「與人相處真是困難啊。我就連班上同學都還不能說是已經跟他們打成一片。相比之下，我覺得能夠很快地跟任何人都成為朋友的一之瀨真的很厲害。」

「咦？我一點都不厲害啦。」

這與其說是謙虛，不如說她似乎沒發現自己的技能有多高超。

「那麼妳有什麼訣竅嗎？像是和任何人都能變得親近的方法。」

不管我學了多少，在建立朋友關係這方面都還遠遠不及一流的頂點。

看來並沒有學會像一之瀨或櫛田這些人那樣的技能。

我已經理解自己應該做的事情。

掌握到發言時應該說的詞彙。

就算這樣，我還是無法變得像她們一樣。一直以來累積的經驗、現場的氣氛、從舉手投足之間散發出來的些微差異，大大地改變了結果。

「嗯……這種事有訣竅嗎？就算真的有，我可能也不知道吧。」

正因為天生就具備那種技能，才無法按理論來分析說明。

因此就算邊看邊學，也無法輕易地學會吸收並靈活運用。

我們的對話勉強持續下去。

過沒多久便到了早上十點，原本緊閉的自動門打開了。

「進去吧。」

「說得也是。」

像這樣第一個進入櫸樹購物中心後，店內溫暖的暖氣包覆著我們。

「妳今天可以待到幾點？」

「待到幾點都沒問題喔。因為之後也沒安排什麼計畫。」

今天有好幾個問題想問一之瀨，所以這是個好機會。因為要是有時間限制，就必須在那段時間內巧妙地進行對話的攻防嘛。

尤其是關於她離開學生會的理由，因為這也是神崎他們拜託我的重要課題，想先仔細掌握詳情。能夠確保可以實現神崎他們願望的時間，可以說這正是天助我也吧。

但……相反地我也感受到危險的氛圍。

先暫且不提戀愛方面的事，一之瀨基本上並不是那種遲鈍的人。

即使嗅覺並非一等貨，她也具備比一般學生還優秀的洞察力。

畢竟在討論是否具備那個資質前，沒有洞察力的人無法擔任領袖。

即使是現在這種精神狀態，也應該認為一之瀨很有可能從班上同學對自己投出的視線、話語以及表露出來的感情中，清楚地掌握到其他人是怎麼看待自己的。

如果是這樣，單方面斷定這是碰巧天賜良機並不妥。

她應該有察覺到我約她出來的意圖，也推測了一些可能的情況吧。視條件而定，說不定還察覺到我這番意圖的背後潛藏著同班同學們的影子。

最好是抱著這樣的打算來面對今天一整天啊。

「呃，接下來要怎麼做？」

雖然背後的目的是探聽出情報，但我還沒有告訴她表面上的目的。

思考今天該用怎樣的計畫與一之瀨共有相同時光的結果，引導出一個結論。

「我沒有決定一個明確的目標耶……對了。可以請妳告訴我妳度過假日的方式嗎？」

「我度過假日的方式？」

「對。要過著怎樣的日常生活才能跟任何人都成為朋友——我想摸索看看有沒有提示。」

「咦咦？這麼做能知道那種事嗎？」

「我只是先把想到的事情說出來看看而已……不行嗎？」

本來想在遭到拒絕時提出第二個計畫，但一之瀨並沒有露出厭惡的表情，而是點頭同意。

「雖然不曉得能不能幫上忙，如果你覺得那樣就行，要實踐看看嗎？」

一之瀨似乎很積極地在替我設想，她爽快地答應了。

看來最初的交涉進行得很順利啊。

「嗯，那麼……真的可以做些我假日時在做的事情嗎？」

「當然可以。不管是購物、看電影還是去咖啡廳都行，我都會奉陪到底。」

「說不定無法回應你的期待喔？就算是那樣也沒關係嗎？」

我剛才的假設都沒有符合的嗎？一之瀨笑了笑。

雖然從早上會合後，她一直有些僵硬的樣子，這時看見了她自然的笑容。

「那麼，我們立刻出發吧。」

如此說道的一之瀨邁出步伐，毫不猶豫地搭乘手扶梯前往二樓。

1

櫸樹購物中心裡存在著各式各樣的商業設施，大部分設施我都曾經踏進去過。不過這樣的我也還有幾個尚未體驗的設施。

其中一個就是位於二樓的健身房。

「雖然僅限於放假的週六日，我會來這裡健身喔。因為有點運動白痴，想說如果能稍微改善就好了。」

抵達那個健身房前面後，一之瀨拿出學生證。

「綾小路同學應該沒有在上健身房吧？」

「對，我從沒進去過。」

「那這樣正好呢。」

「話說回來妳居然會上健身房，真教我大吃一驚呢。什麼時候開始定期上健身房的？」

「我大概在九月中旬進行了免費體驗，然後從十月初開始成為正式會員吧。」

也就是說她已經定期上健身房有兩個月以上了嗎？我完全不曉得這件事。

「妳一個人開始健身嗎？我應該說是不敢進入這種地方嗎……」

如果加入會員開始定期健身，應該就不會那麼在意了吧，但剛開始的一、兩次門檻相當高。

「我也一樣呀。所以是跟朋友一起開始的。即使一個人不夠有勇氣，如果是兩個人一起就能下定決心踏出第一步呢。今天可以當作你會一起陪我鍛鍊吧？」

我點頭回應，於是就在一之瀨的帶領下踏進設施裡面。

一之瀨向站在服務台的親切女性工作人員打招呼，接著在拿出學生證的同時開始介紹站在後面的我。

「你有帶學生證嗎？」

「有。」

只要拿出學生證給工作人員看，似乎就能省略繁瑣的登記手續，簡單地進行免費體驗。

「那麼等會兒見嘍，綾小路同學。接下來請你聽一下工作人員的說明嘍。」

之後換男性教練帶領我，在大致聽過置物櫃的使用方式和更衣、淋浴室等等的說明後，教練要求我換衣服。

就算沒帶任何東西過來，似乎也能空手來這間健身房訓練。

我在置物櫃前脫掉便服，換上借來的出租運動服，然後前往訓練室。

一之瀨似乎還沒換好衣服，沒有任何人在。

畢竟才剛開門嘛，這也是很正常嗎？

不過來免費體驗的我是第一個到，感覺也有點傷腦筋啊。

雖然男性教練好像願意教我許多東西，但我拒絕了他的提議。

因為機會難得，這方面的事情也請一之瀨教我比較好吧。

只不過不曉得該怎麼行動才好，因此隨意地到處看看器材。

我原本就很熟悉訓練器材本身，所以也沒什麼突兀感。

畢竟以前待在White Room時，用來鍛鍊身體的最新設備一應俱全嘛。

即使製造商和年式多少有些不同，不管要使用哪樣器材似乎都沒什麼問題。

就在我抱持著這樣的感想時，出乎意料的是來健身房的學生接連聚集了起來。

原本以為會更冷清，其實滿受歡迎的嘛。

「綾小路同學，讓你久等了。啊，男生好像已經開始了呢。」

雖然有些驚訝一之瀨換上運動服走出來的打扮，但我仍表示同意。

「女生的置物櫃室那邊，也來了兩、三個人呢。」

「也有看到大人的身影，原來學生以外的人也能利用這裡啊。」

電影院也好超市也好，雖然知道不是所有設施都是學生專用，看來這間健身房也不例外。

「也常會看到真嶋老師喔。」

原來如此，即使是教職員也不例外啊。

對於在學校領地內生活的人們來說，鍛鍊身體的場所也很重要。

至今我一直把這裡當成難以靠近的設施，敬而遠之了很久，如果像一之瀨這樣很熟悉的學生常來健身房，或許我也可以效法他們。

就在思考起這些事情時，一之瀨開始仔細地幫我介紹器材。

像是這個要這麼使用，還會順便示範一下實際用法。我刻意不提不需要介紹這件事，乖乖地裝作什麼都不知道，仔細聆聽她的解說吧。

雖然一之瀨懂的知識還不少，可能是因為她才開始定期上健身房沒多久，實際上能靈活運用的器材很少的樣子。

然後在我學習器材的使用方式大約十分鐘時，前來健身房的學生們也慢慢變多，扣掉我們兩人，有大約七名男女開始揮灑汗水。

「我們差不多也可以練些什麼——啊，小麻子，早呀～！」

就在我們準備付諸實行時，一之瀨發現熟悉的面孔便向對方打招呼。

「咦，啊，小帆波？」

是剛換好衣服從置物櫃室走出來的網倉。

一方面也因為她知道我今天會跟一之瀨外出，她打從心底大吃一驚的樣子。

「妳、妳怎麼會在健身房？」

她是把內心的疑問原封不動地從嘴裡吐露出來了吧，看來心神不寧。

「我開始在假日來健身房鍛鍊了對吧？想說也替綾小路同學介紹一下。」

「這、這樣啊——」

她應該壓根兒沒想到我們兩人居然會在健身房吧。

一之瀨當然不可能知道網倉這種心情，因此我也用若無其事的表情帶過。

「就是這麼回事，打擾妳們了。」

「……是不會打擾啦……」

網倉用視線叮囑我：「別說些多餘的事喔。」

所謂多餘的事當然是指前幾天在ＫＴＶ碰面時那些事吧。

我當然不會那麼做。雖然不曉得她能看懂多少，我也先用視線這麼主張。

「總覺得綾小路同學跟健身房很不搭呢。」

「是嗎？」

「該說他給人的印象是不會做這種事嗎？還是該說他好像討厭人多的地方呢？」

雖然想說那只是單純的偏見，不過她答對了。

因為我對在一般學生面前鍛鍊身體的行為多少有些抗拒嘛。

而且這種類型的健身房該怎麼說呢，比起默默致力於鍛鍊身體，感覺更偏向跟朋友一起快樂地健身，因此我很難靠近。

只能承認我是因為這樣的理由才遠離這裡的。

「話說小帆波，可以借一步說話嗎？」

似乎注意到什麼的網倉這麼說，牽著一之瀨的手跟我拉開一段距離。

然後她向一之瀨講了些悄悄話。兩人的雙眼不知為何看向這邊。

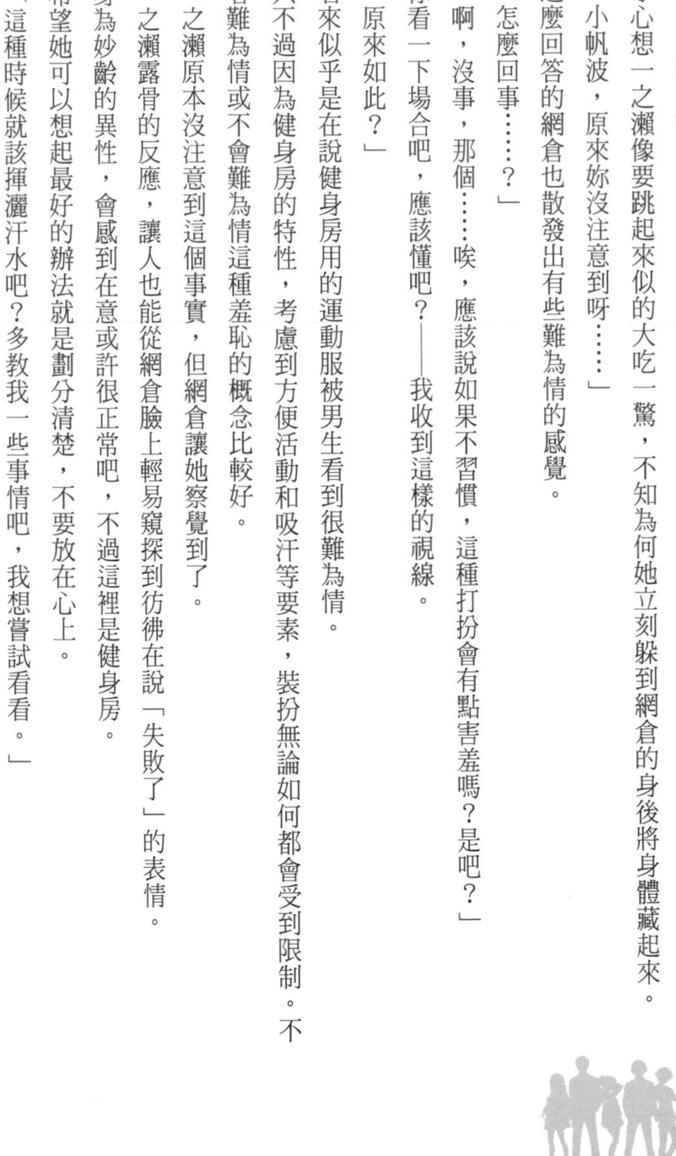

「……唔！」

才心想一之瀨像要跳起來似的大吃一驚，不知為何她立刻躲到網倉的身後將身體藏起來。

「小帆波，原來妳沒注意到呀……」

這麼回答的網倉也散發出有些難為情的感覺。

「怎麼回事……？」

「啊，沒事，那個……唉，應該說如果不習慣，這種打扮會有點害羞嗎？是吧？」

你看一下場合吧，應該懂吧？——我收到這樣的視線。

「原來如此？」

看來似乎是在說健身房用的運動服被男生看到很難為情。

只不過因為健身房的特性，考慮到方便活動和吸汗等要素，裝扮無論如何都會受到限制。不要帶著難為情或不會難為情這種羞恥的概念比較好。

一之瀨原本沒注意到這個事實，但網倉讓她察覺到了。

一之瀨露骨的反應，讓人也能從網倉臉上輕易窺探到彷彿在說「失敗了」的表情。

身為妙齡的異性，會感到在意或許很正常吧，不過這裡是健身房。

希望她可以想起最好的辦法就是劃分清楚，不要放在心上。

「這種時候就該揮灑汗水吧？多教我一些事情吧，我想嘗試看看。」

要是在意起異性的打扮就會欠缺思考能力，因此我這麼說，設法讓她思考別的事情。這番話似乎讓一之瀨也做好了覺悟。

「說、說得也是呢。呃……那、那麼……小麻子，該怎麼辦呢？」

「為什麼要問我呀！」

看來一之瀨的恐慌似乎還沒平復，她向網倉求救了。

兩人又像在講悄悄話似的互相討論後，幾乎同時點頭確認雙方已經理解彼此。

「我們都還是初學者，先從比較習慣的跑步機開始練習可以嗎？」

「當然可以，我完全不介意。」

兩人踏上感覺能說是健身房必備的跑步機，各自用適合自己的模式開始跑了起來。製造商當然不一樣，但我小時候也反覆使用過好幾次，因此不會覺得困惑。

這是室內訓練不可或缺的有氧運動必備機器。

一之瀨跟網倉的設定幾乎一樣，因此我也先調整成同等程度的設定。

「綾小路同學是第一次來健身房吧？不要太勉強自己喔。」

網倉像在顧慮我似的這麼說，因此我稍微舉起手表示沒問題。

之後我們暫時踏上跑步機，默默地開始訓練。

雖然一之瀨一開始還無法徹底擺脫緊張與羞恥，但那種感覺似乎慢慢地變淡，大約經過三十分鐘時，她看來已經在某種程度上習慣了。

經過原本設定的三十分鐘，跑步機停下來後，一之瀨抬起了頭。

「呼——……！好累呀。」

一方面也因為她說過自己不擅長運動嗎？看來比網倉還要疲憊，她深深吐了口氣肩膀上下起伏，顯得氣喘吁吁。

「我去補充一下水分喔。」

一之瀨向我們告知一聲後離開現場。

記得置物櫃室的旁邊好像設置著可以裝水到瓶子裡的裝置啊。

我跟網倉兩人留在現場，因此決定稍微搭話一下。

「妳們不愧是已經定期來一陣子，兩人都很有模有樣喔。」

「根本還不行啦。綾小路同學明明跟我們練一樣的菜單，卻一點都不會累呢。」

「畢竟我是男生，基礎體力比女生高嘛。」

「這樣呀。不過，我嚇了一跳喔。雖然想像過可能會在櫸樹購物中心見到你們，沒想到居然會一早就在健身房碰面呢。」

即使是網倉，似乎也沒想過會在這個地方突然遇到。

「如何？你從小帆波那裡……打聽到什麼情報了嗎？」

「我什麼都還沒問。畢竟才剛見面就立刻來健身房，遇見妳然後就到了現在嘛。」

「這樣呀。但小帆波看來非常開心的樣子，很不錯呢。」

網倉用毛巾擦拭汗水，同時彷彿自己的事情般替一之瀨感到高興，瞇細了雙眼。

「如果是摯友，也能看出這種事情啊。」

「看得出來喔。即使小帆波平時也經常面帶笑容，但今天該怎麼說呢，感覺像是青澀感大爆發一樣。」

在一之瀨離席，剩下我們兩人獨處的現在，為了達成與渡邊的約定，我試著挑戰若無其事地探聽出情報。

「就快到聖誕節了啊。」

「對呀，綾小路同學會跟輕井澤同學一起度過對吧？」

在我探聽出詳細情報前，反倒先被提問了。

「嗯？唉，我姑且是那麼打算啦。」

「我說呀……就開門見山地問了……你打算拿小帆波怎麼辦？」

「怎麼辦是指？」

「因為你知道她具體的心意吧？既然這樣，你懂我要說什麼吧？」

網倉似乎想避免說得太直接，含糊其辭地試圖傳達給我。

「以妳的立場來說，覺得應該怎麼樣？」

「咦咦？怎麼會問我這個問題呀！」

「既然妳會這麼問我，就表示至少有想過希望是這樣的想像吧？」

網倉露出為難的表情，不知是否冒出了汗水，她用掛在脖子上的毛巾輕輕擦拭額頭。

「我……身為朋友，最希望的果然還是小帆波能露出笑容呢。但現在綾小路同學有輕井澤同學在。如果要你們分手，我覺得那又不太對。最理想的狀況應該是小帆波可以喜歡上別人，跟那個人獲得幸福吧。」

網倉思考著自己理想的狀況並說出口，在修正的同時做出了結論。

的確就像網倉說的一樣，目前一之瀨對我抱持好感的狀況十分棘手。

所以如果一之瀨能把這種好感轉向無關的第三者，問題可能立刻就解決了。

「說得也是啊。雖然我也不是認識很多其他的男生，不過像是渡邊很好相處，感覺跟一之瀨也很合得來啊。」

我在這時順著網倉的話題，試著丟出渡邊的名字。

根據網倉的反應，說不定能得知她對渡邊抱持的印象。

網倉對渡邊的評價至少高到會在假日陪他去買東西。

即使只是這樣的確認，或許也足夠試探出可能性。

「渡邊是指我們班的渡邊同學對吧？」

「對，因為教育旅行時也跟他同個房間，有很多機會一起聊天嘛。他跟一之瀨不合嗎？」

「嗯……這個嘛。」

網倉稍微露出在思考的模樣。

這是一陣很難說是有好感或偏否定的曖昧停頓，我無法判斷是哪一邊。

「以我的立場來說——小帆波應該能找到更好的對象吧。」

「原來如此，妳的意思是渡邊配不上一之瀨啊。」

「我並不是要說渡邊同學的壞話喔？如果是一般女生，我覺得很夠了。」

「原來如此啊。順便問一下，那妳又是如何呢？」

因為這樣太曖昧不清，我決定加把勁深入詢問。

要是悠哉地耗費太多時間，一之瀨就要回來了。

「我嗎？」

「因為妳好像很清楚戀愛嘛。」

「才沒那回事。我——怎麼說呢，該說我一直都在單戀嗎？」

「哦，妳有喜歡的對象啊。」

「唉，當然有啦。畢竟是高中生嘛。」

那個對象是誰呢？如果能問出來是最好啦。

「我已經單戀對方將近五年了，不知道什麼時候才會進入下一次戀愛呢？」

網倉像在自言自語似的低喃。五年。換言之那是從進入這所學校就讀前就一直持續的單戀。

看來似乎不需要再深入追問下去了，但不曉得這對渡邊而言算是好消息嗎？

至少情敵不在同一所學校裡，好像也可以說是優勢啦……

即便想說至少再追問一下她喜歡哪種類型，但補充完水分的一之瀨已經回來了。因為也不能讓一之瀨知道我們在擅自討論關於她的戀愛話題，網倉慌張地與我拉開距離。

「抱歉，讓你們久等了～」

「不會，沒等很久喔。妳沒事了嗎？」

追問下去也只會遭到懷疑。

待會如果能從一之瀨那邊再稍微深入一點探聽出情報，再試著問問看吧。

2

之後我跟一之瀨和網倉一同繼續體驗健身房，又過了大約一小時。

在準備結束體驗的發展中，善解人意的網倉表示她要多留一會兒，因此我跟一之瀨先換好衣服到服務台集合。

這段期間為了考慮正式加入會員，我拿了一份健身房的小冊子。

雖然每個月多一筆幾千點的支出很傷荷包，偶爾揮灑一下汗水也不壞。

因為這兩年來幾乎沒有自主活動過筋骨，重新認識到自己的能力已降低到跟入學時完全無法比較的程度。縱然無法恢復到以前的狀態，但我想至少可以在某種程度上先提升自己的能力。

我跟換好衣服的一之瀨離開健身房，回到購物中心裡。

「你拿了小冊子呀？」

「我有點認真地在考慮要不要定期上健身房。」

「這樣子呀，若是那樣……我們見面的頻率可能會增加呢。」

「是啊。」

「這樣呀……」

「妳接下來要做什麼？」

她的假日行程應該不會只有去健身房就結束，因此我試著詢問她之後的計畫。

「我比較常去逛書店吧。還有也會忍不住逛一下雜貨店。但今天比平常累了一點，想休息一下。可以找張長椅坐下來休息嗎？」

即使是相同的訓練內容，假如環境不同，消耗的體力也會跟著變動。不勉強自己按照固定行程行動，選擇休息也是很重要的事。

「不用找間咖啡廳休息嗎？」

「嗯，因為很容易引人注目嘛。」

看來她似乎是考慮到我的立場才那麼提議。

「我很高興妳有這份心，但不用在意那些，到咖啡廳休息也沒關係吧？」

「是嗎？……如果綾小路同學方便，我倒是無所謂啦。」

要是隨便避人耳目，看起來反倒更可疑嘛。

偶爾在咖啡廳與異性喝茶聊天，只是常見的日常風景。

只是因為會忍不住去意識，才會覺得看起來很特別。

我們督促自己要保持平常心，決定前往咖啡廳。姑且還是顧慮到他人的眼光，所以不是到一樓容易有人潮聚集的咖啡廳，而是選了位於二樓的小規模咖啡廳。

隨意買了喜歡的飲料，走向桌位。

「我也可以向綾小路同學提出問題嗎？」

「問題？儘管問吧。」

「你今天約我出來的理由，跟我辭掉學生會這件事有關嗎？」

一之瀨客氣地這麼問，看來她很確信是這麼回事。

果然在我突然約她假日出來時，就已經心知肚明了吧。

「要說沒關係是騙人的啊。」

「我想也是。很高興你願意誠實地回答。」

雖然一之瀨的視線還是在逃避，但如此說道的她露出了微笑。

「我也很驚訝妳居然辭掉學生會嘛。一直認為跟堀北的學生會選舉，妳有充分的勝算。」

一之瀨早從一年級開始就對學生會有貢獻，加上她的人品與能力。另一方面，堀北比較晚才加入學生會，但考慮到她哥曾是學生會長的頭銜，還有她目前是氣勢正旺的B班，兩人的風評應該不相上下吧。

「假如進行了學生會選舉，綾小路同學會支持哪一邊？開玩笑的……這問題很愚蠢呢。」

在討論個人喜好之前，堀北目前是我的同班同學。

為了讓班級向上，由自己班的人當學生會長的好處比較多。

「以我個人來說，自認是抱著公平的想法。畢竟也不覺得因為是同班同學就有必要支持堀北嘛。假如南雲說他要推舉堀北，我也會很自然地支持妳。」

這也是我的真心話，但一之瀨應該當成是客套話了吧。

雖然她有些開心的樣子，感到抱歉的心情似乎更勝一籌。

「可是……若是那樣，一定贏不了呢。就憑我是敵不過堀北同學的。」

看來一之瀨從戰鬥前就不覺得自己贏得了堀北。

不過，這只是因為她在精神層面就輸了，並非能力優劣的問題。

「這樣就不會讓綾小路同學丟臉，果然該慶幸有辭掉學生會呢。」

「不到最後一刻，還不曉得誰勝誰負吧。」

「光是你願意這麼說，我就很高興了。謝謝你。」

「只不過妳在那之前就已經決定要辭掉學生會了吧？」

「嗯。」

「該不會是教育旅行的那件事影響到妳了？倘若是那樣——」

「不是那樣喔。」

一之瀨像要打斷我的話一般，用強烈的語氣否定。

她用力到手上拿的紙杯都要變形了。

「我從那之前就一直在想了。覺得自己不適合學生會。畢竟沒有實力也沒有人望，最重要的是——我還有無法抹消的過去。」

一之瀨這麼述說的側臉有一瞬間讓我聯想到教育旅行那時，但她沒有像那時一樣哭出來，似乎也不打算繼續說喪氣話。

「可是呀……可是，我並不是放棄了一切喔。班上應該有人在擔心我是不是也放棄了升上A班這件事，但不是那樣。」

「那妳打算繼續以A班為目標對吧？」

「如果妳無法鼓起勇氣踏出那一步，我也可以幫妳——這是綾小路同學之前對我說的話。聽到這番話，讓我能夠在教育旅行的那一晚下定決心。」

這時與我對上視線的一之瀨如此說道並露出笑容。

「我還能戰鬥。但覺得這不是能身兼二職打贏的戰鬥。該說繼續隸屬於學生會有點奢侈嗎？會變成多餘的雜念。」

這就是她決定辭掉學生會的理由啊。

「啊……但若是這樣，結果我可能還是因為教育旅行那件事才辭掉學生會呢。」

「感覺會是那麼回事啊。」

一之瀨稍微開了個玩笑並呵呵一笑，然後瞇細雙眼。

「關於我辭掉學生會的事，還有辭職之前一直在想的事情。剛才告訴你的事，我打算在下星期一告訴班上同學。畢竟一直讓他們誤會也不好嘛。」

「那樣做最好呢。」

要是自己人在不曉得彼此真心話的狀態下互相刺探，也會影響到與龍園班的對決。

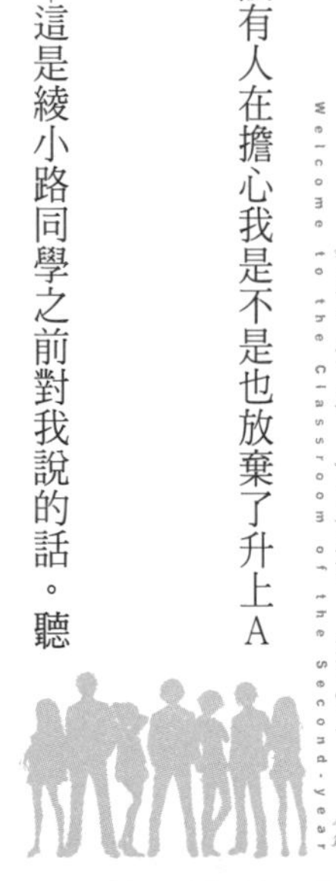

一之瀨在這裡述說的事情，應該可以當作都是她的真心話吧。
直到教育旅行都還處於不穩定階段的她，能夠隨著時間經過自己消化情緒是很強大的優點。
儘管失去了原本是武器之一的學生會職務，但有了更大的收穫。
即使是暫時的，應該也可以判斷她成功脫離令人擔憂的狀態吧。
感覺也能向神崎報告好消息了。
「對了，雖然是完全無關的話題，我有點事情想問妳。可以問嗎？」
「可以呀，什麼事？」
這也是為了渡邊，想再加把勁幫他一下啊。
「妳知道網倉喜歡的男生類型嗎？」
「咦？」
一之瀨把紙杯端到嘴邊的動作僵住了。
直到剛才大多在四處逃竄的視線，現在緊盯著我的雙眼不放。
真要說的話，反倒是我浮現想要逃避的心情。
「為什麼要問這種事呢？」
她的語氣一如往常，也沒有生氣的樣子。
不過，這是為什麼呢？

眼前應該沒變的一之瀨的氛圍，與幾秒前截然不同。

「呃……要問我為什麼，只能說突然有點好奇。」

「突然有點好奇？你會突然想知道小麻子喜歡的類型嗎？不管怎麼想，這都不像是綾小路同學的作風呢。」

被她這麼說我也無法反駁，沉重的氣氛變得更加沉重了。

無論如何，我都說不出話來。

然而也不能在這時輕易地透露渡邊的存在。

「因為教育旅行時也跟她同組，想說網倉滿可愛的，感覺很受歡迎啊。」

「嗯，小麻子很可愛這點我也明白喔。然後呢？這跟她喜歡的類型扯得上關係嗎？」

「扯——不上關係呢。」

「嗯，這樣很不像你的作風對吧？」

她又重複一次這不像我的作風。

應該說完全沒有要移開視線的樣子。

「呃……唉，或許是那樣吧。」

直到剛才的和平氣氛不曉得上哪兒去了呢？

一之瀨就那樣讓紙杯停留在嘴邊，用依然不變的表情逼問。

「你為什麼想知道小麻子喜歡的類型呢？」

「沒什麼特別的理由——」

「沒有嗎？」

「不可能沒有吧。畢竟都在問這種事了。」

我放棄與她對上視線，將目光投向咖啡廳店員身上。

啊，是剛才有人點餐嗎？店員好像正在製作使用了巧克力的飲料。

「跟我見面前，你在其他地方先跟小麻子碰面了嗎？」

一之瀨毫不在乎我移開視線，繼續追究下去。

「……妳的意思是？」

「今天在健身房巧遇時，你們兩人的視線奇妙地對上了，應該說用眼神在對話嗎？」

既然她有這種程度的確信，否認只會讓事態更加惡化。

「妳發現了啊。」

「我看得出來喔。因為我……一直在看著綾小路同學，一直在想關於你的事情……」

一之瀨一直注視著我的視線這時總算移開了。

她應該發現自己激動地講出了很難為情的台詞吧。

「我是這麼推理的。小麻子和班上同學得知了我要辭掉學生會的傳聞，應該很苦惱。所以才會去找你商量吧？他們拜託你幫忙關心一下我的狀況嗎？」

彷彿想說這是她在精神層面上重新振作起來的根據，一之瀨向我證明她十分確切地掌握到狀況。能夠好好地看清周遭。

「了不起，正確答案。」

我都想老實地掌聲鼓勵了，但還是先克制一下這種行為。

「不過我不懂呢，為什麼想知道小麻子喜歡的類型？」

即使能推理到我跟網倉沒多久前曾一起討論過事情，也無法解釋我為何會詢問網倉喜歡的類型，這也難怪吧。

「妳覺得是為什麼？」

她思考後能猜出來嗎？我試著主動詢問。

應該說要隱藏渡邊的存在，只剩下這個方法了。

最好的辦法就是從一之瀨亂猜的答案中倒推回去，隨便想一個答案給她吧。

「因為綾小路同學很在意小麻子——應該不是這樣吧。嗯，我不希望是那樣，所以就不去想那個可能性了。」

一之瀨列出了選項，又自己一刀兩斷似的刪除那個選項。

應該說……雖然這裡只有我們兩人獨處，她的發言還真是大膽啊。

她絲毫不打算掩飾還喜歡著我這種意圖。

還是說這方面的事情她不會想太多，是無意識地在低喃呢？

即使試著觀察，也因為霧太濃無法看清一之瀨的本意為何。

「如果要說除此之外的可能性……就是有喜歡小麻子的男生拜託你探聽情報。嗯，假如是這樣感覺很合理呢。他應該是認為換作是我一定知道吧。」

她可以猜中這麼多事情，反而讓我有點害怕了呢。

「也就是說，那個男生很清楚小麻子與我的關係。而且是跟你有交集的我們班的學生——」

「知道了，我老實招認。」

抱歉了，渡邊。笨拙的掩飾感覺對現在這個敏銳的一之瀨不管用。

縱然我沒有在這時阻止，一秒鐘後也會出現他的名字吧。

「有一個喜歡網倉的男生拜託我探聽情報。只不過不能告訴妳那個喜歡網倉的男生是誰。我本來是這麼想的，但這樣有點太一廂情願了啊。」

我不會說這種間接試探異性喜歡的對象的行為很惡劣。

不過倘若站在網倉的立場來想，這是否值得高興又是另一回事了嗎？

「抱歉，請妳忘了這次的事情吧。」

「沒關係。不論是誰，理所當然想要知道關於喜歡的人的事，我自認也明白直接詢問需要多大的勇氣。小麻子是很棒的女孩喔。老實說我不知道她喜歡的類型。因為沒問過。只不過就平常聊天的內容來推測，她喜歡的人應該不在這所學校吧。」

從「不在這所學校」這個部分來推測，就表示對方是在並非這所學校的地方。

這跟網倉剛才說過的話也連接得起來。

「她國中時代好像有個喜歡的同學。雖然兩人似乎沒有交往，她一直很在意那件事，感覺還不會喜歡上其他人吧。」

恐怕這是渡邊也沒有料想到的網倉的戀愛情況吧。長期間一直掛念著那個異性這點，說不定意外是個很高的門檻啊。

儘管如此，果然也不是毫無機會。倘若能趁現在，還有接下來的一年建立起親密的關係，應該還有充分的可能性吧。

「能告訴你的只有這些，不曉得有派上用場嗎？」

「足夠了。謝謝妳，一之瀨。」

「渡邊同學也變得很依賴綾小路同學呢。」

「我一個字都沒有提到是渡邊喔。」

「啊，這樣呀。抱歉、抱歉。」

比起我早上曾經提到渡邊的名字，最大的敗因還是在於我的交友範圍太狹隘了吧。

3

之後我們在櫸樹購物中心盡情逛了一陣子。

就像一之瀨說的一樣，比起買東西更偏向漫無目的地到處逛逛而已。

我仔細地觀察她的假日行程，過了半天。

然後在午餐時間到來時一起離開櫸樹購物中心。

「已經在下雨了嗎？」

雖然不到下大雨的程度，好像下了一陣子。

「好像是呢。」

因為彼此都有帶傘，我們各自撐傘走了起來。

「今天讓妳抽空陪我，真是抱歉啊。」

「不會，因為很清楚有人在擔心我這件事了。」

我會約一之瀨出來見面，都是為了從她口中探聽出情報。

站在一之瀨現在的立場來看，就算她生氣也沒辦法。

「謝謝你，綾小路同學。」

但一之瀨完全沒有口出惡言，反倒對我述說感謝的話語。

「不用道謝。我正在反省自己不該這麼迂迴，應該更直接地開口問妳才對。」

「別這樣啦。因為你繞了遠路……我才能跟你一起度過嘛。」

如此低喃的一之瀨有些害羞似的泛紅著臉。

「輕井澤同學不會生氣嗎？你應該有跟她說今天的事吧？無論有怎樣的內情，你跟其他女生兩人一起度過一天，她一定覺得很不舒服吧。」

一之瀨擔心著與自己的心意在相反位置的惠。

這是她的真心話還是場面話呢？

「或許是那樣吧。」

回程的路上開始冒出水窪，每當踏出一步就會微微濺起水花。

忽然造訪的沉默跟早上不同，沉悶的感覺緩和許多。

「我可以問嗎？是綾小路同學主動告白的嗎？還是輕井澤同學呢？」

彷彿在窺探這邊的眼神。

對於這個提問，我沒辦法給她盼望的回答。

「是我先開口的。」

「這樣呀。是綾小路同學先喜歡上她的呢……真羨慕呢。」

如果是以前，我壓根兒不會想到居然會有一天跟一之瀨聊這方面的話題吧。

不過走在旁邊的一之瀨該說感覺很從容嗎？她擁有能夠承受打擊的覺悟。

一般來說，這種情況是已經清算完對我的心意才會發生的事情。

雖然不是我自作多情，但冷靜地觀察，一之瀨仍然強烈地愛慕著我。

那麼現在一之瀨的心理狀態究竟是怎樣的情況呢？

純粹是在逞強？或是已經到達放棄一切的境界？

不管試著想像哪邊的情況，腦中都沒有響起完美符合的聲響。不可思議的是我甚至覺得一之瀨在問了關於惠的事情後，眼神反倒比之前更加閃閃發亮。

「沒有產生多餘的誤會嗎？」

「她沒有欣然接受就是了。我有好好地解釋，但好像稍微惹她生氣了。」

「這樣子呀。假如綾小路同學不介意，我也可以幫忙向她解釋內情喔？」

「妳不用放在心上，因為這是沒辦法事先解釋清楚的我該負責的事。」

「可是——」

唉，或許暫時會陷入冷戰狀態吧。

接著又回到沉默的時間，這陣沉默就這樣持續到了最後。

之後我們抵達宿舍的大廳，兩人一起搭乘往下來到大廳的電梯。

「我今天玩得很開心喔。謝謝你，綾小路同學。」

電梯抵達四樓，我走出電梯後，一之瀨這麼說並朝我揮手道別。

「改天見，一之瀨。」

直到電梯門關上為止的幾秒鐘，我跟一之瀨就這樣四目交接沒有移開視線。

沒多久便看不見一之瀨的身影了。

回到房間的我用聊天應用程式跟神崎聯絡，向他報告結果。

一之瀨並沒有放棄升上A班的希望。

她辭掉學生會是為了今後能更加專注地奮戰。還有打算在明天，也就是星期一公告她辭掉學生會的事情——我把這些事情都補充上去。

報告完後，神崎傳來的回應是從我的角度來看，是否覺得那些是一之瀨的真心話。

至少就我來看，不覺得那是虛假的謊言。

最重要的是能夠窺探到一之瀨散發異樣的積極性，這是以往的她所沒有的。

雖然目前還不清楚這樣是吉是凶，但我有預感今後能看到一之瀨與以往截然不同的一面。

我先告訴神崎儘量在一旁守望支持，同時努力增加能夠對一之瀨提出意見的夥伴。

神崎似乎暫且放心了，他傳來誠懇的感謝訊息。

「惠沒有任何聯絡嗎？」

雖然我也可以主動告訴她事情辦完了，但反正明天都會在學校碰面。

到時再向她解釋，應該就能充分地補足吧。

如此心想的我決定今天也不主動聯絡，就先這樣把事情擱在一旁。

即將來臨的特別考試

神崎等人還有一之瀨的學生會事件也告一段落後，經過幾天。

二年級生為了即將到來的特別考試，持續過著每天都在用功念書的生活。

似乎因為這次學力越低的學生責任越重大，可以確定的是正在產生與以往的筆試截然不同的巨大變化。

原本一到午休時間就前往學生餐廳是許多人的慣例，但是現在有一半以上的學生還留在教室裡，拿出自己準備的便當或是便利商店的便當。

然後擺在桌上的除了便當外，就是平板、書和筆記本等東西，這種異樣的光景在教室裡蔓延開來。

「嗚嗚嗚、嗚嗚……我超睏的。好想呼呼大睡……」

某個學生發出這樣的聲音。

「好想玩、好想玩、好想玩、好想玩……」

另一個學生發出這樣的聲音。

「走廊是不是有點吵？這樣會擾亂注意力耶～誰去讓他們安靜下來吧～」

甚至出現對外面的聲音感到在意的意見。

各種不滿足的欲望滿溢出來，嘀咕著自己追求的東西的人明顯變多了。

尤其是睡眠不足的學生似乎很多，園田也是其中之一。

「超想睡的啦～」

他抱著頭用力甩了甩，拚命想趕走瞌睡蟲。

「再努力一下吧。只要念到這邊就可以休息了……！」

陪在那樣的園田身旁教他念書的小美，溫柔地鼓勵著他。

另一方面，也有學生展現令人意外的進步。

「皐月，妳已經都念完了嗎？」

「應該說我現在突然湧現了幹勁，還是正好順風順水呢？我狀況很好呢。」

池與篠原這對情侶搭檔並排著椅子一起念書。

看來其中之一的篠原似乎感受到至今不曾有過的感覺。

「這幾天一直在參加讀書會不是嗎？雖然感覺就像在被迫償還以前偷懶欠下的債，累得不得了……」

篠原一臉愛睏似的連打好幾個呵欠，看來仍十分積極的樣子。

「不過有一種慢慢學會這些東西的真實感呢。」

「我、我還完全……」

「唉，一起加油吧。」

「真是可靠，不愧是我的女友！」

如此大喊的池試圖抱住篠原，但篠原的課本落到他的頭上。

「等你好好念完進度再說。」

「嗚嗚……」

「我們可不能一直重複做些像傻瓜一樣的事喔。好啦，認真面對問題吧，認真面對。」

「篠原同學很有幹勁呢。」

在附近看到這幅光景的洋介向篠原搭話。

「我們本來只是單純的絆腳石，但這次的特別考試有機會活用那個絆腳石的部分不是嗎？得多少對班級有所貢獻才行。而且我也不想退學嘛。」

就現實問題來說，倘若不提升自己的能力，在班上被人需要的順序就會降低。

在之前的案例中已經實際證明有什麼萬一時，沒有好好努力的自己將會自食其果。

「看來池同學也很努力呢。但是不要太過勉強自己喔。要是在正式考試前倒下，就沒有意義了嘛。」

「好、好。」

池被洋介稱讚，而且也收到他要自己多注意健康的建議。

這樣的對話雖然是理所當然的事，對念書興趣缺缺的學生自然不想學些用不到的東西。不過即使在這當中，能否在必要時好好努力是很重要的。

不管是為了男友還是為了女友都行，要找出適合自己的理由。

那就是邁向努力的捷徑。須藤以前的原動力也是堀北嘛。

雖然至今有很多學生覺得那樣的努力很困難，但班級全體像這樣開始團結一致，踏實地在實現目標。

「話說回來——走廊還真吵呢。」

想要集中精神念書的這段時間，有很多人在走廊上來往交錯，說話聲與跑步聲不絕於耳。

專注力正在提升的時候，這陣喧鬧聲可說是不速之客。

「我去看一下情況，畢竟應該有很多學生感到在意吧。」

即使無法平息騷動，至少也能調查一下原因。

只要知道原因，應該也能對心浮氣躁的學生們多少產生一些鎮靜劑的效果。

「也是呢，能拜託你嗎？」

為了不妨礙到正在念書的學生們，由我去看情況是最好的吧。

1

我一來到走廊，就看見一之瀨班的學生們臉色大變地飛奔而去。

還有龍園的同班同學也一樣朝著相同的方向奔馳。

也因此我立刻釐清吵鬧的原因——在某間教室前形成的人群。

石崎與阿爾伯特像是要驅散那些人一般，正在強硬地開拓道路。

「一之瀨，給我出來吧！龍園同學過來嘍！」

已經來到走廊上的柴田制止對著教室裡這麼大喊的石崎。

「你們突然不請自來是怎麼回事啊？我們現在正在忙喔。」

「正在忙？我才不管咧。好啦，快點叫一之瀨出來。」

石崎強硬地抓住柴田的肩膀，試圖把他從入口拉開，但柴田也加以反抗。

向石崎發出指示的，是在他後面露出無畏笑容的龍園。

不過太過露骨的上門找碴並不妥吧。

有許多人來往交錯的午休時間，在多數監視器的走廊上做出問題行為，校方也會立刻發現。

察覺到龍園等人行動的學生們，似乎把一之瀨藏在教室裡面。
原以為會暫時陷入僵局的事態，立刻產生了變化。
因為教室的大門打開，一之瀨從門後現身了。
同時還有幾個女生陪伴在她身旁，似乎還在阻止一之瀨，勸她別這麼做。
接著神崎和濱口等主要的學生們也跟著現身。
「哎呀哎呀，終於出現了啊。辭掉學生會的愚蠢領袖小姐啊。」
龍園用一如往常的態度這麼搭話。
學生會今天才剛解除禁令，公開新體制。隨著新體制的公開，大家也都知道一之瀨辭職的事情，因此這件事本身並沒什麼好驚訝的。
她辭職的理由也是在表面上告知是為了專心向學，但那是真是假與龍園毫無關係。
他認為沒有理由不把這件事當成一個弱點或把柄來利用，立刻過來試圖動搖一之瀨。
看來他似乎是故意挑在這個時段來的。判斷多一點人注目會更有效果。
實際上也有很多其他班級的學生聽到騷動而過來觀察情況。
A班的橋本跟我露骨地對上視線，他立刻混入其他學生裡面。
「還真是熱鬧呢。」
「這是當然的吧。妳可是很早就潛入學生會在賺內申分數。想要問問妳甚至無法繼續維持那種狀態的心境，是群眾理所當然會有的感情吧，對吧？」

「對。」

聽到龍園如此搭話，一旁的石崎稍微張開雙手這麼回答。

「我應該有說是為了專注在學業上吧。」

一之瀨露出有點為難的表情，再次說出離開學生會的理由。

不過就像剛才也說過的一樣，對龍園而言不管是怎樣的回答都沒有關係。

「妳其實是被趕出來的吧？像是被嫌棄無能的人扛不起學生會的職務之類的。」

「如果你看起來像那樣，或許就是那麼回事吧。」

領悟到認真回答沒有意義的一之瀨附和著龍園說的話。

「咯咯。還是說妳過去的罪行現在才被當成問題看待啊？萬一學生會長是會耍小聰明的竊盜犯，實在太不成體統了嘛。我懂妳想逃避的心情喔。」

從一開始就不打算得到贊同就收手的龍園，繼續用言語施加壓力。

雖然對竊盜這個詞應該也有些想法，但即使是在最近，一之瀨也接受了這件事。

似乎在學生會發生的事讓她暫時產生了抗性，沒有表現動搖的模樣。

「或許我被人指指點點也是無可奈何，不過給別人造成麻煩並不好呢。」

「那倒未必喔，應該很多人都想知道吧？想知道妳辭掉學生會的真相。」

妳就在現場說出來給大家知道啊——龍園重複著這樣的挑釁。

身為夥伴，神崎也不能悶不吭聲地繼續聽下去，他插入兩人之間。

「適可而止吧，龍園。一之瀨辭掉學生會的理由就跟學生會公告的一樣。」

「表面上的理由根本無關緊要啦。既然挑在這種時期辭職，會讓人想瞎猜原因也很正常吧。畢竟要是在下次的特別考試中輸給我，就真的等於從懸崖上摔下去了嘛。」

這番發言很有龍園的風格，絲毫沒有考慮到自己會輸給一之瀨的情況。

正在走下坡的一之瀨班，目前沒有往上浮的契機。

要是跟A班的差距拉開到兩倍，絕望感會比以往都更加強烈。

目前沒什麼危機意識的一之瀨班學生們，也開始注意到這個事實了吧。

「動不動就要考試也很麻煩，我是建議你們班棄權喔。」

「能請你別再胡說八道了嗎？我們並不打算放棄升上A班。而且也為了避免落敗，正在努力準備這次的特別考試。」

「努力嗎？你們的長處的確就只有正經八百這點嘛。這次的特別考試只要跟課本對話就有可能獲勝，也難怪你們無法澈底捨棄希望吧。」

一之瀨班絕對不可能只因為這次接觸就選擇棄權。

但只要能多補一刀來動搖對方，龍園就覺得足夠了吧。

就神崎他們說過的話來推測，龍園等人好像早就開始多次妨礙他們念書了嘛。

從神崎插入兩人之間登場後，一之瀨始終保持沉默。

原本以為她是無話可反駁，但她的表情看來沒有絲毫陰霾。

「龍園同學，你心滿意足了嗎？」

一之瀨用一如往常的態度安撫緊繃的神崎，同時露出笑容。

「要針對我說什麼都是你的自由，但希望你不要妨礙努力用功的同學們呢。還有也請你想想接下來要去吃飯的同學們吧。」

一之瀨提醒像要堵住走廊一般擋到許多人的龍園等人。

是否該把她這種模樣視為單純的虛張聲勢呢？雖然感覺有點微妙，不過加深了周遭的人對一之瀨離開學生會這件事的興趣與疑惑，似乎就讓龍園判斷已經有充分效果，微微揚起嘴角。

「看來好像妨礙到你們了。我們的肚子也開始餓了嘛，走嘍。」

即便是僅僅幾分鐘的事情，但光是龍園出現就引起騷動，只能說不愧是他啊。

負評也是評價。在二年級生之間，那股力量無庸置疑地發揮了作用。

龍園等人離開後，原本聚集起來的學生有三分之二都一口氣散開了。

回過神時，也已經不見橋本的身影，平常那種和平的午休時間回來了。這下堀北班的學生們也找回安穩的時間，應該能好好地吃飯與念書吧。

「啊，綾小路同學！」

因為人群散開而注意到我的一之瀨，露出笑容走近這邊。

「對不起喔，因為我的緣故吵到你們了吧？」

「這不是妳的錯，問題只在於龍園引起了騷動。妳沒事吧？」

「我沒事，這樣反倒對我們有利呢。」

「妳說那種露骨的挑釁嗎？」

「接下來龍園同學也會繼續妨礙我們，直到特別考試開始為止。這對我們而言是好處遠大於壞處呢。」

即使被妨礙念書也無所謂。她看來反倒像是希望他們來妨礙的樣子。

「一之瀨，差不多該——」

在旁觀察情況的神崎似乎覺得我們聊太久就傷腦筋了，他向一之瀨這麼搭話。

這段午休時間他們大概也跟堀北班一樣，為了特別考試正在進行熱烈的討論和用功念書吧。

從神崎的表情上也能窺見他的從容。

「晚點再見嘍，綾小路同學。」

如此說道的一之瀨真的沒有絲毫感到動搖的模樣，很正常地回到了教室。

「……晚點再見？」

儘管這句話讓我有些在意，總之現在應該先回教室向堀北說明內情吧。

2

見證了騷動始末的橋本快步穿過走廊，前往學生餐廳。

然後與已經就坐並開始享用午餐的三人小組接觸。

「欸，公主殿下。我們這次真的什麼都不做嗎？我覺得就這樣正面衝突並非上策。」

「橋本同學，你好像很在意B班的事情呢。放著不管就行了喔。」

坂柳放下手上拿著的筷子，將視線望向橋本。

「儘管他們原本是D班，但現在已經爬到B班了。而且跟A班的差距應該也沒有大到我們能笑著看待。要是這次落敗，差距就低於兩百點了。只要有一次大型的特別考試，說不定就會被逆轉戰局。」

雖然坂柳看來絲毫不在意，然而坐在她正前方的神室有些不同。

真要說的話，橋本的想法比較容易理解，也比較讓人贊同。

「那件事跟你剛才突然衝出去的行動有什麼關係嗎？」

「我看到了範本。龍園正接二連三使出新的手段，把一之瀨班逼入絕境。」

「新的手段？我實在不那麼認為。形狀還是一樣，只是換了個顏色而已。」

「就算是那樣也沒差。老實說，我覺得有點羨慕。」

橋本的真心話蘊含著對坂柳的批評。

對於他這番真心話，坂柳並沒有感到不快，而是用笑容回應。

「像這次這種特別強化了筆試的特別考試，能做的事非常有限。可以從外側發揮作用的要素相當稀少，要說能做的事情，就只有坐在桌子前埋頭苦讀，盯著課本與自己面對面而已。」

「這點我明白，但並不是完全無計可施吧？」

「我們班有很多學生不認為讀書是苦差事，都是些會自主學習，或是自己找人組隊一起學習的人。你不認為根本不用我特地發出指示嗎？想要硬塞超出實力範圍的內容給他們的行為，反倒會造成反效果。」

橋本稍微咬了咬嘴唇，用態度回應他不是那個意思。

「看來你相當不滿我什麼都不做呢。那麼你要像龍園同學那樣整天都在監視，施加壓力來妨礙對手嗎？我不覺得那樣做算是有效率。」

橋本輕輕發出沒人會注意到的嘆息，開口反駁坂柳。

「的確沒什麼效率也說不定。而且想到這樣是在炒龍園的冷飯，我也明白公主殿下會採用的機率很低。但是那樣比什麼都不做要好上好幾倍不是嗎？假如需要集中精神念書時遭到妨礙，這大概很棘手啊。」

橋本彷彿想說模仿龍園的戰略也是一個辦法，肯定他的行動。

「或許在表面上的確有意義也說不定，但一之瀨他們如果對妨礙感到困擾，也可以選擇關在宿舍裡念書吧？只是換個地方念書而已，那樣有意義嗎？」

神室撕開麵包半開玩笑似的詢問：

「只要觀察在外面念書或工作理由的根本，就可以明白吧。在大眾面前念書比較不能偷懶，而且也能適度地喘口氣，反倒可以增強專注力，沒錯吧？」

「的確，所謂的念書未必是一直關在家裡就能發揮真正價值。尤其是平常不習慣念書的人，在與外界有接觸的地方念書，有時會比較容易吸收消化吧。」

「所以即使知道那是會遭到妨礙的地點，一之瀨他們還是繼續在那裡念書，是嗎？」

神室抹上果醬，將麵包塊扔進嘴裡後，也像是理解似的點了點頭。

「不過你忘了最關鍵的部分喔，橋本同學。」

「最關鍵的部分？」

「進行妨礙作業需要大量人手。而且在大眾面前進行遊走灰色地帶的妨礙，也會給人留下壞印象。A班為了獲勝在妨礙對戰對手念書——要是我們被當成那種低俗的班級，你能認為那樣是

毫髮無傷嗎？」

「……這……」

至少那看起來跟A班、跟王者應有的姿態相差甚遠。

「而且進行那種作戰也會大幅損失學習的時間。那並非能毀滅性地減少對手班級的得分，我方也會損失同等甚至更多的得分機會。接著能想到的是僱用一年級或三年級生來妨礙對手，但沒人能保證他們會拿多少錢辦多少事，為了監視他們工作也需要人手。這次班級點數實在不能說是有很大的變動，所以那麼做很沒效率呢。」

一直遭到否定的橋本不死心地思索著是否有其他辦法可行。

「那麼我獨自採取行動應該沒有問題吧？」

「我不建議你那麼做。他的做法是非常適合本末倒置這個詞彙的戰略。」

削減念書的人員與時間，持續進行效果不明的妨礙作業。

「而且一個人做跟十個人做都一樣。如果騷擾對手班級的行動眾所皆知，那不僅只是你的責任，而是會降低A班的品格，不對嗎？」

即使橋本主張那是他個人獨斷的行動，也不曉得有多少人會相信。

他的騷擾越是有效，就越容易被人判斷是坂柳在背後命令他這麼做的。

「照妳這種說法，等於是在說那個龍園在進行沒用的戰略喔？」

「正確來說並非如此。即使對我們而言是沒用的戰略，但龍園同學班跟我們不同，採用這個妨礙戰略具備很大的意義。在二年級的四個班級中，他們的學習意願相當低，也沒幾個擅長念書的人。就算現在開始臨陣磨槍，認真地坐在桌子前面念書，學力也遠遠不及一之瀨同學班吧。所以才不選擇設法提升自己的能力，而是賭在如何讓對方摔倒上。」

對於一直主張應該採取某些手段的橋本，坂柳用理論仔細地說明。

「那妳的意思是我們班照目前這樣就能贏對吧？」

「這次的特別考試若沒有意外，是我們會贏。不過就特別考試的規則來說，勝敗的主導權在對方手上。這次的規則似乎設定成後段班也能跟前段班一戰的內容，與身為前段班的我們不同，後段班擁有拿到最高分數的權利。既然是以這種形式對戰，就無法百分之百保證我們會贏呢。」

即便坂柳班以最高效率拿到滿分，就規則來說也贏不了堀北班的滿分。

「雖然可能性很低，但敗北也不錯吧。倘若堀北同學班能拿到比我們更高的分數並獲勝，也是一個收集情報的好機會不是嗎？」

「……收集情報？」

「說不定會有具備資質的學生從水準偏低的學生們當中浮現出來。倘若能分辨清楚這點，就能提升應該排除的優先順序的精確度。就這層意義來說，龍園同學的戰略也會讓這方面的情報變得曖昧不明，所以果然還是個下策呢。」

特別考試的結果將會連細節部分都告知對手的班級。

倘若有學生表現得令人驚豔，必然會讓人注意到他。

「你好像還是很不滿啊。」

至今一直保持沉默的鬼頭，蘊含強烈的語氣對橋本這麼說道。

「不，我能夠理解公主殿下所說的話。但是……我在警戒B班。一個搞不好可能會被他們追上──有這種想法並不是壞事吧？」

雖然橋本沒有多說什麼，但最令人警戒的對象無庸置疑是綾小路清隆。

還有像高圓寺這種潛力一流的對手也無法忽視。

「如果只是這次特別考試輸掉倒還好。然而學年末考試還有跟龍園的對決在等著。到時班級點數將會有前所未見的巨大變動，我可以相信妳絕對不會在那邊輸掉吧？」

「既然是學年末考試，自然會需要採用相等水準的戰略。除非像這次一樣附帶會把主導權交給特定班級的特殊條件，否則我不可能落敗呢。當然，龍園同學應該也會做出同樣的回答吧。」

無論是哪邊都絲毫不認為自己拿出真本事時會敗北。不過學年末一定會有其中一邊的領袖落敗，然後對A班爭奪戰造成巨大的影響。

「抱歉，我有點太強出頭了。我去讓腦袋冷靜一下。」

如此回答的橋本向坂柳謝罪之後，便離開了現場。

然後他脫掉室內鞋換上外出鞋，從正面玄關離開前往宿舍那邊。

一名男學生走近那樣的橋本身邊。

兩人都沒有向彼此搭話，就這樣並肩開始前進。

「你們好像爭執得很厲害啊。」

覺得很有趣似的這麼回答的男人一直隔著玻璃在觀察餐廳，因此很清楚狀況。

「我是個Realist，同時也是Romantist啊。」

「這兩個詞的意義是相反的，不知你這話是什麼意思呢？」

「所謂的Realist就是現實主義者。照常理來想不會認為坂柳會輸給龍園。她會擺平想方設法的龍園，獲得勝利。唉，就是會很順利地展現出A班威嚴給其他人看的模式。」

「嗯，大多數人都是這麼想的吧。」

「只不過，如果是在漫畫、小說或戲劇的世界裡，事情就沒那麼簡單了吧？」

「也就是說你認為坂柳氏可能會輸？」

「目前領先的A班就這樣把其他班級遠遠甩在後頭，以故事來說是不成立的。讓A班在學年末考試時慘遭滑鐵盧，藉此讓四個班級並駕齊驅才比較能炒熱氣氛。然後等升上三年級後，就是A班跟龍園與堀北班的三強鼎立。最後甚至會輸給其中一個班級，從A班的位置被拉下來，迎向結局……大概像這樣。」

對於在籍A班的學生來說，那樣的幻想實在令人難以接受。

「原來如此，你的確是個浪漫主義者呢。」

「堀北與龍園。得先安排成不管哪一班都可以引發逆轉奇蹟的狀況啊。」

「這實在很像橋本氏會有的想法。」

所幸橋本的立場能夠在某種程度上掌握到A班的情報。

「只不過不只是後方，我也必須警戒前面還有旁邊。也不能無條件地相信金田你喔？」

聽到橋本呼喚名字，金田露出詭異的笑容，將手指貼在眼鏡框的邊緣上。

「你會懷疑龍園氏的傀儡是極為理所當然的。無論是以往或今後，都必須請橋本氏保持這樣才行。以我的立場來說，也是經過計算後才搖擺不定的嘛。」

「我是為了我自己，你則是為了你自己，我們互相利用彼此。這是最理想的關係。」

金田在手機裡打字，然後給橋本看他打的內容，將那些內容牢牢地烙印在腦海中的橋本點了點頭時，金田便把畫面上的文字全部刪除，然後停止並肩前進並自然地離開了橋本身邊。

「要跟隨坂柳，還是跟隨龍園？或者該選堀北班？差不多快到做出決定的時候了啊。」

放眼學年末，還有之後升上三年級的將來。

橋本為了自己不斷在思考自己能做的事情。

3

身為對戰對手的龍園與一之瀨在進行接觸並起了一場糾紛的當天放學後。

堀北像是固定招呼語似的邀我參加讀書會，但我理所當然地拒絕了。

惠從早上就持續著雖然很在意我，但不會過來搭話的狀態，這之後我也沒安排什麼像是計畫的計畫。

正因如此，我才能抽出時間來解決別人塞給我的棘手問題。

最近常常聽到「順手牽羊」這個詞，可以說是開端的那個事件。

為何鬼龍院楓花會差點被栽贓成小偷呢？

只要觀察其言行和行動，她斷言自己沒有任何朋友這點也是事實吧。

當然應該也有因為個性問題，不只是同班同學，而是遭到所有三年級生討厭的案例。

但就算這樣，一般也不會輕易地想到要栽贓給那個人。

假如是在進行A班爭奪戰的前提下，鬼龍院被視為礙事存在的一年級生時代，或許還可以當成是一種不在乎善惡的戰略，但在早已分出勝負的現在，特地冒那樣的風險究竟有何意義？

目前可能性最高的推測，是南雲發出間接的迂迴指示要找鬼龍院麻煩。渴望著激烈勝負的南雲透過對鬼龍院進行騷擾，目的是讓她認真起來的手法。

不過，從鬼龍院前幾天衝進學生會大鬧的樣子來看，也不能斷言一定是那樣。因為南雲大可以在當時揭開內幕，要鬼龍院跟他一決勝負。

所以鬼龍院才會迷惘如何做出正確的判斷吧。

倘若我要進行調查，有幾個選項可以選擇。

一個是針對最有嫌疑的南雲把這次事件攤開來講，要他心念一轉。一個是去找企圖把商品塞到鬼龍院包包裡的山中，聽聽她的說法。還有最後一個是為了更清楚掌握三年級生的實際情況，請能夠信賴的第三者提供情報。

我原本就與三年級生幾乎沒有交流。

要說知道聯絡方式的人物，就只有南雲和桐山這些前學生會成員而已。

既然如此，就只能親自走訪去打聽情報。

我當然絲毫不打算無謂地浪費時間，是有頭緒才採取行動的。

目前可說是感覺擁有對我而言最有益的情報，而且與陷害鬼龍院的人應該沒有關聯的人物。

找到幾個單獨行動的三年級生，試圖收集情報。

我從像這樣收集到的情報中，得知要找的那名人物去了體育館那邊，於是立刻動身前往。

但沒在路上看到那名人物的背影，就這樣抵達體育館。

社團活動好像已經開始了，可以看到同班的須藤發出比其他人更大聲的聲音，勤奮地投入在基礎練習中的身影。

「沒看到人啊。」

因為有社團活動的學生接連在體育館聚集起來，為了避免妨礙到他們，我決定離開。

即使詢問前往體育館的學生，也沒能獲得新的情報。

結果還是沒見到人的我，回到鞋櫃處確認鞋子後，釐清了對方還留在校內這件事。

雖然不見蹤影，但還留在學校裡啊。

時間也將近下午五點，這時間除了有社團活動的學生外，也沒多少學生會留在學校裡了。

儘管多少會有點引人注目的風險，我決定前往三年級生的教室所在的區域。

見不到面時就是見不到啊。四間教室都看了一遍，果然還是沒找到人。

或許乖乖地埋伏在玄關那邊比較明智啊。

就在我開始這麼心想時，偶然聽見要找的人似乎去了職員室的風聲。

因為這樣，最終抵達職員室的我從走廊上窺探情況，成功找到正在跟老師談話的目標人物。

放學後的這個時間有很多教職員出入，我決定在稍微有點距離的位置等待對方出來，以免被人盯上。

然後經過大約十分鐘，我要找的學生終於從職員室裡現身。

那名人物給人總是很開朗的印象，但今天的表情卻莫名陰暗，低著頭在走路。對方沒有注意到一直守著職員室的我，直接走過我身旁。

錯失搭話時機的我猶豫了一會兒後，決定間隔一段距離再追上去。因為我打算等對方在玄關鞋櫃處穿鞋子的時候再搭話。

然而那名人物並沒有立刻前往玄關，而是爬上樓梯前往樓頂。

只不過學生沒辦法到樓頂門外，所以是跟某人約在那邊碰面嗎？

就在我這麼心想時，對方沒多久便停下腳步，然後傳來微弱的啜泣聲。看來對方不是為了見某人才來這裡，而是為了不見到任何人才過來這裡的樣子。

異常安靜的校舍。即使對方努力忍耐，哭泣聲仍然莫名地引人注目。

假如有不知道內情的人過來這裡，看到這種狀況會以為是我弄哭對方也很正常。

雖然也能不被發現地悄悄離開，但我有事情要找對方。

「那個——」

盡可能避免驚嚇到對方，簡短地開口搭話。

不過應該是根本沒想到旁邊居然有人吧，可以看出對方有些過度驚嚇。

「唔！咦、咦、綾小路、學弟？」

「不好意思，嚇了妳一跳。」

「抱、抱歉喔，等、等我一下！」

「是不用道歉啦……」

雖然本人驚訝不已，但她隨即遮住哭得唏哩嘩啦的臉龐，慌忙地拭去滑過臉頰的淚水。

「如果這時間不太湊巧，我換個時間再過來——」

「不、不要緊。我不要緊的！」

她拉住我的袖子不讓我回去。沒料到她會做出這樣的行動。

說不定是本能地在警戒若就這樣讓我回去，可能會產生我到處宣傳她躲在這裡哭泣的風險。

然後在朝比奈恢復冷靜的幾分鐘期間，我靜靜地在旁等候。

「……嗯，我沒事了。」

這麼回答的朝比奈咳了一聲清喉嚨，有些害羞似的低喃。

「對不起喔。」

「學姊又在道歉呢。這只能怪我嚇到學姊啦。」

「這個跟那個是兩回事，我讓你看到丟臉的一面了。」

我心想不能隨便深入與我無關的事情，沒有追究她落淚的理由。

然而這樣似乎反倒讓朝比奈感到在意，她主動說起理由。

「今天早上，小須……不對，是萌香退學了。C班的須知萌香。」

「在這個時期退學嗎？應該不是因為特別考試的懲罰吧？是自主退學嗎？」

這陣子三年級生之間應該沒有舉行特別考試才對。

但朝比奈搖了搖頭，像是要否定那人是自主退學的猜測。

「聽說退學理由是她犯下了重大違規。據說是處分她做出擾亂規律的行動。我想知道詳情，所以去問老師，然而老師只是一味主張不能告訴我。」

這就是她前往職員室的理由啊。

對A班的朝比奈來說，即使C班出現退學者也跟她無關。但從這個樣子來看，不用問也知道對方應該是她跨越班級隔閡的朋友吧。

「妳沒有直接問她本人嗎？」

「萌香是昨天退學的，我今天早上得知時她已經不在宿舍了。也完全沒跟我聯絡……我想說C班的同學應該知道很多事吧，從早上就到處在問人，結果還是什麼也不知道。大家都對離開學校的人沒什麼興趣吧。」

沒有人知道須知退學的理由嗎？或者有人知道，但隱瞞不說呢？

堀北學的世代、南雲的世代、堀北的世代，還有七瀨和天澤等一年級生。

雖然我只知道這四個學年，但南雲世代顯然有比較多的退學者啊。

儘管如此，在與特別考試無關的地方出現退學者，果然還是有些在意。校方之所以會隱瞞詳情，應該是判斷那是非常嚴重的重大違規，而且可能會造成負面影響吧。

「這是我擅自想像，也完全不曉得違規的內容到底是什麼。但隱約可以明白理由。B班以下的學生們每天都為了爬上A班想方設法。我想萌香一定是在這當中做了不該做的事情。」

「在朝比奈學姊的世代，掌握所有主導權的人應該是南雲學長吧？」

如果被南雲認可就能進入A班，除此之外都是敗北。

這就是到目前為止表面上可見的三年級生倖存的方法。

然而朝比奈陰暗的表情暗示著還有除此之外的方法。

「另外還備有能夠升上A班的漏洞吧？」

「……該說是漏洞嗎？那個……綾小路學弟，你跟雅到底關係如何？」

「如何是指？我們平常就關係不好，這點現在也沒變。」

「這件事情是其他學年的人不知道的事……」

「啊，原來如此，我不會向其他人告狀的。」

為了讓她安心，我這麼告訴她，於是朝比奈鬆了口氣，開始說起三年級生的實際情況。

一方面也因為有朋友退學，她應該有些話想一吐為快吧。

「去年的這個時候，在雅當上學生會長時，大家都說A班的勝利已經穩如泰山，B班以下毫無希望了。所以雅提出會把夠活躍、具備實力的學生拉拔到A班的公約時，大家都很高興。」

不過事情沒有那麼簡單。就這所學校的機制來看，就算拚命搜刮班級點數，能夠轉班的學生也寥寥可數。

話說到一半時，朝比奈「呼」一聲吐了口氣，同時微微顫抖一下身體。

「萌香也是一樣，她一直抱持希望，想設法跟我一起在A班畢業。」

但她的夢想沒有實現，在即將畢業前退學了。

「南雲學長對須知學姊的退學有表示什麼嗎？」

「什麼都沒有。應該說他甚至沒放在心上吧。即使老師有告知這件事，他也有可能根本沒注意到。」

也就是說他根本不會注意離開的小嘍囉。

我並不討厭南雲這種思考方式。

「假如方便，要不要換個地方談？總覺得變得有點冷。」

在衝入職員室的期間應該是因為分泌了腎上腺素吧，冷靜下來後，身體似乎想起了寒冷。

與開著暖氣的教室和職員室不同，走廊果然有些涼颼颼的嘛。

加上時間也將近傍晚，氣溫開始逐漸下降。

因為我也有很多事情想問朝比奈，所以雖然有些遠，我們決定移動到位於櫸樹購物中心裡的

咖啡廳。

4

點了熱茶的朝比奈用雙手捧著茶杯，津津有味似的將茶杯端到嘴邊。

「那麼繼續剛才的話題吧。也就是說對南雲學長感到不滿，還有反抗他的行動一天比一天熱烈對吧？」

「嗯，我也不曉得具體來說究竟有多少人。畢竟那種情報基本上不會傳來A班。我是因為跟萌香很要好，她告訴了我一點那方面的事。你應該不知道雅跟三年級生締結了什麼契約吧？」

「我一直在想他為了綁住三年級生應該用了某種方法，但不曉得任何具體情報。」

「那就先從這一點開始說起吧。」

如此說道的朝比奈稍微顧慮了一下周遭的目光，確認附近沒有任何人在後，詳細地述說了契約的內容。

首次揭露南雲雅與許多三年級生締結的契約內容。

・每個月獲得的個人點數，要轉讓百分之七十五給南雲個人。

・要遵守南雲雅的指示，不採取任何敵對行動。

・累積獨自制定的分數，受到認可的人將得到獲得門票的權利。

・資金將在確定班級的前一天交付。

・即使是在獲得門票後，只要違背南雲就會被剝奪權利。

・遵守以上五個條件的學生將獲得參加兩千萬門票爭奪戰的權利。

然後還有一點。

「雅好像還留了幾千萬點，打算在最後讓大家抽籤。他說應該有兩到三張，會給有締結契約的學生們抽。」

也就是說即使沒能做出貢獻，直到最後都還有機會升上A班。

這是在南雲率領的A班地位無懈可擊時，南雲向後段班學生提出的契約。既然靠個人不可能存到兩千萬點，就從一大群人身上搜刮個人點數，變換成轉班券來提供。

B班以下的學生們要在A班畢業的機會，一般來說等於是零，但透過重新分配財富，讓那個機率提高了幾個百分比。

實際上從桐山等一部分學生已獲得那個權利這點來看，應該可以認為有發揮一定的效果吧。雖然百分之七十五的壓榨率非常高，但為了宣揚盡可能多給一個學生門票的主張，這是很重要的條件。而且同時也對南雲十分有利。因為不讓其他學生運用鉅款也能抑止反叛的幼苗萌生嘛。

「也就是說他強迫B班以下的班級簽定這種契約呢。」

「嗯，只有雅知道具體來說有多少人簽了契約。但是，應該幾乎所有學生都答應了這些條件吧。還有跟契約不同，不過我們A班學生也會交百分之五十的點數給雅喔。」

只有確定獲勝的A班學生能夠每個月自由使用全額的個人點數。這原本是被賦予的理所當然的權利，然而隸屬於後面班級的學生會感到不滿吧。

正因為南雲理解這個部分，才會巧妙地進行調整並加以控制。

三年級生是A班正在遙遙領先。因此即使負擔率只有百分之五十，金額也會比從其他三個班級募集的百分之七十五全額還多。南雲甚至擁有可以自由決定特別考試結果的權力，站在他的立場來看，等於是掌握一切的國王。

「我是碰巧跟雅一樣被分配到B班。是雅努力讓我們升上A班，而且打造出目前這種環境。雖然很清楚一直在沾光的我沒資格說這種話……」

她好像有所顧忌而不太敢說出口，但還是從喉嚨深處拉出那番沉重的話語。

「即使是間接的影響，萌香也是因為雅打造出來的環境才會退學吧。一想到這些，眼淚就忍不住跑出來……」

那就是朝比奈剛才在校舍露出來的哭臉吧。

儘管覺得這次的須知跟鬼龍院應該沒有直接的關係，朝比奈剛才說的間接影響這種形容，說不定可以套用在這上面。

「朝比奈學姊，能請妳助我一臂之力嗎？」

「一臂之力？這話什麼意思？」

「請問妳跟三年D班的山中學姊是什麼關係呢？」

「山中同學？我們是會聊天，但沒有特別要好喔。所以我應該沒辦法幫上什麼忙吧……」

沒有特別要好——能夠聽到這句話，對我來說反倒正方便。

「要是妳回答跟她關係密切，或者跟她是摯友反而比較棘手。因為重點在於要請妳站在三年級生的立場，客觀地介紹一下山中學姊這個人。」

「是這樣呀？」

我拿出手機讓三年D班山中郁子的OAA顯示在螢幕上。

她是典型的D班學生，所有能力都在平均值以下，沒有任何值得一提的能力。

「她的交友關係算廣闊嗎？」

「嗯～很難說呢。我想她跟同班的女生應該感情不錯，但不是那種交遊廣闊、廣受大家歡迎的人呢。」

雖然不打算只聽信朝比奈一個人的評價，但就聽到的內容來推測，應該可以判斷她不具備比OAA顯示的能力更高的潛力吧。

「我接下來要說的事還請學姊別說出去。」

「感覺挺有趣的呢。因為我也說了類似的話。」

「說得也是呢。」

我告訴朝比奈目前鬼龍院差點被栽贓成小偷的事情。

即使朝比奈一開始大吃一驚，她立刻開始理解情況。

「這樣呀，所以你為了調查三年級生，才想聽聽我怎麼說。」

「因為感覺能信任的人只有朝比奈學姊。」

「總覺得有點開心呢。因為常待在雅身旁，比較常遭到懷疑嘛。」

唉，照常理來想，會覺得她跟南雲有勾結也是難免的吧。

「從朝比奈學姊的角度來看，妳對這次的事件有什麼看法呢？」
「嗯，這個嘛……老實說我跟鬼龍院同學這三年來講過話的次數一隻手就數得出來，雖然我也不清楚詳情，但她大概是你想像中那樣的人。」
「我想也是呢。」
「我不會說她絕對不會招人怨恨，不過要說會有人為了報仇想栽贓她是小偷就另當別論呢。最重要的是做那種事萬一穿幫，說不定會被退學吧？」
「實際上也被鬼龍院學姊立刻察覺，以失敗告終了嘛。如果鬼龍院學姊立刻向校方報告，或許就像朝比奈學姊說的一樣，退學的可能性也並非為零。」
也就是說這次的事件從一開始就發生了令人費解的事情。
「可是——對了，我可能有點頭緒。」
「頭緒？」
「嗯，大概是在鬼龍院同學差點被當成小偷後沒多久吧。我看到鬼龍院同學在要回去時氣勢洶洶地絆倒一個男學生，踩在他身上呢。」
「妳說絆倒一個男學生並踩在他身上嗎？」
平常該說優雅嗎？鬼龍院總是很沉著穩重，實在很難想像她那種模樣。
「不知是那個人在妨礙她去見山中同學嗎？她逼問那個男生，要他交出山中。我想她應該相

當火大，一直催對方快點老實招來。」

雖然不知道那個人是因為什麼理由試圖保護山中，還真是同情他啊。

肯定留下了很恐怖的回憶。

「順便請問一下，她是在逼問誰呢？」

「記得是同樣D班的安在同學吧。」

在這邊出現了一個新的名字。是他在操控山中，然後出面妨礙鬼龍院嗎？或者他只是想從鬼龍院手中保護同班同學而已呢？我還沒辦法做出判斷。

「我想跟山中學姊談談，能請朝比奈學姊幫忙找她出來嗎？」

「咦？啊，嗯。那是沒有很困難啦……」

「那就麻煩妳了。」

實際上應該直接去找企圖栽贓鬼龍院的山中看看吧。

朝比奈學姊透過聊天室進行聯絡，於是山中學姊似乎立刻已讀了。

「她現在好像在櫸樹購物中心。我可以告訴她你想見她這件事嗎？」

我點頭表示沒有問題，於是朝比奈學姊立刻打成文字傳送出去。

「雖然顯示已讀，但她沒有回應，稍等我一下喔。」

朝比奈學姊盯著手機看了一陣子，幾分鐘後收到了訊息。

「她說如果你願意等，大概三十分鐘後會到。」

「無所謂，我願意等。」

請她代為轉達後，可以確定山中學姊會過來這邊了。

「感謝妳幫了大忙。」

「這點事情沒什麼大不了的啦。再說我也很好奇真相呢。」

因為多出一段時間，我決定暫時先問一下朝比奈學姊關於到目前為止的校園生活，還有特別考試等事情。

5

距離約定的時間剩下大概幾分鐘。

在杯子裡的飲料也空了的時候，一名男學生走近這邊。

「朝比奈，這傢伙就是綾小路？」

「咦?立花同學?是沒錯啦……」

「打擾啦。」

被稱為立花的學生粗魯地拉開椅子，就這樣兩手空空地一屁股坐下。

然後他立刻把手臂放在桌上，將身體傾向前方向我搭話。

「你找山中有什麼事？」

立花賢人——三年D班，跟山中是同班同學。

原本以為說不定是安在會登場，居然又冒出新的學生啊。

「等一下，咦？你怎麼會知道這件事……」

「是山中學姊聯絡你的吧。她拜託你來看看情況嗎？」

「啊？在提問的是我吧？」

不知是否與他身為學長也有關係，立花始終擺出強勢的態度。

恐怕他是在肉體和精神層面都比安在優秀的人物吧。

「在她找人過來代替時，就已經證實我的推測。就是鬼龍院學姊那件事喔。」

「那跟你有什麼關係？」

「雖然沒有直接關係，但鬼龍院學姊委託我確認真相。」

「你以為你是偵探還是什麼嗎？既然這樣就幫我轉告她，事情就跟之前說的一樣啦。」

「是南雲學長命令她栽贓鬼龍院學姊是小偷，沒錯吧？」

「沒錯。」

「欸，立花同學，那是真的嗎？我不覺得雅會叫人做那種事。」

「妳不覺得？南雲是會若無其事叫人那麼做的傢伙吧。他把我們當成奴隸在使喚不是嗎？」

就這個樣子來看，至少他應該不是支持南雲那一派。

即使他自稱是反南雲派也沒有突兀感。

「雖然不管看他多不順眼，都只能服從就是了。就像山中那樣。」

立花一臉無趣似的呸了一聲，微微歪了歪頭。

「如果聽懂，就再也別跟山中扯上關係，知道了吧？」

「十分抱歉，我不能那麼做，南雲學長並沒有承認這次的事情。」

「要懷疑是你的自由，但這就是事實，因為我們無法反抗南雲嘛。」

「我聽說是因為你們跟南雲學長締結了契約對吧。」

立花瞪著朝比奈，露出「妳連那種事情都說出來了嗎？」的表情。

「既然這樣，你應該懂吧。」

「累積個人點數然後重新分配成能夠轉班的鉅款這種方法，應該是各個班級都能辦到的。這麼多人特地服從南雲指示的理由是什麼呢？」

「你什麼都不懂啊。在他來逼我們簽定契約之前，我們D班和C班已經沒剩下多少班級點數了。就算班上所有人一起同心協力一年，也累積不到兩千萬。要在A班畢業的機率是零。但只要簽了契約，他也會適度地讓我們在特別考試中獲勝。也就是說能拿到班級點數。有不跟他簽約的選項嗎？而且要是整個班級都無視南雲的契約，我們就必須貫徹到底跟南雲戰鬥才行。那樣會有什麼後果？剩餘的班級點數應該都會被搶走，每個月發放的個人點數也永遠都會掛零吧。」

南雲沒有放過大好機會，澈底活用自己班的長處和優勢。

「不僅能度過穩定的校園生活，如果被南雲認可，還會獲得在A班畢業的機會。能夠拒絕這種條件的傢伙，只有像鬼龍院那樣的笨蛋而已。」

當南雲的手下就能維持一定程度的班級點數。

即使會被壓榨百分之七十五，每個月也一定會剩下零用錢。

一旦締結契約，從契約內容來看，要毀約也相當困難。

就算有一、兩個人造反，也會有人告密而被抓到。

「也就是說即使南雲私吞那筆鉅款，也沒有人能夠抱怨呢。」

「這個……當然有不滿啦。但就像你說的，我們沒辦法抱怨。有實力的傢伙倒還好。像我這樣不依靠某人就沒希望升上A班的人，剩下的抽籤是最後一道防線啊。」

即使到畢業為止會一直被壓榨個人點數，也要賭一把抽籤。

儘管門票只有一張，但大約有百分之一的機率可以抽中的話也不壞嗎？

「你的意思是這次企圖把竊盜罪栽贓給鬼龍院學姊，也是南雲學長的指示之一？」

立花一瞬間看向下方後，靜靜地點頭。

「我是負責牽線的其中一人。假如能成功把竊盜罪栽贓給鬼龍院，他說會給我高評價。」

「我不是很懂那個牽線的意義呢。中間夾雜的人越多，你們企圖讓她順手牽羊的事實就越容易洩漏出去。而且一堆人一起去挑戰一件事情，當然每個人的貢獻度都會分散。」

南雲不如從一開始就讓像山中一樣沒退路的女生接近鬼龍院，這樣較省事，風險也小很多。

南雲有必要先命令立花，再叫立花交棒給山中嗎？

這點讓我覺得很不對勁，怎麼都想不通。

而且要說這個立花的發言是否值得全盤信任，答案是否定的。

基本上他看起來像是在述說真相，但若要這麼說，他實在老實過頭了。

「南雲學長應該有封你們的口吧。」

「那、那當然。只不過遇到麻煩時，就算逼不得已搬出他的名字，也不會受到責怪。我跟山中都是……雖然自己這麼說也很怪，該說我們不覺得有責任嗎……」

他的意思是因為被逼問，就很乾脆地招認罪狀了。儘管他登場時一直擺出強勢的態度，但不知是否有不想被追究的部分，懦弱的一面開始顯露出來。

「立花學長或許不是直接的實行犯。然而這件事若公諸於世，學校也同樣會制裁你吧。你有這樣的覺悟嗎？」

「啥？南雲不可能讓這件事曝光吧？」

「或許南雲學長是那樣，但鬼龍院學姊十分生氣。既然認識了三年，學長應該明白那個人只要有那個意思，不管對手是誰都會緊咬不放吧？」

「這……安在也是相當害怕啊……」

「你收到南雲學生會長的指示。然後選擇山中學姊當接近鬼龍院學姊的女生，找她商量這件事。慫恿她只要成功就能獲得高評價。這就是全部的真相。你敢發誓沒有任何說錯的地方嗎？」

我將手機設定成錄影模式，把鏡頭湊近到立花的眼前。

「所、所以說這是……」

「你敢發誓吧？」

我再一次像要提醒他一般把手機湊近，於是立花用力揮開了手機。

然後強硬地關掉錄影模式。

「我都說沒有錯了吧。」

「那你沒必要這麼慌張吧。為什麼排斥錄影作證呢？」

「這是因為……那個……饒了我吧！」

「啊，等一下，立花同學！」

雖然朝比奈試圖挽留他，但他頭也不回地離開了現場。

「總覺得他好像想說什麼……到底是怎麼回事呢？」

「沒問題。從他剛才的反應來看，我心裡大概有個底了。」

「是、是這樣嗎？意思是你知道是誰命令立花同學他們嗎？」

立花老實地聽從命令並付諸實行。

不小心失敗而被鬼龍院逼問時，說出了南雲的名字。

即使要背負自己的立場會變得岌岌可危的風險，也不承認那個事實以外的事。

「今天非常謝謝妳，朝比奈學姊。這下感覺最近就能解開謎團了。」

「唔、嗯。如果你明白了什麼就好……你會告訴我嗎？」

「現在還是先別那麼做吧，因為不能隨便把朝比奈學姊捲進來嘛。」

儘管她始終很在意的樣子，但現在先放在我心裡是最好的辦法。

6

雖然多少花了點時間，成功獲得了逼近順手牽羊事件真相的重要情報。

因為有朝比奈的協助才不至於浪費時間，正是如此才想暫且停下腳步。

在開始調查的那一天就一帆風順地來到即將解決的前一刻。

當然可以認為這是包含意料之外的巧合在內，因為幸運所獲得的成果。

正因如此，我才覺得無法釋懷。

這並不是在說身為協助者的朝比奈、山中和立花的說詞中摻雜謊言。

如果就這樣向鬼龍院報告結果，會有什麼後果呢？

還有寫了這個故事大綱的人物目的究竟是什麼呢？

總覺得根據我在這邊的判斷與結局，有可能會對第三學期造成影響。

於是決定先扣除這次事件的核心，傳送訊息給鬼龍院。

然後向她提議接著應該採取怎樣的行動。剩下就看鬼龍院是否會配合我的提議，但她希望解決這件事，應該會毫無問題地配合吧。

我從櫸樹購物中心踏上歸途，到達宿舍前面。

手機果然還是沒收到來自惠的聯絡，她似乎也沒有在大廳等地方等我的樣子。

現在的惠能就這樣與我拉開距離，沖淡跟我的關係嗎？

不，這點根本還不用去想吧。

既然她是寄生在宿主身上，就不至於靠自己的力量脫離宿主，採取獨立的行動。

因為電梯停在一樓，我便搭進去前往四樓。

比起惠的事情，現在更應該先釐清鬼龍院的案件吧。

雖然我這麼心想，但……

「歡迎回來，綾小路同學。」

我一走出電梯，就看到穿著大衣的一之瀨好像覺得有些冷地露出微笑。

看來她似乎一直在我的房間前面等我回家。

「怎麼啦？」

「嗯？因為我突然好想見綾小路同學，讓你困擾了嗎？」

「沒那回事，只不過妳應該等了很久吧？」

如果是平常我五點就回家了，但因為跟朝比奈等三年級生的事情繞了點路，所以目前時間已經過了下午六點。

一之瀨一臉不可思議似的拿出手機確認時間。

「哇，不知不覺已經這時間了？我都沒發現呢。」

原本以為她是顧慮到我才這麼說，看來也不是那種感覺。

「妳究竟從什麼時候開始待在那裡的？」

「呃～因為是放學後過沒多久……大概是四點半過後吧？」

也就是說最少已經站了一個半小時啊。

她會說「晚點見」就是因為打定主意要來拜訪我吧。

「妳明明可以事先聯絡我一聲的。」

縱然無法立刻見面，說不定至少能告訴她回家時間。

「沒關係，因為要是妨礙到你就不好了。」

總覺得那不是好不好的問題耶……

但如果她本人不覺得一直等待很痛苦，我也沒什麼好多說的。

「那個呀，雖然不是有什麼非得告訴你不可的事情，不過……」

她一臉過意不去似的這麼聲明，同時詢問我的情況。

「你跟輕井澤同學和好了嗎？」

「不，那倒是還沒。」

我這麼回答，於是一之瀨低喃了一聲「這樣呀」。是喜悅、悲傷，或是除此之外的感情呢？

從她那副各種感覺都有可能的表情中，彷彿能看透卻又看不見真心話。

「那麼……我可以稍微任性一下嗎？如果方便，想跟你聊聊。真的是看你方不方便啦……」

既然她都花了那麼多時間在等我，應該也不是只為了跟我打聲招呼吧。

「假如妳不介意，我沒問題。要進來我房間坐一下嗎？」

「可以嗎？」

我根本沒有拒絕的理由。既然惠也沒有主動聯絡，這之後我整天都沒有其他事情可以消耗多餘的時間，而且這地方也不適合站在外面說話。

最重要的是也不能讓她的身體繼續著涼下去，因此我拿鑰匙打開玄關的門。

「總覺得有點緊張呢，打擾了。」

如此說道的一之瀨進入房間後，立刻察覺到跟以前的差別吧。

「記得妳上次來我房間時是雨天啊。」

「那時很謝謝你。我就那樣全身濕透地來打擾……」

我先脫掉鞋子，然後一之瀨也跟著脫鞋，將鞋子排放整齊後才走進來。

打開燈，能夠明亮地環顧室內整體後，一之瀨發出聲音。

「啊——感覺這房間變得非常可愛呢。」

一之瀨這麼回答，同時被床鋪和周遭的變化吸引了目光。

並不是有買新家具或改變裝潢這樣的巨大變化。

只不過多了些與男生的房間有點不搭的布偶、手鏡和抱枕。

和以前相比，這種小東西增加了不少。

這些都是進出我房間的惠帶過來然後留在這裡的。倘若是不知道這所學校內情的人看到，即使誤會我們在同居可能也不奇怪。

倘若看向廚房，也會立刻注意到同款不同色的杯子和筷子等東西吧。

一之瀨很清楚我跟惠在交往，應該也有料想到房間的狀況會產生變化。實際上她的表情完全看不出有任何困惑的神色。

「妳隨便找個地方坐吧，我去泡個熱飲，可可亞可以嗎？」

「嗯，謝謝你。」

詢問她要不要喝跟那天一樣的飲料，於是一之瀨很開心似的露出微笑。

要溫暖冰冷的身體，最好從內側溫暖吧。

話雖如此，室內應該也變得相當寒冷，因此我打開暖氣與加濕器。

「我想大概很快就會變暖。」

一之瀨點點頭並脫掉大衣，把大衣放在腳邊。

「女生還真是厲害啊，因為妳們總是穿著那樣的裙子在上下學，應該很冷吧？」

「的確是很冷，但可能已經太習慣穿著裙子的生活，好像沒怎麼在意過這點呢。」

如此回答的一之瀨發現裝飾在房間裡，放著我跟惠合照的相框後，走近並拿起相框，凝視了很長一段時間。

「可以問你喜歡上輕井澤同學的契機嗎？」

「妳很感興趣嗎？」

「嗯，雖然我跟輕井澤同學沒什麼交集，但知道她一年級時曾跟平田同學交往的事情。沒想到後來居然會跟綾小路同學交往呢。」

就連堀北班的學生們也有很多人至今仍感到疑惑。如果是其他班的人，要推論出答案就更加困難了吧。

「我並非不想回答，但要回答這問題相當困難啊。我是第一次談戀愛，就算想詳細說明，也不知道怎麼講。或許算是在班上一起學習的過程中，很自然地發展成那樣了吧。」

也不能告訴她具體的事情，只好說些感覺很常見的理由來逃避。

「畢竟輕井澤同學很可愛嘛。」

「這點我不否認。」

水壺的熱水沸騰了，因此我倒入熱水，接著用湯匙攪拌粉末，完成了一杯可可亞。

「給妳。」

「好溫暖。」

一之瀨用應該已經變冷的手包覆住杯子，呼一聲吐了口氣。

「前陣子因為我的任性，帶你到健身房等地方到處跑呢。不覺得討厭嗎？」

「原本就是我想知道妳假日怎麼度過，才提議那麼做的，而且——」

我拉開桌子的抽屜，拿出一張紙。

「那是個很棒的體驗，甚至讓我打算在下次放假交出這個。」

「啊，健身房的報名表……」

我已經填寫好名字與學生證號碼，還有選擇月費制課程。

「因為平常都過著自甘墮落的生活嘛。我想說應該稍微活動一下身體。」

「這樣子呀，總覺得有點高興呢。」

直到教育旅行那時，一之瀨還經常露出陰暗的表情。

但在上次一起度過假日後，感覺她的笑容增加了不少。

「我想今後在健身房碰面的機會會變多，還請妳多關照了。」

「嗯！我才要請你多關照呢……這樣呀，今後在健身房也能待在一起呢。」

喝著可可亞的一之瀨一臉幸福似的瞇細雙眼。

「其實我呀……？」

「嗯？」

是有什麼想法嗎？一之瀨注視著我的雙眼。

「我會在房間前面等你，不只是因為想見你而已。我有一件事覺得無論如何都非得告訴你不可……如果方便，可以坐在我身旁嗎？」

如此說道的一之瀨用手輕輕撫摸著床鋪的空位。

因為知道她是要說正經的事情，為了實現她的希望，我坐到一之瀨身旁。

「之前在星期天跟你見面，是為了在我內心做個了結。」

「了結？」

「為了斷絕對你的思念。」

做好覺悟的一之瀨沒有要移開視線的樣子。

「綾小路同學有喜歡的人，有輕井澤同學。我覺得自己不能破壞你們兩人的關係。所以一直認為那一天是最初也是最後的約會。」

一之瀨這麼述說的表情沒有散發任何悲壯感。

在健身房度過相同時光的那一天，一之瀨一直在想這些事情嗎？

「所以才要做個了結嗎？」

一之瀨堅定地點了點頭。

「我再也不會在私人時間跟你見面，並認為那麼做才是正確的。」

如果是這樣，就跟今天這段時間產生矛盾了。

即使不是假日，現在無庸置疑是私人時間。

「但是我錯了。那樣的想法並不正確。我明白了那樣就跟以前一樣，什麼都沒改變。」

我還不曉得她做出了怎樣的結論。

不過，那種想法的變化正是她恢復成現在這個開朗的一之瀨的理由吧。

「該說是自己應該做的事嗎？今後我該怎麼做才好……」

她的笑容看起來像是與平常一樣，也像是與平常不同。

到目前為止，我一直認為一之瀨是個感情容易表現在臉上，比較好懂的人物。

當然了，她在考試中也有高明地表現撲克臉的時候，但至少在私生活上我一直那麼認為。

然而現在的一之瀨卻屢次展現出無法看透她本意的表情。

「那一天呀，我在內心下定了一個決心。就是絕對不要在你面前詢問關於你女友輕井澤同學的事。」

「這是為什麼？」

「因為內心會覺得難受，胸口會覺得痛苦。我想如果問了，一定會留下慘痛的回憶。」

一之瀨像是在告訴自己還有我一樣，慎選著用詞這麼低喃。

「但在上完健身房後，我還是忍不住開口問了。問你是誰先主動喜歡上對方的。」

她的確是問了那樣的問題啊。我得知了一之瀨當時的心境。

「妳很難受嗎？」

「不可思議地是我並不覺得難受喔。就是在那個瞬間察覺到我的想法並不正確。」

「妳推論出來的正確究竟是什麼？」

「你想知道？我來告訴你。」

一之瀨緩緩地呼吸，注視著坐在身旁的我的雙眼。

「我果然還是喜歡綾小路同學。」

一之瀨沒有逃避。她抓住我，甚至不打算讓我逃掉。她用那樣的眼神緊盯著我。

「我在那個瞬間重新認識到自己真的好喜歡綾小路同學。」

原本是打算退出才接受那次最初也是最後的約會。

不過一之瀨找到的結論卻是正好相反的答案。

「我同時這麼心想了。不能一直陰沉下去。必須從根本改變才行。」

一之瀨表示就是那一瞬間改變了原本陰沉的她。

「欸——我可以摸你的臉嗎？」

「摸了也不會掉獎品喔。」

我說了這樣的玩笑話，於是一之瀨露出柔和的笑容後點了點頭。

然後伸出右手觸摸我的臉頰。

她稍微使了點力，將我的臉轉向她那邊。

「我沒有對任何人做過這種事，沒有對任何人抱持過這種心情。心裡一直小鹿亂撞，內心的某處覺得好痛苦……但是我現在非常幸福喔。光是最喜歡的人待在身旁，心靈就覺得好滿足。」

對於如此赤裸地向我表白的一之瀨，有一件事想問她。

「我在教育旅行時曾經問過妳吧。說妳應該有想要的東西。」

「嗯，我想要的是——首先是成為A班，與夥伴一起抵達的目標。當時我迷失了目標，覺得自己已經不行，差點就要放棄了。不，一定早已放棄了。甚至覺得就算離開這所學校也是沒辦法的事。」

「現在不同了吧？」

「現在不同。我想留在這裡。想以A班為目標。想得到手。」

她撫摸著我臉頰的手使了點力。

「然後我想要的東西還有一個，就是最喜歡的人……綾小路同學。」

「我想妳應該知道，我——」

「嗯，你有輕井澤同學，這點我明白。所以現在我不會奢求更多，但是……」

「但是？」

「今後就不同嘍，我打算成為能夠讓綾小路同學轉頭看向我的人。」

即使自己的臉頰泛紅，仍緊盯著這邊不放的雙眼實在過於直率。

一之瀨並沒有踏出在對方有戀人的狀態下會違反道德的最後一步。

如果她打算踏出那一步我也只能阻止，但她十分堅定地自制著。

那同時也是一之瀨內心正義的部分吧。

「綾小路同學，請你看著今後的我吧。」

「即使妳不希望，我也打算守望妳的將來。」

「你是說……學年末對吧？」

「對，到時我們再一次兩人單獨見面吧。到時我會告訴妳一個結論。」

「雖然那時的決心曾經一度受挫，但這次絕對沒問題了。」

這點不用我多問了吧。

坐在隔壁的我親身感受到一之瀨散發的熱情與堅決。

儘管不曉得會有怎樣的結果，一之瀨在精神上肯定達成了巨大的變化。

她的根本是與輕井澤惠不同的強烈依存。

感覺會變成雙刃劍的那種依存，無庸置疑地給一之瀨帶來巨大的力量。

人本來就會希望喜歡的對象能回應自己。

即使是暫時的，也希望對方能對自己說「喜歡」。

會想碰觸對方，希望知道更多。

但一之瀨不會乞求。

可以看出她抱持著決心，想要親手獲得那樣的承諾。

她緩緩地移開了手。

「我今天先回去嘍。」

「我送妳吧。」

「沒關係，在這裡就行了。綾小路同學，你得儘快跟輕井澤同學和好才行喔？」

「我盡力。」

拿起大衣的一之瀨穿上鞋子，用輕快的腳步打開玄關的門。

然後她柔和地揮了揮手，接著門關上了。

隨之造訪的靜寂，還有略微殘留下來的可可亞與柑橘香氣。

一之瀨接下來要打造的世界，會是什麼樣子呢？

還有對周圍的影響，是否能給我本身的想法帶來變化呢？

校園生活變得更令人期待了。

意料之中與意料之外

第二學期終於也只剩兩天。今天終於到了與A班直接對決的協力型綜合筆試特別考試的舉辦日。儘管有特殊規則，但就類似平常的期中考和期末考，沒什麼值得一提的事情。

早上聚集在教室的學力C以下的學生們，大多都盡可能把握時間面對自己，勤奮地用功念書直到最後一刻。

事前已經溫習完所有科目，處於指導者一方的啟誠和堀北等人巡視著那些學生們，同時給予適當的建議，進行最後一次仔細的確認。

應該有很多學生都認為接下來就是最艱難的正式考試，然而並非如此。

就像有一句話說準備占八成，工作占兩成一樣，大部分事情都在迎接考試前進行的準備階段做完了。埋頭念書的態度、認真念書的專注力。與這些準備工作相比，正式考試的負擔大概只有五分之一。

然後結束後會發現，大部分事情都沒什麼大不了的。

關於考試的步驟，首先會基於堀北應該在昨天晚上之前已經交給茶柱老師的表單來進行，那份表單記載著班上所有人參加考試的順序。

因為任何人都可以在被允許的解答數量內從總共一百個問題中選擇喜歡的問題來解答，說不定有不少人認為順序並沒有什麼太大的意義。

不過順序其實非常重要。包括進出房間在內，一個人的可用時間是十分鐘。

倘若這些時間只拿來解答問題算是很充分，但如果要拿來解讀多達一百題的題目，無庸置疑非常不夠用。

假如學力較低的學生為了解讀題目就費盡千辛萬苦，不只是無法找出能夠輕易解答的五個題目，留下理想的解答數紀錄，甚至還有可能因為時間越來越少感到著急而犯下粗心的錯誤吧。

正因如此，為了降低那樣的機率，解答的順序掌握著重大的關鍵。

距離宣告開幕的鐘聲響起，剩下不到五分鐘了。

在所有人都抱持強烈緊張感的狀況中，只有高圓寺一如往常。

他用手鏡仔細確認自己的臉，有時還會用手機上網，看來非常優游自在。

根據堀北事前的確認，高圓寺似乎沒有回答他會不會認真參加考試，只有回答他獲得了可以自由行動的權利。

好不容易擬定的戰略要是被高圓寺一個人打亂就白費心血了，理解到這點的堀北提出一個聰明的提議。

就是讓高圓寺當最後一個解答問題的學生。

還有在輪到他解答前把一百個問題先填滿九十八個，只留兩個問題給他。

原本學力就在B等級的高圓寺就算沒有解答這兩個問題，也只會損失四分。很難造成嚴重的損害。而且因為是最後兩個問題，說得誇張點，就算留白也能夠主張他並非沒有作答，而是解答不出來，不會牴觸到規則。

無論他會心血來潮地解答問題、故意留白或是弄錯答案，都沒有任何風險。

高圓寺很爽快地答應了這個提議。因為倘若班級獲勝，班級點數就會上升五十點，他本人應該也幾乎不會排斥正確解答問題這件事吧。

反倒要是因為自己偷懶而輸掉並損失五十點，只會減少他一直想要的個人點數收入。

正因為只靠常識的預測無法看透高圓寺的動靜，堀北不得不採用剛才說的那種戰略就是了。

難度應該絕對不算簡單的考試題目。

雖然無法樂觀看待，但獲勝條件是對我方比較有利的狀態。

以A班的立場來說，即使多一分也好，會想要確保接近上限的分數。A班學力較低的學生應該背負著沉重的壓力與精神上的壓迫吧。

身為領袖的坂柳應該也思索了一些策略，然而這次的考試是每個人自行到另一個房間進行挑戰，加上有監視的關係，無法採取出人意表的戰鬥方式。

應該可以認為讓學力較低的學生獲得大量分數的行為，還有偷藏小抄等鋌而走險的行為都是辦不到的吧。

換言之，所有班級能做的事情，就是盡可能提升目前的戰力水準，還有調整好作答順序，以便能發揮最大限度的實力。或者像龍園一樣在考試外的地方進行間接的騷擾吧。

雖然也有私下締結契約，讓人故意答錯失分這種粗暴的方法，但這次的結果會全部公開。要是犯下露骨的錯誤，也有被班上同學識破自己背叛的風險，最重要的是就算收買了一、兩個人也無法保證一定能因此獲勝。

在學生基本上都會盡全力發揮實力的這所學校裡，混入了像我和高圓寺這種在特定的ＯＡＡ上並未得到正當評價的存在，算是一種意外。

因為並非按照實力而是判定成較低的學力，所以即使只是幾分，能獲得的加分也不容小覷。

到這邊為止，可以認為堀北班湊齊了好幾個有利條件。

在鐘聲響起後立刻現身的茶柱老師的引導下，我們所有人都移動到特別大樓，在這裡等待。之後就是按照堀北決定的順序，每個人輪流進入隔壁的教室用平板解答問題。只要重複這些動作直到最後一棒的高圓寺就完畢了。

這個房間有教師監視，不能帶道具進入，也無法使用手機。此外也禁止閒聊，因此所有人都默默地等待輪到自己上場。

剩下就只看學生們能否不輸給緊張，發揮努力到現在的成果吧。

1

結束了包括漫長等待時間在內的特別考試，學生們暫且鬆了口氣。

「所有人都辛苦了。明天會公布結果，課程也在今天結束。從後天開始的寒假可別玩得太瘋啊。那麼今天就到這邊。」

聽完茶柱老師慰勞的話語，迎接放學後。剩下就只等明天的休業式了。

從沉悶的時間中獲得解脫後，有許多學生接下來會自由地振翅高飛吧。雖然其中也有人在檢討各自解答了多少問題，又有多少解不開的問題，但堀北並未率先整合眾人的意見來計算分數。就算在這時預測拿到幾分，還是要考慮對方的狀況。最重要的是明天就會公布結果，所以她似乎判斷這麼做沒有意義。

「我說……呀。」

靜悄悄地走近我身旁的惠小聲地向我搭話。

「怎麼了？」

「那個……我覺得自己，也差不多該，原諒你才行——」

她戰戰兢兢，或者該說是感到困惑地這麼開口了。

但隨後堀北也來到我的座位這邊。

「綾小路同學，能借用你一點時間嗎？」

「抱歉，堀北同學，可以晚點再說嗎？」

「如果能那麼做，我也很想呀。但不巧的是這是學生會的事。桐山副會長——不對，是前副會長找綾小路同學過去喔。他要我們現在立刻到學生會室集合。」

堀北像是要證明她是說真的，秀出手機收到的訊息。

面帶笑容的櫛田也稍微保持距離站在那樣的堀北身後。

「抱歉啊，惠。等這件事結束再談吧。妳隨時都可以聯絡我。」

「唔、嗯。你慢走……」

我留下惠，跟堀北與櫛田一同離開教室。

「才想說特別考試結束了，就又碰到學生會的事呢。南雲學長好像也在喔。」

「那兩個人已經不是學生會的人了，應該沒必要這麼講禮貌地回應他們的要求吧？」

「那可不行吧。即使他們已經跟學生會沒有關係，也依然是學長。而且這次好像是關於鬼龍院學姊的事喔。是那件事沒錯吧？」

「原來如此，是這麼回事啊。」

這個發展是我昨天晚上跟鬼龍院也討論過幾次，意料之中的事件。

只不過由桐山叫堀北來轉達這件事，是意外的展開。

照當初的計畫來看，原本是打算由鬼龍院召集桐山與南雲，再加上我共四個人而已。

「欸欸，我不知道你們在說哪件事耶，鬼龍院學姊怎麼了嗎？」

「也是呢，也跟櫛田同學——」

「這次的事情就由我來說明，因為也有件事應該先告訴堀北呢。」

「應該先告訴我的事？」

「就是關於這次的順手牽羊事件中，我從第三者那邊獲得的證詞。」

在說完那些事情並抵達學生會室前面時，可以看到兩名一年級生的身影。

是A班的阿賀，還有與櫛田一起新加入的七瀨也在那裡。

學生會成員的整體人數，已經增加到我所設想的最低限度了啊。

看來這次的事件似乎摻雜了其他人物設想的發展。

「聽說這好像是我加入學生會的第一份工作。我身為書記，火速前來了。」

如此說道的七瀨很寶貝似的抱著筆記本。

「那是記錄用的？」

「是的，因為我聽說書記的工作就是寫下紀錄。」

「是沒錯啦，但會議紀錄用的筆記本應該會放在學生會室管理喔？」

「咦，是這樣嗎？我已經買了……」

看來她似乎幹勁十足地想替學生會服務，結果太衝動了。

「算啦，這不是太大的問題，如果有收據改天可以提出，我會幫妳報公帳。」

「是、是的，不好意思。」

堀北表示會從學生會的預算中補發筆記本費用。

「總之我們先進去吧。」

南雲已經抵達學生會室，他跟桐山一起在裡面等候我們。

他沒有待在平常坐的學生會長座位上，而是維持站著的姿勢。

「不好意思啊，堀北。二年級才剛考完特別考試，應該很累吧。」

「這倒是無所謂。不過據說好像是關於鬼龍院學姊那件事……」

堀北沒有說出我向她說明的事情，彷彿什麼都不知情似的詢問南雲。

「對，我接到桐山的聯絡。他說鬼龍院要控告學生會，叫我們準備場地。」

「控告學生會……？」

這還是第一次聽說。控告學生會？為何鬼龍院會採取那樣的方法呢？

「話說回來桐山，你把綾小路也叫來了嗎？」

「畢竟他當時也是在場的人之一嘛。我判斷這是必要的。這是考慮到要是他在毫不知情的狀態下隨便散播謠言，我們也會很傷腦筋，才做出這樣的判斷。」

「算啦，沒差。畢竟能觀摩鈴音首次登台的表現，也算是有一點幸運嘛。」

如此說道的南雲催促堀北坐到學生會長的椅子上。

「……失禮了。」

堀北禮貌地低頭致意，坐到那個位置上。

「結果妳選了櫛田當副會長啊。」

「是的，雖然也考慮過請已經在籍學生會的一年級的阿賀學弟擔任，但我判斷對學校的事情掌握得更清楚的櫛田同學比較適合，有什麼問題嗎？」

「沒有，我對學生會長選的人不會有怨言啦。」

就任學生會長的堀北與確定就任新副會長的櫛田兩人一臉嚴肅地就坐，沒有開半句玩笑。

「不過她叫我們出來在先，自己卻遲到，那傢伙還真有膽量啊。」

鬼龍院楓花在幾分鐘後作為最後一名出席者進入審議會場。

「讓妳久等了啊，新學生會長。」

「請坐。」

「不，不用了，我就站著說話吧，妳應該不介意吧？」

「我明白了。那麼事不宜遲，有幾件事情想請教鬼龍院學姊。」

「儘管問吧。」

「學姊好像決定控告學生會，我想聽聽學姊要控告的內容。」

堀北一邊擺出什麼都沒聽說的模樣，一邊推進話題。

「控告？」

鬼龍院一臉不可思議似的歪了歪頭，但桐山立刻催促她。

「因為妳遲到，會議已經延後開始。希望妳快點把事情交代清楚，別說些廢話。」

「哎呀哎呀，還真是急性子呢。不過算啦，那就讓我重新說明一下來龍去脈吧。」

鬼龍院放學後在櫸樹購物中心逛街時，差點被三年D班的山中栽贓成竊盜犯。所幸在山中企圖把東西偷放到包包裡時便察覺並阻止了她。鬼龍院表示順手牽羊這件事本身以未遂告終。

「我實在不覺得那是山中因為私仇所採取的行動。」

鬼龍院側目看向南雲。

「我逼問那樣的山中，於是她坦承是某個人物指示她犯罪的。」

「那個人物是指誰呢？」

「就是人在現場的前學生會長，南雲雅。」

首次聽說這件事的一年級學生會成員們驚訝地將視線看向南雲。

以鬼龍院楓花為中心發生的幾個事件。

不，這是應該稱為案件的行為。

那究竟是不是出自山中本人的意願呢？

倘若是前者，就應該在聽完內情後給予懲罰。倘若是後者，就必須找出真凶。

讓我見證一下堀北身為學生會長的首次工作是否能順利結束吧。

「鬼龍院學姊是這麼主張的，南雲學長有什麼異議嗎？」

「當然有。真不巧啊，鬼龍院，我並沒有對山中做出那種指示喔。要是這種事件曝光，會損害到我的信譽，沒有任何好處吧。」

「這可難說吧。你應該經常在想要跟我認真地一決勝負，但我這三年來都沒有理會。你難道不是記恨這件事嗎？或者目的也可能是藉此煽動我，讓我答應跟你一決勝負。」

「我以前的確對跟妳一決勝負這件事很感興趣。然而看到始終沒有幹勁的妳，我對妳的興趣到這邊為止就跟上次一樣，是沒有任何交集的部分。」

「呵呵呵，真的是那樣嗎？」

老早就消失無蹤了。」

他們彼此都不打算接受對方的主張。

「桐山學長是鬼龍院學姊的同班同學。而且站在副會長的立場支持南雲學長很長一段期間。聽完雙方的主張後，請問你有什麼想法呢？」

堀北這麼質問作為親近的第三者被選上的桐山。

「我能夠理解鬼龍院差點被栽贓成竊盜犯，感到憤慨的心情。但不覺得南雲跟這次的事件相關。假如南雲認真想陷害她，應該會選擇更高明且有效的方法。」

「你不覺得那只是太高估南雲而已嗎？」

鬼龍院露出冷笑，將手扠在腰上挑釁桐山。

「只要想想南雲在這所學校留下的成果，就能清楚知道這並非是過度相信他。」

「那麼關於這次的事情，山中學姊為何會企圖引發事件呢？是她在不知不覺間累積了不少對鬼龍院學姊的怨恨，才決心付諸實行嗎？假設是那樣，那她為何想把責任轉嫁給南雲學長呢？關於這方面，請問你有什麼想法？」

「雖然我不知道真相，但的確也很難想像是山中個人決定實行的。」

「你的意思是她並非單獨犯？」

「山中在三年級生裡的地位也相當低。就算不是南雲，我想她也很有可能為了拿到個人點數當作回報，遭人操控而採取行動。」

桐山一貫主張真凶並非南雲也非山中，而是有第三者潛藏其中。

「假如那是真的，就表示有必要採取行動，設法找出真凶呢。」

「是啊，不過要找出來很困難吧。被鬼龍院逼問招供時她沒有老實地坦承，而是說出南雲的名字。沒有相當的覺悟是辦不到這種事的。」

「櫛田同學，妳明白這是為什麼嗎？」

這時堀北這麼詢問一直側耳傾聽的櫛田。

「身為三年級生又想轉嫁責任給南雲學長，這麼做對山中學姊而言只有壞處。明明如此，她還是這麼說……表示她非常強烈地想包庇真凶嗎？」

「妳說得沒錯。這表示比起最應該害怕的南雲，她更害怕那個真凶。」

「我無法理解。根本想不到有哪個學生比南雲更令人害怕啊？你只是想強硬地讓我們認為另有真凶吧？」

對於一直在懷疑南雲的鬼龍院來說，桐山也只是站在南雲那邊的人。

從他認為要找出真凶很困難而主張放棄這點來看，也只會讓人加深不信任感吧。

「妳才是一直在單方面斷定我應該是犯人吧？」

「畢竟沒有其他嫌疑犯，這也沒辦法。」

「請兩位暫且安靜一下。兩位就算一起討論，顯然也解決不了問題。」

就如同堀北指謫的一樣，憑鬼龍院與南雲的議論永遠都是平行線。

「假如是桐山學長，會怎麼處理這次的事件呢？」

「應該要避免繼續探討或追究下去吧。只不過儘管是未遂，山中所做的事也是無法原諒的行為。應該請她正式對鬼龍院謝罪，以及盡最大誠意支付賠償費。我認為進行這種程度的處置也沒有問題。」

「那麼你的意思是沒必要向校方報告？」

「如果山中是單獨犯，就應該那麼做。但就算直接向上頭報告，倘若沒找到真凶，山中就得一個人背負所有罪狀，不對嗎？」

「的確是那樣呢。就算由校方進行調查，也未必能查出真凶……」

雖然這是以南雲是無辜的結論為前提，不過作為一個妥協點算是妥當。

「我想要的只有真凶的謝罪而已耶？」

「就是因為預料辦不到那點，才會這麼提議。還是說妳有辦法找出真凶？這幾個星期來，我不記得有聽到任何一項新情報就是了。還是說妳用近乎暴力的行動威脅安在，從他口中獲得了有力的情報嗎？」

聽到擔任副會長的桐山這番發言，鬼龍院聳了聳肩。即使安在應該沒有受傷，鬼龍院肯定是用了遊走灰色地帶的攻擊方式吧。儘管有同情的餘地，但假如被針對這點，鬼龍院應該也會傷腦筋吧。

「綾小路同學，聽說你前幾天跟朝比奈學姊接觸了呢。」

這時堀北把話題帶到剛才聽我說的事情上。因為提到了跟南雲關係親近的朝比奈的名字，被要求靜觀其變的南雲也將視線看向這邊。

「我透過朝比奈學姊大致聽說了三年級生的內情。我試著探聽南雲學長強迫三年級生們簽了怎樣的契約，雙方算是怎樣的關係，還有他們抱持著怎樣的感情。」

「在來到學生會室前，我從綾小路同學那邊收到詳細的報告。而且他在跟朝比奈學姊談話的時候，也幫忙詳細地探聽了關於山中學姊的事。」

「哦？不愧是綾小路啊，找你幫這個忙果然是對的。」

雖然這件事我早已向鬼龍院報告過，但她裝模作樣地表現出首次聽到的樣子。

「鬼龍院，是妳讓綾小路行動的嗎？」

「南雲，你感到不滿嗎？」

「不。只不過，假如是這樣——」

是有什麼想法嗎？南雲原本想繼續說下去，但他立刻閉上了嘴。

「抱歉啊。別在意我，繼續說吧，鈴音。畢竟這是身為學生會長的妳首次辦理的案件嘛。」

南雲表示他不會做些不解風情的事，重新表現出守望的態度。

「雖然好像沒能見到山中學姊，某個人物代替她在綾小路同學面前現身了。就是跟她同樣是

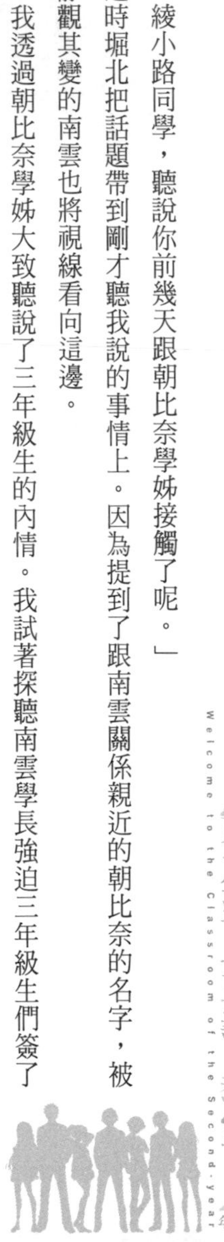

三年D班的立花學長。照理說與此事無關的他為何會在這邊出現呢?我推測應該是為了阻止山中學姊說出實話。」

「妳是說山中跟立花有勾結?」

南雲擺出彷彿什麼都不知道的態度,這麼詢問堀北。

「綾小路同學表示他向立花學長詢問真相時,得到了一樣的答案。立花學長主張是由於南雲學長的命令,收到了把商品放進鬼龍院學姊書包裡的指示。」

「即便是理所當然,但我可沒跟立花說過那種話喔。豈止如此,最近這一個月我也不記得有跟他說過話。真凶說不定就是立花啊。」

「唉,你也只能這麼說了吧。」

鬼龍院會這麼回應南雲是必然的。

「鬼龍院學姊跟立花學長有什麼深入的交集嗎?」

「完全沒有。我可以斷言比南雲更沒有關係。」

「也就是說假如要認為他是真凶,他比山中學姊更沒有動機呢。」

「這表示立花學長也跟山中學姊一樣是受到某人命令嗎?」

到目前為止一直在筆記本上寫下會議紀錄的七瀨這麼詢問堀北。

然而堀北沒有回答那個問題,陷入沉默。

正因為每個人都以為她會立刻回答，所以感到十分驚訝吧。

「妳收到的報告應該不是這樣就沒了吧？學生會長，告訴我後續吧。」

堀北也沒有回答如此催促的鬼龍院。

這也難怪。因為我沒有告訴她這之後的核心。

給她的情報量就跟前幾天與立花同席的朝比奈差不多。

如果她向我求助，我會伸出援手。

但在那之前，想看看堀北的思考會推論出什麼結果。

「南雲學長主張他並非犯人。另一方面，山中學姊與立花學長一貫主張受到南雲學長命令。

這是很明顯的矛盾。」

「八成是其中一邊在說謊吧。」

「會那麼想很正常。不過，我想先相信雙方的主張都是真的。」

「要相信這種矛盾的發言應該很困難吧？」

一直寫著會議紀錄的七瀨停下筆如此低喃。

「一般是這樣呢。但假如雙方真的都沒有說謊？只要加上某個條件，矛盾就會消失了吧。」

在像這樣進展話題的過程中，看來堀北似乎摸索到了一個可能性。

「真凶告訴立花學長因為南雲學長的命令，有一項任務想拜託他。正因為立花學長與山中學

姊相信了那番話，才會一直那麼主張。不過對方的要求是犯罪行為。一般應該會先要求與南雲學長直接見面，確認這件事是否為真吧。」

會想要能獲得回報的保證，以及有個明確的約定很正常。

「但他們沒有那麼做。這是為什麼呢？難道不是因為那個真凶也是山中學姊和立花學長認為值得信任的人物嗎？那人應該是南雲學長的代言者，而且是擁有權力的人。」

在這所學校裡，能夠做出那種發言的人物只有一個人。

「這次的事件，真正在背後操控的人物——並非南雲學長，而是曾是副會長的桐山學長。難道不是你嗎？」

所有人的視線都同時集中在桐山身上。

「我嗎？妳為何會做出這種結論？」

桐山看來很冷靜的樣子，說出了對提到自己名字的疑問。

「聽到我剛才的說明，學長還不明白嗎？整理好情報後，這個結論感覺最合理。」

「沒有人能保證綾小路問到的情報是真的。我可是南雲保證會給我轉班券的人。絕對不會做出造反這種行為。」

一個意料之外的人物對這麼辯解的桐山伸出援手。

「雖然學生會長的推理很有意思，但桐山說得沒錯。我不會懷疑桐山的最大理由，就是因為被馴服的狗沒有勇氣反咬主人一口吧。」

「那麼，我現在召集山中學姊和立花學長來當新的證人，你也不介意嗎？」

堀北對南雲說道，試圖向他進行確認。

「學生會長是妳，隨妳高興就行。」

「是嗎。」

「等等。」

這時喊暫停的是桐山。

「那些證人知道他們會被叫來這裡嗎？」

「不，由我現在去跟他們聯絡並進行交涉。」

桐山瞪著堀北，然後也狠狠地瞪了與這件事有關的我一眼。

倘若沒有出現真凶＝桐山這個論點，或許他能不引人注目地撐過這個局面。

但為了消除浮現出來的這個嫌疑，他無法避免遭到一堆質問吧。

倘若那兩人被找來，主要人物都齊聚一堂的現場，在沒有事先商量的狀況下，那兩人是否能將桐山的存在隱瞞到底呢？要在這裡撒謊並一直蒙混過去並不容易。

「找他們過來這裡有什麼問題嗎？」

堀北如此詢問桐山。

如果他不想被拖到檯面上，那把他拖出來就行了。

這就是最迅速且簡潔的方法。

「這……」

「桐山，你在慌張什麼？你跟這件事無關，大方地等著看戲就行啦。」

南雲露出一副輕鬆的樣子這麼告訴桐山，但能在他的雙眼中看見強烈的意志。他直到剛才好像都還不懷疑桐山的樣子，似乎察覺到風向轉變了。

「……我知道了。請你們到此為止吧。」

領悟到已經沒有退路的桐山，像是放棄掙扎似的如此主張。

「這話是什麼意思呢？」

「就是沒有必要叫證人過來。我承認這次向立花發出指示的人是我。」

「沒想到你居然是犯人呢。那就請你回答吧，為何要做出這種事？」

似乎有所覺悟，桐山看來並沒有顯露慌張的模樣。

「雖然對鬼龍院很抱歉，但為了達成目的，非得是妳不可。」

「非得是我不可？」

「我說是南雲要我傳令，叫他為了賺點數做些工作，立花便很爽快地答應了。畢竟第二學期也快結束，他相當著急吧。甚至沒有起疑。」

如果是身為南雲親信的副會長桐山來傳話，也難怪他會相信吧。

「我騙他們的大綱是這樣的。假如沒有被鬼龍院發現，成功把竊盜罪栽贓給她，就會給他們升上A班的門票。倘若失敗這個約定當然就無效，不過還是會給他們點數。」

「這謊言還真大膽啊。倘若山中成功了，你的謊言立刻就會曝光了吧。」

南雲的指謫很正確，立花與山中會立刻去要報酬的門票吧。然後桐山傳達假命令一事應該會在轉眼間眾所皆知吧。

「我可是跟鬼龍院同班了三年，很清楚她的性格和實力。我判斷山中這種程度的人不可能在動手腳時不被發現。」

這就是非得是鬼龍院不可的理由，還有選定動手腳一定會失敗的對象。

「也就是說你從一開始就知道會穿幫嗎？但我真不明白啊。要說你的目的只是惹我生氣，也太大費周章，而且對你沒有好處。」

「也就是說，他的目的是把鬼龍院學姊栽贓成竊盜犯——這種想法本身就是錯的呢。」

七瀨在會議紀錄上做筆記，同時連連點頭表示贊同。

「沒錯，我也早就知道在妳逼問山中，聽到南雲名字時，為了跟南雲直接談判，會先來找身為同班同學的我預約時間。我真正的目的是調整那個預約時間，讓妳在某個時間點找上門來。」

因為當時那種狀況下我也在場，所以立刻就能看出桐山的目的。

「學生會選舉——看來桐山學長的目的就是在事前破壞那場選舉呢。」

「不愧是你啊，綾小路。果然有被堀北學長看中的實力。」

應該一直在釐清狀況的南雲，也理解了桐山的企圖與目的。

「也就是說你打算揭過去曾經順手牽羊的帆波瘡疤，想讓她辭退嗎？」

「對，雖然也可以由我個人來指出她過去的問題，但判斷那樣沒什麼效果。也計算到如果是非常厭惡那類犯罪的鬼龍院，會毫不留情地吐出能夠刺痛一無所知的一之瀨心靈的話語。」

儘管感到傻眼，鬼龍院仍稍微替桐山送上掌聲。

「看來我似乎完全受你操弄了啊。被你擺了一道啊，桐山。」

拜堀北學為師，而且作為南雲的左右手擔任副會長至今的桐山，他的目的與預測似乎非常準確。他假裝是偶然傷害一之瀨的自尊心，為了讓她覺得自己不適任學生會長，利用了鬼龍院。雖然鬼龍院的能力是不遜於堀北學的強者，但她個性孤僻沒有朋友，是個孤高的人物。因此在情報戰的觀點中具備極為脆弱的部分。這是熟知南雲與鬼龍院性格的桐山才想得到的戰略。

「不過在我意料之外的是，一之瀨在那個階段就決定離開學生會了。若能更早知道這件事，我就沒必要冒險了。」

縱然不扯到順手牽羊的事情，學生會選舉也會取消，確定由堀北繼任。

「桐山，為什麼？你不惜冒險也想讓學生會選舉中止的理由是什麼？」

「南雲，你不明白嗎？因為我忍受不了你擅自妄為的行動。假如一之瀨不打算辭掉學生會，就那樣進行學生會選舉會有什麼後果？與綾小路的對決讓你興致勃勃，拿大量的個人點數當賭注。而且如果是為了贏得勝負，你甚至會毫不猶豫地用點數買票吧。」

的確，南雲擁有龐大的資金。萬一他知道自己陷入苦戰，就算使出買票的戰略也不奇怪。

「我真是不懂啊，這筆多出來的錢跟已經確定獲勝的你無關吧？」

「跟我無關？我的確從你那邊獲得了升上A班的門票。但你以為我至今因此背負了多少精神上的負擔？遭到班上同學嫉妒，過著一直被他們怨恨的生活。那是一段令人難以承受的時間。」

桐山瞪著南雲的那副眼神，蘊含著他從未表現過的真正憤怒。

「如果你能把為了自己的餘興投入的個人點數多用在同年級的人身上，就能把更多學生拉拔到A班。明明如此，你卻只為了自己的欲望，只為了自己想戰鬥，把三年級生們用血汗凝聚的個人點數都砸下去？胡說八道也該有個限度。」

防止個人點數無謂的外流——這就是桐山的目的。

「桐山，我之前都不曉得啊。你居然一直在替其他人著想。原本以為我至今給過門票的人，都是些認為只要自己能在A班畢業就好，自我中心的強者啊。」

南雲感到佩服似的稱讚桐山。

至於是否所有人都會把這番話當成稱讚，就另當別論了。

「堀北學長以及綾小路。我只是覺得你再繼續進行對三年級而言沒必要的戰鬥，讓我很不愉快罷了。」

「我明白你想說的話了。但對於背叛我這件事，桐山你應該做好覺悟了吧？」

南雲擁有剝奪權利的權限，反抗南雲的桐山將失去門票。

「這是我明知故犯的行動，隨你處置吧。」

「對桐山的處罰就交給南雲吧，那樣的制裁大概就足夠了吧。」

做出這個結論的鬼龍院很快準備離開學生會室。

「請等一下，鬼龍院學姊，事情還沒結束。」

「我還以為學生會長的戲分已經結束了耶？」

「不，事情沒那麼簡單。這次的事件是向學生會提出的案件，我認為南雲學長個人沒有制裁桐山學長的權利。而且還留著謎團。」

「謎團？還有什麼沒解決的嗎？」

「桐山學長企圖栽贓竊盜罪給鬼龍院學姊。而且設計成那件事會敗露，鬼龍院學姊會來到學生會興師問罪的狀況。他的目的是破壞學生會選舉，也就是喚起一之瀨同學對順手牽羊的心理創傷，讓她辭退。」

包括本人的自白在內，這個假設應該沒有錯吧。

「不過，他應該沒必要冒這種風險。倘若想阻止學生會選舉，除此之外也有好幾種方法。如果要利用順手牽羊的過去，也可以在沒人會看到的地方與一之瀨同學接觸，催促她辭退。明明那樣做比較安全且確實。」

「是桐山沒有想到這些——這應該不太可能吧？」

被勾起興趣的鬼龍院回到原本的位置。

「這樣會留下他為何要特地背負那種風險的疑問。該不會桐山學長早就抱持著今天會在這裡被查明是真凶的覺悟？」

桐山沒有回答，只是注視著身為學生會長的堀北。

「我認為他應該是想把這個事件公開，提出這個問題。今天不只是我，而是召集了所有學生會成員來這裡，還有找綾小路同學過來。妳一開始就說過這是桐山學長的指示對吧？」

原本以為是鬼龍院提議要控告學生會，但在她進來學生會室沒多久，被堀北這麼詢問時，她疑惑地歪了歪頭，是因為那是桐山想到的事情吧。

像是要忽略那個疑問，催促鬼龍院推進話題的也是桐山。

「堀北，雖然只是一瞬間，我好像在妳身上看到了堀北學長的影子，真是不可思議啊。」

彷彿在讚賞堀北的推理說中了，桐山這麼告訴她。

「即使不曉得發揮了多少效果，但妳說得沒錯。對南雲抱持不滿的學生一天比一天多。就算

告訴他本人這件事，我的發言他也聽不進去吧，不對嗎？」

「或許吧。」

南雲沒有否認，真要說的話，還比較偏向承認。他至今也一直對桐山不理不睬吧。

「南雲學長，雖然我覺得做法有很大的問題，不過真相似乎是這麼回事。」

「南雲，你要怎麼做？這次的責任是你的任性造成的，打算只推給桐山負責嗎？」

「說得也是啊。的確，我原本斷定這次的事情與我無關，但就剛才聽到的這番話來思考，大概也不能那麼說吧。」

我心想南雲不知會做出怎樣的結論，只見他將視線從桐山身上移開，看向堀北。

「鈴音，這次能找出真相是妳的功勞。正因為這樣，這件事就當成學生會案件，由妳來進行判斷然後做出審判吧。」

「……由我來決定無所謂嗎？」

「坐在那裡的不是裝飾品吧？我會服從妳的判斷。」

見證了一切的堀北會做出怎樣的判決呢？

「那麼我以學生會長的身分宣告。這次的事件首先請桐山學長向鬼龍院學姊誠摯的謝罪。還有無論背後的內情如何，都應該嚴肅地面對把毫無關係的山中學姊與立花學長捲進來，試圖讓他們犯罪並嫁禍給別人的事實吧。只不過如果向校方報告，將無法避免事情鬧大，因此希望能請學長自主停學一星期左右，進行反省。」

學生會沒有權利讓學生停學或退學。就算做出那樣的判決，也必須獲得校方的承認。因此才會是自主停學。

要裝病請假或用什麼方法都行，總之就是關在宿舍裡好好反省。

「此外雖然南雲學長沒有直接的責任，既然締結了契約，我認為還是具備一定的管理責任。南雲學長應該擁有剝奪桐山學長轉班權利的資格，但請你跟我約定這次不會行使那項權利。」

「還真是大膽的要求啊。」

「學長大可拒絕，不過你會服從我的判斷對吧？」

「畢竟這次我也不想嚴厲地責備桐山嘛。只是這樣就好了嗎？」

「不，要是就這樣讓事情結束，難保不會再次發生同樣的事情。因此我要再附帶一個條件，就是今後學長從三年級生那邊收集的個人點數，只能為了三年級生們使用。」

南雲至今一直在自己的王座上恣意妄為吧。

他應該在我們不知道的地方使用了大量的個人點數，還有為了針對堀北學和其他年級的玩火遊戲砸下重金。這是今後禁止他這麼做的措施。

「如果那是學生會的意向，我就服從吧。」

「南雲，你還真乾脆啊。還以為你不會答應那個條件。」

「因為基本上鈴音——不，是學生會長說的話很正確嘛。」

他其實是個比我所想的還要正經的學生會長嗎？

「那樣南雲真的能接受嗎？你擁有可以貶低我的力量。」

「這是學生會長決定的事情吧，要是反抗她的決定就太不知趣了。」

又或者南雲是肯定了桐山展現出來的本性也說不定。

「你是認真打算讓這次的事情就這樣結束嗎？」

「這次的事情讓我也清楚地明白了一件事，就是我沒有那個機緣啊。」

南雲像是放棄了什麼似的，露出一臉無聊的表情。但他無意再繼續說下去。不過另一方面，桐山的表情看來不像已經放棄掙扎，也沒有事情都被揭發後感到豁然開朗的樣子。他似乎在思考別的事情，也像是在放眼未來的樣子。

「那麼本次事件就此解決，告一段落。另外，這次的事情還請各位守口如瓶。」

在學生會長這番宣言後，一連串的事件全部解決了。不過，還不曉得所有事情是否真的就這樣結束了。桐山在最後露出的那個意味深遠的表情，究竟是怎麼回事呢？

2

在特別考試結束的隔天，終於迎向了第二學期的休業式。

在體育館聽完老師們的致詞後，學生們回到班上，簡單地表揚在社團活動的大會中獲得優秀成績的學生，然後聆聽寒假的注意事項。

之後茶柱老師發表特別考試的結果。

所有人都緊張地嚥下口水後聽到的結果，是自己班級獲勝的報告。

那一瞬間，響起了甚至響徹到隔壁班的歡呼聲。

各班因勝負而變動的班級點數僅僅五十點。

我們成功獲得了這筆重要的班級點數。

幾乎就在同時，我的手機收到兩則訊息。

一則是一之瀨傳來慶祝我勝利的『恭喜』。

另一則是——

「從明天開始的寒假，你們第一天別太勉強自己，先讓因為用腦過度而發燙的腦袋冷卻下來

也很重要。」

在班上同學依舊沉浸在喜悅中時，聽到茶柱老師這麼告知，然後解散。

讓我印象深刻的是離開教室的茶柱老師看來也很高興的瞇細了雙眼。

還有這次的特別考試就跟事前通告的一樣，可以詳細知道各班學生是由誰解答了哪些問題，又答對了幾題。

除此之外，也公開了參加考試的順序與用掉的可用時間。

只要看到這些，不僅可以知道有努力的人，還能推測出班級的戰略吧。

這對同伴和勁敵來說，肯定都是很好的資料。

因為也能透過手機確認詳情，晚點再來慢慢確認好了。

我瞥了一眼立刻去看結果並騷動起來的學生們，先一步離開了教室。

惠始終很在意這邊。

在昨天錯失時機後，惠直到現在都沒跟我聯絡。

只不過從她到剛才還在窺探這邊樣子的情況來看，似乎試圖與我接觸。

如果她很難在有許多人的地方向我搭話，我應該換個地方吧。

即使我要採取行動，現在的惠不僅還處於不穩定的狀態，也欠缺決定性的關鍵。

就算一直持續這種疏遠的狀態，也不能期望她有所成長，所以這也是無可奈何。

如此心想的我決定暫且離開教室，但……

「你要一個人回去嗎？」

我來到走廊上，追過來的人不是惠，而是堀北。

「這樣好嗎？獲勝的關鍵人物居然這麼快就溜出教室。」

「我等下會再回去。有些話想跟你聊一下。」

堀北這麼說並追上我，跟我一起邁出步伐。的確，堀北手上沒看到書包等東西，似乎可以確定她等一下還會回教室。

「這次的特別考試妳用了很有意思的作戰啊。」

「雖然不知道我的做法是不是最有效率就是了。」

堀北擬定的戰略，就是從讓啟誠當第一棒挑戰問題的學生開始。啟誠在同年級中也是成績頂尖的學力A學生。堀北要啟誠迅速地解答完最少必須解答的兩個問題，然後利用剩餘時間傾注全力在閱讀題目上。

這麼做的目的是為了讓在後面等待，學力較低的第二棒學生解答簡單的問題。

讓學力高的學生與學力低的學生輪流作答的戰略。

只不過在一般情況下無法採取這種戰略。因為考試中禁止交談。也不能準備手機、筆記和便條紙這些東西。

不過要說這樣完全沒有漏洞嗎？從結果也能知道，答案是ＮＯ。

上一個學生在教室裡獨自解答問題的期間，下一個學生會在走廊上等待。

也就是說在解答完問題離開教室時，雖然只有一瞬間，兩人會有碰面的瞬間。

教室的出入口有兩處，假如規定進去時要走前門，出來時要走後門，儘管會產生一段距離，堀北也想了對應這個問題的策略。

只要彼此有一瞬間可以確認到對方就行了。在確認到時利用雙手比手勢來傳達幾個應該解答的問題候補，讓後面的學生去挑戰。

如果是第五十五題，就伸出右手比兩次布給對方看。如果是第六十九題，就先用雙手秀出六根手指後，再次伸出雙手豎起九根手指。

雖然就規則來說不能說出任何關於問題答案的事情，但堀北已經事前確認過即使用手勢傳達應該解答哪個問題，也不會牴觸到規則。

只是在表示要解答哪個問題的指示不算是與解答相關的作弊行為，也有遵守不能說話這個規定。只要重複這個行為，學力較低的學生們就能省下尋找問題的時間，專心地仔細解答問題。

「不過還真是好險呢。該說不愧是坂柳同學班嗎……因為我們班聚集了很多學力較低的學生才能在總得分上獲勝，不然答對率是不如他們的。」

堀北班的答對率是百分之七十二，相對之下坂柳班則是百分之八十六。

也就是說在相同條件下，如果是單純一題可得幾分的比賽，堀北就會落敗了。

「她應該很不滿吧。畢竟該做的事情都做了，卻還是敗北。」

坂柳班經常在期中考和筆試時保持第一名的位置，這次也證明了這一點。

「雖然答對率不如他們，但勝利就是勝利，妳沒有必要感到悲觀。」

實際上獲得班級點數的是堀北班，失去點數的是坂柳班。

而且答對率有百分之七十二肯定也是很了不起的成就。

「我當然沒有感到悲觀，只是覺得很不甘心而已。」

看來好像是我多管閒事了，反倒該說她似乎燃起了更強烈的競爭心。

「話說回來，最近輕井澤同學沒什麼精神呢。雖然她還是很認真地埋頭苦讀，不過發生了什麼事嗎？」

「沒什麼。硬要說的話，或許有點類似在冷戰中吧。」

「那樣不能說是沒什麼吧。你們居然會吵架，還真稀奇呢。」

「男女之間的交往時間一久，也會碰到這種狀況，這也是很好的經驗。」

似乎不喜歡我的回答，堀北露骨地蹙起眉頭，一臉疑惑的樣子。

「如果她在不穩定的精神狀態下也能好好參加讀書會，而且在正式考試時留下成果，那是件好事。」

「也可以說她是在精神上被逼入絕境，甚至要埋頭在原本討厭的用功念書上吧……輕井澤同學的士氣很容易影響到班級，請你早點跟她和好吧。」

堀北身為領袖，應該希望能進行穩定的班級營運吧——唉，算啦。

我目送堀北回教室後，決定打道回府。

3

這次的特別考試，堀北打敗坂柳獲得勝利一事，很快就會成為熱門話題吧。儘管這次考試還包含了跟ＯＡＡ相關的下剋上要素，並非單純的學力勝負，但一樣是在直接對決中獲勝了。

不用等到學年末考試，坂柳班與堀北班的差距就縮小了一百點。另一方面，被迫陷入苦戰的則是龍園班。雖然他們估計以學力贏不了，企圖用施加外部壓力的戰略來擾亂對手，但一之瀨冷靜接招，確實地獲得了勝利。

一方面也因為一之瀨辭掉學生會，龍園應該認為她在精神上會很不穩定吧，但看來一之瀨並未崩潰。

就算這樣，也不能斷言是龍園判斷失誤。

或許有人會認為龍園也應該像堀北一樣命令同班同學認真念書，但與至今一直廣泛地打下了基礎的堀北不同，龍園班在這方面應該沒什麼成長的餘地，要靠短暫的學習期間追上來應該相當困難吧。

因為在苟延殘喘的狀態下獲得勝利，雖然只是一丁點，但一之瀨班也還留有升上A班的可能性，四個班級的戰爭要留待第三學期以後分出勝負。

我在玄關鞋櫃處換穿鞋子，來到校舍外面後，看到要等的人已經來了。

「特地在休業式這天找你出來，實在非常抱歉。」

在結果公布後沒多久就傳訊息給我，表示想見我的人物就是二年A班的坂柳。

「我可沒聽說一之瀨也會來啊。」

沒想到傳了訊息給我的兩人，居然會這麼湊巧地聚集在同一個地方。

「坂柳同學，這是怎麼一回事呢？」

看來一之瀨似乎也沒有聽說我會過來，她露出一臉不可思議的表情。

「總之我們先離開現場吧，畢竟這裡有點引人注目。」

因為是玄關前，很難避免接下來會擠滿一堆準備放學回家的學生們吧。

「首先是綾小路同學，恭喜你在這次的特別考試中獲勝。」

「話雖如此，這次算是僥倖獲勝。如果是一般的筆試，輸的就是我們。」

「你是說答對率嗎？那是兩回事，畢竟我落敗這件事依舊不變。」

與其說謙虛，不如說她坦率接受了這個自己已竭盡所能後的結果，也能窺見A班的從容。

「還有打敗龍園同學的一之瀨同學，表現也相當精采。」

「我們只是很普通地做了應該做的事，沒有做什麼特別的事情喔。」

「光是你們沒有屈服於龍園同學的妨礙，就十分了不起了。老實說按照我當初的評估，勝負的結果可能會不分上下。然而結果揭曉後，卻是一之瀨同學班大獲全勝。這是領袖沒有動搖，準確地發出冷靜指示的結果吧。」

看來坂柳似乎也預測到一之瀨會冷靜應戰吧。

不只是單純的學力差距，坂柳讚賞這是冷靜的對應方式帶來的勝利。

「是這樣嗎？不過受到坂柳同學稱讚總覺得有點開心呢。」

「一之瀨同學變得相當積極樂觀呢。感覺一定是最近發生了什麼事情。」

從坂柳找我過來這裡一事來看，她可能察覺到什麼了吧。

因為坂柳無法親自去收集情報，所以她總是彷彿布下蜘蛛網一般，利用眾多學生企圖收集情報吧。

在健身房度過的假日。在咖啡廳度過的時間。去程與回程。

一之瀨在我房間前一直等著我的那天，就算有幾個人目擊也不奇怪。

「我在船上也對妳說過類似的話，妳還記得嗎？」

坂柳這番話不是對我，而是對一之瀨說的。

「要是陷得太深可能會害到自己。好像是這樣？」

「沒錯。今天找兩位過來這裡，就是為了傳達這件事。我是來給對綾小路同學抱持淡淡愛慕的一之瀨同學最後通牒的。」

坂柳好像已經理解到一之瀨暗戀我，但這件事本身沒什麼好驚訝的。

「妳應該現在立刻與綾小路同學保持距離。」

「這就是坂柳同學的最後通牒？」

儘管已經正式告白，但突然在這裡被第三者宣告自己愛慕的對象。

如果是一般人，感覺多少會動搖一下，不過一之瀨並沒有露出動搖的樣子。

「沒錯。」

「我不是很懂呢。為什麼我必須跟綾小路同學保持距離呢？不管抱持著怎樣的感情，以朋友身分跟他相處應該沒有問題吧？」

「如果真的是可以只當朋友，或許另當別論吧。不過就我看來，實在不覺得一之瀨同學會滿足於只當朋友。」

「要怎麼解釋都是妳的自由喔。但是只要沒有被綾小路同學拒絕，我完全不打算改變現在的

想法呢。」

「看來已經侵蝕得相當嚴重呢。妳快被他控制了。妳明白照這樣下去遲早會自取滅亡嗎？」

「啊哈哈哈，妳說的話還真有意思呢。」

「我是很認真在擔心妳，實在不忍心看妳逐漸陷入沒有救贖的深淵當中。」

「坂柳同學，妳不用擔心喔。我並沒有被綾小路同學控制。」

原來她能夠露出這麼冷淡的眼神啊——

一之瀨露出至今不曾見過，甚至讓人不禁這麼心想的表情站在我的身旁。

「坂柳同學，妳的意圖很明顯。是妳想要控制我，把我當工具人利用吧？所以才會像這樣試圖勸阻我吧。」

「原來如此，也能那麼解釋呢。」

「然後還有一點。其實妳也把綾小路同學當成特別的人，非常注意他，因此覺得我的存在有點礙眼……難道不是嗎？」

對於露出微笑的一之瀨，坂柳的動作有一瞬間停住了。

到目前為止無論何時，坂柳總是站在高人一等的位置，這是她難得展現出來的動搖嗎？

「我的確也是用特別的眼光看待他，但跟妳的特別不一樣。」

「這可難說吧。即使妳沒有自覺，我認為應該就是那麼回事喔。」

一之瀨從正面抨擊坂柳的否認。

「好吧。既然妳都這麼說了，我就不再多嘴。只先告訴妳一聲，即使之後感到後悔，就憑我也已經無法幫助妳了。」

雖然坂柳這麼總結，但聽到本人的意思，她的警戒心應該上升了一階吧。因為她盲目相信著戀愛，認為如果是重病之後的失控還算是可愛的吧。

不過狀況開始產生超乎想像的變化。

對內側的善跟以前一樣，但對外側的善完全轉變成惡。

一直沉淪的一之瀨班在這邊展露強悍的一面，甚至讓人產生他們即將反攻的預感。

坂柳應該切身感受到了這點。

為何我會這麼認為呢？這是因為我本身正在此刻不由得產生了這種想法。

「待會兒我們班要到櫸樹購物中心集合，舉辦慶功宴。我差不多可以回宿舍了嗎？」

是打算換一下衣服後再次集合嗎？一之瀨這麼回答。

「嗯，再繼續挽留妳就太不知趣了呢。」

請便——坂柳讓出一條路，於是一之瀨朝我揮揮手便前往宿舍。

剩下我跟坂柳兩人被留在現場。

「想不到居然會以這種形式重新評價一之瀨同學呢。」

看來坂柳似乎也沒料到她會有這麼大的改變。

劇藥產生的副作用——不，是副產物。

「如果是深受信賴的一之瀨同學，感覺能作為我的手腳發揮優秀的作用，真是遺憾。」

「妳的企圖落空了啊。」

為了影響他人，我一直放寬視野展望大局，但這樣的我也有還無法理解的領域。

戀愛這種概念有可能甚至對人的理性和本性造成影響。

也就是說戀愛可能會輕易引發意料之外的發展。雖然很難以置信，但它的確是如此不可思議且超越常識的感情之一。

一之瀨帆波是否適合擔任領袖，是否適合擔任參謀。

跟這些領域又是另外一回事。

一之瀨的能力原本就不差。

還記得她在干支考試中展現的周旋方式也十分出色。

就個人隱藏的能力來說，她具備足以對抗堀北、龍園與坂柳的可能性。

或者根據情況，她說不定還能創造在那之上的意料之外。

「我沒能看穿她居然隱藏著那樣的能力。不過，要是她本身沉溺在那種力量中，結果還是一樣，最後的下場會十分悲慘吧。」

「妳原本以為如果是妳就能阻止她嗎？」

「不，我從一開始就無意阻止，差別只在會是誰弄壞她。」

坂柳當然沒有把一之瀨當成同伴看待。

只想把一之瀨當成方便的棋子利用，等一之瀨作為消耗品的任務結束後就處分掉而已吧。

「那麼再見了，我最近『也』會去綾小路同學的房間打擾。」

果然掌握著一之瀨情報的坂柳故意透露她的意圖，這麼回答了。

一抹不安

第二學期的休業式結束這天。

特別考試結束，學生們期盼已久的時刻終於到來。

雖然不能說是像暑假那樣的長期休假，但對大半學生而言仍是值得欣喜的時期。日夜埋頭苦讀的生活也帶來在與A班的直接對決中獲勝的結果，付出的辛苦有了回報。

從明天開始的寒假肯定會成為快樂的時光。

班上除了一個人之外，每個人都這麼心想。

身為唯一那個例外的輕井澤惠發出憂鬱的嘆息，跟摯友佐藤麻耶一起來到櫸樹購物中心。原本就擅長虛張聲勢的輕井澤跟綾小路吵架後，在學校仍然會裝出平靜的樣子，也不忘集中精神認真學習。

因此周圍的人無從得知輕井澤一直在煩惱。身為摯友的佐藤也是其中之一，但佐藤不只關心輕井澤，也經常在觀察綾小路，因此她有發現平常距離很近的兩人異常生疏。

只不過她沒想到原因是吵架，只以為是輕井澤為了集中精神念書才刻意保持距離，因此沒有深入追究，就這樣來到這天。

「唉……」

「妳從剛才開始就一直在嘆氣呢。好不容易可以暫時不用念書，輕鬆一下。怎麼了嗎？」

「嗯？是、是嗎？沒什麼啦。」

雖然輕井澤至今一直小心地避免被人發現異樣，但或許是從念書和考試這些不擅長的領域中獲得解脫，讓她鬆懈了下來吧，她發現自己在不知不覺間反覆嘆氣。

「……真的嗎？」

「真的、真的。」

儘管輕井澤用堅強的態度這麼回答，佐藤的疑慮仍然沒有消除。

「我問個不解風情的問題，妳今天本來是打算跟綾小路同學一起行動吧？」

「咦——」

「因為從明天就開始放假啦。一般應該會兩人一起出去玩吧？篠原同學與池同學還很開心的手勾著手說要去看電影呢。」

佐藤指出輕井澤沒有事先約定就來邀自己一起玩很奇怪。輕井澤心想自己失策了，但相反地也覺得自己會表現在態度上，是因為內心某處想要找佐藤商量煩惱。

輕井澤微微點了點頭，然後直接路過開始熱鬧起來的咖啡廳。

兩人在位於櫸樹購物中心二樓的休息區附近的長椅上坐下。

「欸，小麻耶，有點事想找妳商量……」

「嗯，沒問題喔。」

佐藤豈止不討厭，甚至像是等這一刻等了很久似的幹勁十足。

「我跟清隆的關係說不定有一點陷入危機了……」

「咦、咦咦！是這樣嗎？」

仔細確認過周圍沒有人的輕井澤吐露出堆積在內心的心情。

沒想到會掉下一顆炸彈的佐藤差點要摔倒似的大吃一驚。她看來並非故意做出誇張的反應，咳了兩聲清喉嚨，同時恢復成原本的姿勢。

「妳說關係陷入危機……是指可能會分手嗎？」

「雖然我希望沒那回事……可是……最近卻覺得好像會變那樣。」

輕井澤比想像中更嚴肅的表情讓佐藤無法掩飾動搖，說不出話來。

儘管如此，為了避免現場氣氛過於沉重，她明智地擠出話語。

「小惠跟綾小路同學吵架了，但一直無法和好，就這樣拖到現在——該怎麼說呢，你們吵得那麼厲害嗎？」

如果只是一點小爭執，感覺最久也只要過幾個小時就會和好。

然而輕井澤露出看來很嚴肅的表情。正因為佐藤原本以為兩人交往後感情一直都很好，所以無法澈底掩飾她的困惑。

「我覺得只是小吵架，但說不定清隆並不是那麼想。」

輕井澤發出感覺很憂鬱的嘆息，同時靜靜地點了點頭。

「那次吵架之後，你們就沒有兩個人好好談過嗎？」

輕井澤告訴佐藤，他們並非這兩天才吵架的。

只不過輕井澤似乎還不想說出內容，她並沒有提及原因。

「已經放寒假了不是嗎？而且我也按照清隆說的很努力念書，在考試中四個題目也答對了三題。我想說這樣應該沒問題……所以昨天考試結束後，下定決心試著向他搭話……」

「然後呢然後呢？」

「結果堀北同學來了。因為南雲學長在找他們就走掉了。今天也是本來想在休業式結束後向他搭話，但堀北同學又先找他搭話……」

三番兩次都這麼不湊巧的狀況，讓佐藤按住額頭。

「那麼結果妳一直無法跟他講到話，然後就到了現在呢。」

「嗯。」

「可是看不出綾小路同學有在生氣或鬧彆扭的樣子耶。」

「那傢伙平常就面無表情，而且態度也不會變。」

這也讓輕井澤的判斷變遲鈍了。她反省著如果綾小路能露骨地表現出在生氣的反應，自己也能更早下定決心向他道歉吧。

「希望妳聽了不要生氣，但情侶吵架不是常有的事情嗎？」

在特別喜歡討論戀愛話題的女生之間，這是定期會出現的關鍵字，這件事本身絕不算稀奇。

而且大部分都是因為瑣碎的問題變得有些尷尬而已，很多情況都稱不上是吵架。佐藤想先確認是不是屬於這種情況，可是無法立刻就深入核心。

「唉，妳想想，不管是誰都會跟人吵架啦。雖然我完全無法想像綾小路同學生氣的模樣……他那時生氣了嗎？」

佐藤戰戰兢兢地詢問，輕井澤立刻左右搖了搖頭。

「生氣的是我。」

「啊，嗯，這樣呀。」

佐藤原本以為可以聽到綾小路令人意外的一面，但立刻打消這個念頭。

「那麼是一直持續著小惠單方面在生氣的狀況？」

假如是這樣，要平息爭執的方法很簡單。

佐藤認為只要輕井澤露出笑容原諒綾小路，兩人就能和好如初了。

「不是那麼……一回事啦……」

「如果方便……可以告訴我你們吵架的內容嗎？」

不知道這點，就無法更深入理解狀況。

輕井澤也相信佐藤會認真傾聽，便決定告訴她起因。

事情的開端是在某個星期六晚上，輕井澤打算約綾小路去買聖誕禮物時。

她得知綾小路要在假日跟一之瀨出門，不禁火冒三丈。

無法完全相信背後一定有什麼理由和想法。

聽完狀況的佐藤靜靜地閉上雙眼。

然後以手心用力地拍了一下自己的雙膝。

「原來如此……這肯定是綾小路同學不好呢！」

佐藤發出的是沒有任何揣度，身為女生最純粹的想法與意見。她充滿自信地這麼回答。

「對、對吧！」

因為佐藤站在自己這邊，輕井澤的表情也稍微明朗了起來。

「這是當然的呀。明明有正在交往的女友，無論有什麼內情，跟其他女生兩人一起在假日出門這種事都不能原諒！要就拒絕，不然最少也得讓小惠或其他人同行才行！」

會生氣也很正常。豈止如此，這可是應該生氣的事。

「居然毫無愧疚之意地跟一之瀨同學見面……而且不肯告訴妳內容……」

從聽說那件事後到今天為止，輕井澤不曉得有多不安與擔心。

儘管如此她還是按照指示埋頭念書，忍耐到了今天。

「我說一之瀨同學她呀……應該沒有跟某人交往吧？」

自己一個人背負不了的不安。

某人。那並非指綾小路，而是輕井澤希望有某個正在跟一之瀨交往的男生，是這種想逃避的感情讓她這麼說的。

「……我沒聽說過呢。畢竟她在學校很受歡迎，又是個知名人物，如果跟某人在交往，我想大家應該很快就會知道……吧。」

「……我想也是。」

輕井澤早就明白這點，重新確認這件事後，她低頭望向下方。

「唔唔唔……！」

佐藤實在忍耐不住，伸手抱住輕井澤。

「慢著，小麻耶？」

「小惠又沒有做錯什麼！」

「……謝謝妳。可是，我果然也有不好的地方吧。如果能更老實地聽清隆的話，理解他的苦衷……應該就不會像這樣吵架了。」

要是用笑容回答那就下星期一起去買聖誕禮物吧，勾住他的手臂就好了。

輕井澤相當懊悔，心想如果能回到過去一定會這麼做。

從佐藤的角度來看，輕井澤惠很可愛。單純就外貌來說也是名列前茅的女生。

剛入學時佐藤也曾認為輕井澤是個愛蹭平田的輕佻女生，高傲又蠻橫，總想展現優越感，個性很惹人厭，有一段時期在內心很討厭她。儘管如此，在喜歡上同一個人，然後互相敞開心房的現在，佐藤能夠明白。輕井澤只是在逞強，開始覺得她有著與外表相反的可愛個性了。

即使有其他女生想追綾小路，佐藤也能充滿自信地主張輕井澤不可能輸。

只不過那個對象偏偏是一之瀨，就另當別論。

假如一之瀨對綾小路抱持好感。

她無法消除綾小路拋棄輕井澤，改選一之瀨的可能性。

「欸……要不要向一之瀨同學班的人探聽一下消息呢？」

雖然有可能看到可怕或不想看的事情，但就算之後跟綾小路和好，倘若又發生同樣的狀況，只會再次感到擔心與不安。

倘若能在這邊知道一之瀨完全沒有那個意思——

「就拜託——唔，不，還是算了。」

儘管如此，更害怕知道答案的輕井澤還是拒絕了佐藤的提議。

然後她像要甩開陰沉的心情般，氣勢猛烈地站了起來。

「嗯，我決定不再想這些了。現在就跟小麻耶一起玩個夠，等到了晚上就去見清隆，然後一定、一定要跟他和好！」

「就是這股幹勁！我會支持妳的！」

兩人相視而笑，隨後輕井澤拿著的手機震動了一下。

有一瞬間以為是綾小路主動聯絡自己的輕井澤興奮地點開聊天室。

「咦——」

「怎麼了嗎？」

看到手機的畫面，輕井澤停下腳步，表情凍住了。

佐藤立刻一臉擔心地注視著她。

「小惠？」

即使再次呼喚她的名字，輕井澤也彷彿時間停止了一般，動也不動地一直看著手機的畫面。

心想不知發生什麼事的佐藤從那樣的輕井澤身旁偷看手機畫面。

「唔……」

看到顯示在畫面上的照片，佐藤跟輕井澤一樣僵住了。

「這、這是誰傳來的？」

「……是小寧寧……」

因為森寧寧傳來的聊天室訊息附帶了照片，拍的正是目前話題裡的兩人。

是綾小路與一之瀨邊聊天邊從健身房出來的光景。

正好就是此刻位於長椅前的兩人正前方便能看到的健身房，還有其入口。

「這、這是什麼時候的照片？」

「……我問問看。」

她慌忙地透過聊天室向森進行確認，得知那是前天傍晚的事。

是輕井澤等人為了做最後衝刺，與堀北他們正在認真念書的時間。

「為什麼——」

「可、可能是碰巧在這邊遇到……應、應該是這樣吧？」

雖然佐藤拚命地像要打圓場一般這麼回答，但照片很明顯是他們從健身房走出來的畫面。

「綾小路同學會定期上健身房嗎？」

「我不知道……」

「妳好，輕井澤同學。」

「唔！」

彷彿要對不穩定的精神狀態展開追擊，一之瀨在健身房前向輕井澤搭話。

是先回宿舍一趟換了衣服嗎？一之瀨是便服打扮。

「咦？妳們該不會是來上健身房的？」

「不是那樣……那個，是碰巧來到這裡……對吧？」

「唔，嗯，對。」

佐藤像要附和一般誇張地連連點頭，告訴一之瀨她們剛才坐在長椅上休息。

「這樣子呀，還以為妳跟綾小路同學一起開始上健身房了呢。」

一之瀨宛如想說知道這件事是理所當然的一樣，用若無其事的笑容這麼回答。

「咦——？」

「嗯？怎麼了嗎？」

「……原來一之瀨同學早就知道清隆在上健身房呀。」

輕井澤關掉手機螢幕，將手機收到口袋裡。

「該說我早就知道嗎，是我沒多久前開始定期上健身房。然後跟綾小路同學說了這件事，一起體驗健身房後，他好像很中意這裡。聽說他決定開始上健身房了。」

「這樣子呀……」

輕井澤用彷彿快消失的聲音如此低喃。

「一之瀨同學接下來要去健身房嗎？」

「因為在特別考試中獲勝了，我們班打算大家一起慶祝。原本預定在咖啡廳集合，但我前幾天來健身房時有東西忘了帶走，才想說繞來這裡拿一下東西。」

如此說道的一之瀨露出微笑。

「欸，一之瀨同學，聽說妳前陣子跟綾小路同學兩人單獨見面，是真的嗎？」

既然輕井澤問不出口，就只能由自己採取行動——佐藤下定決心這麼詢問。

「咦？」

「一之瀨同學……妳跟綾小路同學沒有怎麼樣吧？」

「真是的。我跟綾小路同學沒有怎麼樣喔～」

怎麼可能、怎麼可能——一之瀨輕輕揮了揮手，否認這件事。

「……真的嗎？」

儘管如此，佐藤仍然無法消除疑慮，她表現出更深入追究的態度。

即使輕井澤拉著佐藤的袖口想阻止，但她的抵抗並不強。

「嗯。我不會在這種事上面撒謊喔。那時只是請綾小路同學陪我商量關於我們班的事情而已……該不會產生誤解了吧？」

看到佐藤彷彿在瞪人的眼神，還有一臉不安的輕井澤，一之瀨感到困惑。

「雖然我一直覺得輕井澤同學說不定會感到不舒服……對不起。」

一之瀨露出感到抱歉的表情，低頭道歉。

看到她這副模樣，輕井澤也鼓起了把剛才不敢化為言語的想法說出口的勇氣。

「……是關於神崎同學的事？」

從輕井澤口中很自然地冒出神崎的名字。即使一之瀨毫無頭緒，但光是聽到這句話，她就能推理出情況。

「嗯。因為我們班跌落到D班，沒有退路了。也沒有可以靠自己重新振作起來的力量，一直為此痛苦不已。是看不下去的綾小路同學表示他會幫忙想辦法，決定協助我們。妳應該還有聽到小麻子等人的名字吧？」

「小麻子是說網倉同學？這我是不曉得……不過有聽到姬野同學的名字呢。」

綾小路跟一之瀨的疑慮稍微變淡後，輕井澤的語氣也跟著輕鬆起來。

「沒錯沒錯，姬野同學也會幫忙協助班級東山再起。我們正在一起討論這件事。還有其他人也知道這件事，所以妳大可放心喔。」

認為輕井澤應該不知道詳情的一之瀨，為了讓她安心而這麼告訴她。

「可是——我不懂清隆為什麼要幫助一之瀨同學的班級。」

「就是說呀，該不會是有什麼奇怪的理由……」

疑慮還是無法澈底消除的兩人面面相覷，將不安說出口。

聽到這些話的一之瀨點點頭，暫且閉上雙眼。

「是因為利害一致喔。」

「利害，一致？」

「我們班最近因為贏不了，一直很痛苦。在這種狀況下，第二學期的最後又冒出一場特別考試。對手是龍園同學班，我們陷入要是輸掉，跟A班的差距又會拉大的危機。綾小路同學應該是認為與其讓最後一名的我們班輸掉，不如讓以第二名為目標，比較強的龍園同學班輸掉對他來說更有利吧？」

作為綾小路協助一之瀨他們這個勁敵班的理由，這是最能夠讓人信服的回答。一之瀨強調綾小路只是為了打倒更強的勁敵，暫時幫忙支援的幫手而已。

「妳真的真的……跟清隆沒怎麼樣吧？」

「我們沒有任何不可告人的關係喔。」

一之瀨用直率的眼眸斬釘截鐵地斷言，她跟綾小路沒有任何不可告人的關係。

感覺不像是說謊的那個態度，讓輕井澤與佐藤也只能連連點頭同意。

「竟然沒辦法跟重要的女友好好溝通，綾小路同學也有點糟糕呢。但如果是我導致你們的感情產生龜裂，嗯，我會負起責任幫你們斡旋的。」

「這、這就不用了。畢竟我也知道內情了，今天應該可以跟他和好！一之瀨同學，謝謝妳特地跟我解釋。」

「不，別在意。如果又碰到什麼問題，可以跟我說喔。」

一之瀨溫柔地這麼說道後，守望著逐漸遠離健身房的兩人背影。

「輕井澤同學，放心吧。是真的哦，我跟綾小路同學現在還沒什麼。」

那是輕井澤她們的背影聽不見的喃喃細語。

如此低喃的一之瀨接著繼續說道：

「現在還沒什麼，喲——」

一之瀨留下噴在身上的香水氣味，意志堅定地邁出步伐。

1

寒假第一天。這天被厚重雲層覆蓋的天空從早上就一直哭哭啼啼的。

在約好的時間經過大約十分鐘時，龍園撐著傘走近這邊。已經先到這裡等待的一之瀨靜靜地注視著龍園的臉。

沒多久，龍園在可以穿過雨聲聽到彼此聲音的距離自然地停下腳步。

「最近一直是這種天氣呢。」

一之瀨絲毫不追究龍園遲到這件事，向他搭話。

「妳不抱怨我遲到這件事嗎？」

「我沒放在心上喔。因為跟龍園同學約好要碰面時，我就做好至少要等三十分鐘的覺悟了。假如過了三十分鐘你也沒出現，我也打算不客氣地走人嘛。」

一之瀨從容不迫地這麼回答，比起龍園，她似乎更在意天氣。

她傾斜雨傘，稍微抬頭仰望下雨的天空。

「今天大概會下個不停吧。」

「居然特地答應出來見我，妳真是個徹頭徹尾的濫好人啊。」

龍園無視一之瀨那樣的低喃，如此詢問一之瀨。

「如果說是朋友，不知道你是否能接受，但假如有人找自己，一般都會回應對方吧。畢竟這個時間我也還沒安排什麼計畫嘛。那麼你有什麼事情找我？」

「因為我的計畫稍微亂掉了嘛。想說先摸索一下那個原因。」

「你是說特別考試嗎？你們的騷擾讓我有點困惑就是了。」

「就算做類似的事情妳應該也會覺得我們很乏味吧，但這樣正適合我底下那些棋子的個性。如果那是最輕鬆又有效的方法，沒道理不重複使用吧？」

龍園向同班同學發出指示，要他們對一之瀨班的同學糾纏不休地施加精神壓力，還有進行妨礙。當一之瀨班的學生們在教室和圖書館，或者聚集在ＫＴＶ舉行讀書會時，龍園班的人就會強硬地闖入並引起騷動，妨礙他們念書。

雖然綾小路等人無從得知，龍園還有發出其他危險的指示。

例如用金錢引誘學力較高的學生，如果他們答錯所有問題，就會支付報酬。

或是威脅他們假如全部答對，就會有部分同伴感到傷腦筋。

龍園估計倘若是正虛弱的班級，即使平常很團結應該也能開出一個大洞，才採取這個戰略。

「大家的確都感到很困擾喔。」

「我想也是。」

只不過以結果來說，那並沒有造成太大的傷害。

如果要比原本就相差甚大的學力，就算用正攻法應戰，龍園的勝算也很低。

正因為明白這點，他才打算在場外戰鬥，打倒一之瀨班。

「可是你真的認為憑那種做法能夠獲勝嗎？」

「對，我認為可以。」

然而結果揭曉後，卻發現無論哪個戰略都沒有打擊到一之瀨他們。

「這次我是老實地來稱讚妳的，一之瀨。原本以為那種程度的事就能讓你們班崩潰，但看來你們至少比一年級時有進步了啊。」

就石崎等人回報給龍園的報告來看，都是主張他們成功妨礙了一之瀨班。雖然沒有學生老實地接受引誘或威脅，但從顯而易見的動搖來看，他們實際感受到這麼做有一定的效果。

然而一之瀨他們只是在表面上擺出感到困擾的模樣，私底下踏實地擠出時間找機會念書，然後刻意假裝對龍園等人的威脅感到害怕。

「這是誰給你們出的主意？如果是以前的妳應該會中止表面上的讀書會，為了不浪費力氣在我們身上，早早就選擇閉關也不奇怪。對於威脅應該也會正面表示拒絕。你們卻特地一直假裝掉進我們的戰略裡啊。」

假如對手是坂柳或綾小路，龍園也不會感到驚訝吧。

反倒應該會思索如何使出更強烈的一招，來作為理所當然的對策。

正所謂窮鼠齧貓。這是被逼入絕境的弱者的反攻嗎？

為了直接確認這點，龍園才會約一之瀨到這裡見面。

「沒有人給我們出主意喔，龍園同學。我們只是在喧鬧聲中痛苦地一直念書而已。那些語帶

威脅的話大家也是純粹地感到害怕，只是碰巧沒有崩潰而已。」

「用不著在這裡謙虛吧。妳的班級應該很明顯地產生了什麼變化。」

「那並非你們直接的敗因喔。龍園同學你們也應該像我們或其他班級一樣認真學習。用功念書然後獲得分數。就像堀北同學他們打敗了坂柳同學他們那樣。」

「妳只是在有利的考試中僥倖獲勝而已，別講得一副高高在上的樣子。唉，畢竟這次的特別考試實在寬鬆到極點嘛。沒有任何人有退學的風險，只需正經八百地握著筆動手寫答案的考試。這般熱量實在不足以讓我認真起來啊。」

「不能用大家都在用的一般方法嗎？」

「就算花上一兩個星期教導那些蠢蛋，也不能指望他們會有多大的進步啊。我只是判斷踢掉周遭的對手會比較輕鬆且快速。」

在傾盆大雨中，龍園與一之瀨面對面露出笑容。

「但你那樣的判斷結果是錯的呢。」

「雖然被長處只有認真的傢伙給擺了一道，看來下次得更盛大地進行妨礙啊。」

「意思是就算再來一次相同的特別考試，你也不打算改變做法？」

「沒錯，不會改變。我會在場外弄垮你們。」

彷彿想說那就是自己的做法一般，龍園光明正大地回答了。

「這樣呀。看來不管再多說什麼，我們的意見都不可能一致呢。」

「即使是暫時的，但你們以些微之差回到了C班。不過妳應該不會以為這樣就又能贏過我們吧。妳是早就陷入泥沼裡的可悲羔羊，不管在泥沼中怎麼掙扎——不，應該說越是掙扎就會陷得越深，那就是妳的命運啦，沒錯吧？」

「因為最近一直在輸嘛。這番話還真是刺耳呢。」

「我再說一次，這次只是特別考試的內容救了妳。」

「這點我不會否認喔。」

龍園像這樣糾纏不休且硬是要找一之瀨麻煩，有他的目的。

因為他認為像這樣進行對話，就能夠看透對方。然而他卻什麼都看不見。倘若是以往的一之瀨應該會露出的破綻完全沒有出現。

「妳在學年末考試會碰上綾小路那班，那個班級很棘手喔？那可是比我預定摧毀的坂柳還要棘手。也就是說妳無法避免敗北。不只是我啦，坂柳那傢伙應該也跟我一樣，認為一之瀨在學年末就沒戲唱了。」

這次僥倖獲勝的事情等於是無謂的舉動。龍園對一之瀨施壓，要她別抱持希望。

一之瀨沒有立刻回答，她就那樣站在原地傾聽龍園說話。

「站在綾小路他們的立場來看，實在很輕鬆啊。不用對付我或坂柳，能跟小嘍囉戰鬥，然後

獲得大筆班級點數。沒有這麼幸運的事情了吧。」

龍園固執地攻擊一之瀨，無視她的毫無反應，試圖將其逼入絕境。

「的確——倘若在學年末考試中落敗，我們說不定就沒戲唱了。」

要是在直接對決中拉開比現在更大的差距，要在一年內挽回幾乎是不可能的吧。

「所以我就告訴妳在A班畢業的方法吧。」

「有那種方法嗎？」

「妳要通往A班的道路會在學年末考試時斷絕。既然如此，要在A班畢業就只剩下收集個人點數這條路了啊。」

「要拯救四十個人需要一筆天文數字的金額呢。那樣應該不可能吧。」

「沒辦法拯救所有人。不過，如果是一個人呢？只要有兩千萬點就行了。妳具備出自善意向班上同學募款的能力。只要拿信用做擔保，不管是一百萬還兩百萬，他們都會把錢交給妳保管。最後只要利用那筆錢就行了。」

「利用大家寄放的錢轉班，那樣是侵占喔。學校不會承認的。」

「這可難說吧？的確，如果是像我或坂柳這樣的人做出同樣的行為，會遭到處罰。會不由分說地被迫退學。不過假如是妳，變成那樣的可能性很低。」

「為什麼？」

「因為那群濫好人應該會同情妳的心情並體諒妳。就算知道錢被妳侵占，也會告訴校方『那是我自願給她的錢』。倘若沒有人要告妳，就不算什麼侵占。雖然不能說成功機率是百分之百，但要賭能否靠這個方法升上A班，應該有充分的勝算了。」

「這些話還真有意思呢，可是我覺得好像聽夠了呢。」

一之瀨已經察覺到龍園約她出來的理由，她沒有理由繼續留在這裡。

「我們差不多該解散了吧。」

「原本打算之後要跟鈴音和坂柳玩，但要是今後碰到與退學相關的戰鬥，妳的班級也會是我的目標。我會適當地幫忙排除妳拚命守護至今的同伴。」

這句話有一半是虛張聲勢。從龍園的角度來看，他至今仍未把一之瀨當成障礙。

這是在進行牽制，要她安分一點，夾雜著忠告的威脅。

從正面聽到這番威脅的一之瀨露出微笑。

「那麼，我就只要在那之前阻止你。若有必要，就只能請你退學了。」

「咯咯。妳能夠排除我——不，就算不是我也行，妳能夠排除別人嗎？」

天生就是個濫好人的一之瀨，極端地厭惡別人受傷這件事。

這是到目前為止的兩年來，不只是龍園，周遭所有人都有目共睹的一致感想。

「光是變得能夠大大方方地說謊，也表示妳有進步了嗎？」

「你們還真愛跟我這種人聊天呢。坂柳同學也是，龍園同學也是，究竟有什麼必要那麼提防我呢？就如同你說的一樣，我已經沒有退路。明明不是值得讓人在意的存在。」

厚重的雲覆蓋上空，雨聲越來越強烈。

不知不覺間龍園沒了笑容，開始思索一之瀨說的話。

眼前這個女人算不上障礙。自己應該是這麼想，用這種態度在看待她的。

然而冷靜下來一想，會發現自己對她異常執著。

「今後無論對手是誰，我都不會手下留情。為了獲得勝利，我打算不擇手段喔。」

「就算要虛張聲勢，這番發言也很不像妳會說的話喔。」

「我只是察覺到已經沒時間煩惱了。真的只是這樣而已呢。」

輕率的想法從龍園腦中靜靜地消散。

「無論對手是誰都不會手下留情，是嗎？畢竟妳最近好像很迷戀綾小路嘛。若是這樣，妳首先應該排除的是輕井澤的存在嗎？」

只是個小玩笑。這是龍園為了讓一之瀨在精神上動搖的挖苦。

雖然只是這種程度的發言，但一之瀨依舊面不改色，保持著柔和的笑容。

「迷戀是指？」

「在這所狹窄的學校裡，謠言很快就會傳遍全校吧。」

在收集情報的過程中，龍園早已掌握到兩人的接觸變多了這件事。

儘管只是推測，他也確信一之瀨抱持著那種單方面的感情。

「妳就別客氣，更精打細算一點行動如何？如果妳希望，我也可以幫忙排除輕井澤。」

焦急、憤怒、不滿或厭惡。

無論是怎樣的感情都無所謂，讓我瞧瞧吧——龍園蘊含這樣的企圖在搧風點火。

「已經連龍園同學都發現啦。那就表示沒必要隱藏了呢。」

一直露出淡淡笑容的一之瀨看著龍園的雙眼，毫不猶豫地回答。

「我不會因為私人的感情想要讓輕井澤同學退學喔。因為那是兩回事。」

嘴上說著強勢的話語，結果還是個善人嗎？

龍園本來想這麼再次修正自己的看法，但……

「不過你誤會了一點，我是個非常精打細算的人喔。」

如此說道的一之瀨將手貼在自己的胸前，露出微笑。

「如果有解不開的問題，只要思考就行了。只要思考然後推論出答案就行。如果那樣也找不到答案，就試著採取行動。那樣就能開拓大部分的道路喔。」

「這句話什麼意思？」

「天曉得，是什麼意思呢？」

一之瀨回想著教育旅行的夜晚。

從那時開始，命運就在自己內心開始改變了。

些微的可能性——不，那是甚至沒有考慮到可能性的本能推論出來的結果。

所有人都聚集在旅館的深夜這種狀況。暴風雪。消失的自己。

倘若發展成騷動，同班同學會怎麼行動，會變成什麼樣子呢？

綾小路找到自己這件事並沒有什麼好驚訝的。

那段時光，那個瞬間的一切都是必然。

某種噁心的東西纏繞上龍園撐著傘的手，然後蔓延到全身。

「已經夠了吧。我接下來要去健身房，不想浪費任何一秒幸福的時光。」

有一種到目前為止對一之瀨的分析都遭到否定的感覺。

一之瀨已經對龍園一點興趣都沒有。

她邁出步伐通過龍園身旁，以櫸樹購物中心為目標。

「一之瀨，我撤回前言。」

龍園一邊轉過頭，一邊朝一之瀨的背影搭話。

「學年末考試不會碰上妳，對我們而言說不定是一種幸運啊。」

那是一種預感。

即使只有一瞬間，一之瀨也散發讓龍園覺得她比坂柳還棘手的氣息，這是龍園對那種氣息表示敬意的話語。

後記

二〇二三新年已經過去一段時間了，我是衣笠，今年也請各位多多指教。

去年因為還有動畫第二季（註：後記提到的時間皆為日本當時出版狀況），是在各方面都非常熱鬧忙亂的一年。

今年也有第三季等著播出，希望能再次變得熱鬧一點。

雖然是私事，最近平日的行動有一套固定行程，早上會從大約三個地點的名單中選出一個，前往咖啡廳。因為文字工作容易運動不足，我會走路或騎腳踏車移動。然後在咖啡廳東想西想，絞盡腦汁擠出點子，就這樣待到快中午前再回家。接著關在工作室裡工作到晚上，然後睡覺。每星期會重複五次這樣的行程。

至於假日則是工作量減半，跟孩子們一起玩，就這樣耗掉一整天。明明平日都是轉眼間就過完了，六日卻感覺有平常的三倍漫長，實在很辛苦……但出乎意料的是，反倒在這種時候比較會想到一些感覺很有趣的事，實在很不可思議。

另外最近有個煩惱，就是我一旦感冒都要花上很長一段時間才會痊癒，從聖誕節前就一直不斷咳嗽和流鼻水。無論是市售成藥或到醫院拿的處方藥，感覺效果都只有一半，還看不到絲毫要痊癒的跡象……尤其咳嗽特別嚴重。

像是如果在超市買東西時突然咳嗽咳個不停，就算隔著口罩，還是覺得很對不起周遭的人。

拜託天氣快點變暖，讓我恢復健康吧！

那麼，接下來是關於本篇的話題。漫長的第二學期篇也在這次的第九集結束。一路陪我走到這裡的讀者，辛苦各位了。即使是惰性也好，希望各位可以再陪我繼續走下去。

綾小路還有其他角色們也正著眼於第三學期，以及三年級生在進行準備。與至今為止的第二學期篇相比，第三學期篇在內容上可能會有稍微殘酷一點的發展，還請各位讀者多包涵。

然後下一集是慣例的寒假篇。

一想到這陣子療癒的時間會減少，悠閒（大概）的寒假篇說不定將是寶貴的一集呢。

又要暫時道別了，十分期待能夠在夏天前與各位讀者相見。

玲依的世界 ──Re:I── 1～2 待續

作者：時雨沢惠一　插畫：黑星紅白

立志成為歌手和演員的玲依
活躍的舞台卻有點奇特？

知名製作人為全新偶像團體舉辦了出道前的集訓，而玲依也要參加。集訓地點是由蓋在白雪世界的旅館整修而成，暴風雪讓那裡變成一個「封閉空間」。偶像練習生之間瀰漫著險惡的氛圍！本書共收錄了〈偶像團體練習生殺人事件　上、下〉等七篇故事。

各 **NT$200/HK$67**

轉生為睡走情色遊戲女主角的男人，但我絕不會幹這種事 1 待續

作者：みょん　插畫：千種みのり

從被奪走之前，我就一直是「屬於你的」。
NTR？BSS？兩者皆非的純愛故事揭幕。

我轉生成NTR遊戲的主角佐佐木修……並不是，而是把女主角音無絢奈從修身邊睡走的好友角色——雪代斗和。我自己並沒有興趣睡走別人的女人，然而，只要修不在就會立刻貼上來的絢奈坐上我的大腿——這兩人該不會從遊戲開始前就已經有一腿了？

國家圖書館出版品預行編目資料

歡迎來到實力至上主義的教室. 2年級篇/衣笠彰梧作；一杞譯. -- 初版. -- 臺北市：臺灣角川股份有限公司, 2024.01-

冊；　公分. -- (Kadokawa fantastic novels)

譯自：ようこそ実力至上主義の教室へ 2年生編

ISBN 978-626-378-389-8(第9冊：平裝)

861.57　　112019364

Kadokawa
Fantastic
Novels

歡迎來到實力至上主義的教室 2年級篇 9

（原著名：ようこそ実力至上主義の教室へ 2年生編 9）

2024年2月1日　初版第1刷發行
2024年6月17日　初版第2刷發行

作　　者：衣笠彰梧
插　　畫：トモセシュンサク
譯　　者：一杞

發 行 人：台灣角川股份有限公司
總　　監：呂慧君
總 編 輯：蔡佩芬
主　　編：林秀儒
編　　輯：楊芫青
設計指導：陳晞叡
美術設計：宋芳茹
印　　務：李明修（主任）、張加恩（主任）、張凱棋、潘尚琪

發 行 所：台灣角川股份有限公司
地　　址：104台北市中山區松江路223號3樓
電　　話：（02）2515-3000
傳　　真：（02）2515-0033
網　　址：www.kadokawa.com.tw
劃撥帳戶：台灣角川股份有限公司
劃撥帳號：19487412
法律顧問：有澤法律事務所
製　　版：巨茂科技印刷有限公司
ISBN：978-626-378-389-8